作者简介

陈美林,1932年出生,南京人,浙江大学中文系毕业,从教五十年,资深教授、博士生导师,享受国务院有特殊贡献专家津贴。

长期从事古代文学研究,至今出版著述四十余种(九种系合作)、发表论文三百四十余篇,涉及诗、文、文学史乃至文化史等领域,尤以古代小说、戏曲成果为多。

清代杂剧故事

陈美林 著

江苏人民出版社

图书在版编目(CIP)数据

清代杂剧故事/陈美林著.--南京:江苏人民出版社,2021.5
ISBN 978-7-214-24648-6

Ⅰ.①清… Ⅱ.①陈… Ⅲ.①民间故事-作品集-中国-当代 Ⅳ.①I277.3

中国版本图书馆 CIP 数据核字(2020)第 200272 号

书　　　名	清代杂剧故事
著　　　者	陈美林
责 任 编 辑	周晓阳
装 帧 设 计	蒋　熙
责 任 监 制	陈晓明
出 版 发 行	江苏人民出版社
地　　　址	南京市湖南路 1 号 A 楼,邮编:210009
网　　　址	http://www.jspph.com
照　　　排	江苏凤凰制版有限公司
印　　　刷	江苏凤凰盐城印刷有限公司
开　　　本	880 毫米×1 230 毫米　1/32
印　　　张	12.5　插页 4
字　　　数	200 千字
版　　　次	2021 年 5 月第 1 版
印　　　次	2021 年 5 月第 1 次印刷
标 准 书 号	ISBN 978-7-214-24648-6
定　　　价	59.00 元(精装)

(江苏人民出版社图书凡印装错误可向承印厂调换)

目录

1 前言

查继佐

3 续西厢

吴伟业

25 临春阁

叶承宗

55 吕洞宾

尤侗

77 黑白卫

王夫之

101 龙舟会

张源

129 樱桃宴

南山逸史

155 京兆眉

碧蕉轩主人

177 不了缘

蒲松龄

197　闹馆
210　钟妹庆寿

张　韬

221　蓟州道
232　木兰诗

杨潮观

243　行雨
254　发仓
265　偷桃
280　荀灌娘

蒋士铨

295　四弦秋

曹锡黼

317　雀罗庭

桂馥

327　题园壁

严廷中

337　洛城殿

张声玠

361　画隐

371　后记

前　言

清代的剧坛有两大特色，一是初期传奇创作的空前繁荣；二是中期以后地方戏的蓬勃兴盛。以传奇而言，明代剧坛有两大流派，即以汤显祖为首的临川派和以沈璟为首的吴江派。临川派主张抒发才情，不拘泥于格律；而吴江派却主张戏曲创作必须严守曲律。到了清初，以李玉为首的苏州派剧作家，则能融合两派之长，创作了大量的具有一定高度的思想性和艺术性的传奇作品，如李玉的《清忠谱》《万民安》（已佚）和朱素臣的《十五贯》等等。除此以外，"南洪北孔"也生活在这一时期，洪昇的《长生殿》和孔尚任的《桃花扇》，在我国戏曲史上极负盛誉。以地方戏而言，乾隆末叶以后，随着各种地方戏曲的发展，逐渐形成了五大声腔系统，即高腔、昆腔、弦索、梆子和皮黄。这五大声腔流传全国各地。道光、咸丰年间，皮黄声腔系统的京剧崛起，更在清代中叶以后的剧坛上占有统治地位。

但是，杂剧这一形式，在元明以后直到清代，也并未因此而在剧坛上销声匿迹。即以数量而言，清代杂剧的成绩也是十分辉煌的。庄一拂《古典戏曲存目汇考》卷八收有姓名可考的清代杂剧作者的作品 335 种，无名氏作者的作品 20 种。傅惜华《清代杂剧全目》所收更多，有姓名可考的作者作品550种,无名氏作者的作品750种,二者合计1300种,超过傅氏在《元代杂剧全目》《明代杂剧全目》中分别著录的元代杂剧737种,明代杂剧523种的总和。相应地,在为数众多的清代杂剧中也就自然会有不少成就颇高的作品,特别是清初产生的一些杂剧,即使与杂剧的黄金时代的元代杂剧相比,也毫不逊色。只是一般文学史著作,甚至某些戏曲史著作,对它们没有足够的叙述和评论,以致清代杂剧的成就也就不为一般读者所了解。

清代杂剧的发展,可以分为数期。郑振铎在《清人杂剧初集序》中认为清代杂剧发展可分四期:一、"顺(治)康(熙)之际,实为始盛";二、"雍(正)乾(隆)之际,可谓全盛";三、"降及嘉(庆)咸(丰),流风未泯,然豪气渐见消杀,当为次盛之期";四、"下逮同(治)光(绪),则为衰落之期"。郑氏如此划分亦无不可,但如结合社会经济背景以及文学史、戏曲史的发展来考察,还是以傅惜华所划分的三期为宜。傅氏《清代杂剧全目》一书共有十卷,前六卷是按时代划分的:卷一卷二为"清初时期杂剧家作品",从明末以至顺治、康熙、雍正三朝;卷三卷四卷五为"清中叶时期杂剧家作品",包括乾隆、嘉庆两朝;卷六为"清末时期杂剧家作品",则为道光、咸丰、同治、光绪、宣统五朝。大体说来,清初杂剧创作继承了元明杂剧的优良传统,又与传奇创作繁荣的局面竞呈异彩,许多文人不但作文吟诗,也撰制杂剧和传奇,甚至一些著名的学者和思想家也有戏曲作品传世。他们多以自己的杂剧创作反映时代的特点——突出的民族矛盾以及生活在民族沦亡境遇下的知识分子的心况,其间颇有不少精彩的作品产生。清中叶产生的杂剧,大多已消失了民族抗争的激情,虽然也不乏名作,但大都是反映生活在乾、嘉"盛世"下的知识分子思想情趣的剧作。此外,也有不少反映吏治黑暗、仕途风波的作品,具有一定的积极意义。但在这一时间,颂圣祝寿一类的杂剧也产生了不少,思想平庸,无足称道。清末的杂剧已趋衰落,大多作品是根据历史上的人物和故事加以剪裁敷衍而成,佳作很少。

清代杂剧作家为数众多,著名的作家有初期的查继佐、郑瑜、徐石麒、吴伟业、宋琬、叶承宗、尤侗、王夫之、张源、南山逸史、碧蕉轩主人、嵇永仁、蒲松龄、廖燕、裘琏、洪昇、张韬、车江英等人;清中叶的唐英、杨潮观、蒋士铨、曹锡黼、徐爔、桂馥、孔广林、石韫玉、许鸿磐、舒位等人;清末的严保庸、周乐清、严廷中、陈栋、梁廷枏、吴藻、张声玠、黄燮清等人。除选入本集的作家以外,对上述这些名家略做介绍,以便读者对清代杂剧的概况有所了解。

郑瑜,江苏无锡人。其生年约为明万历四十年(1612年),卒年约为清康熙六年(1667年),年六十而卒。瑜又名若羲,字正粟,号夕可,别署正谊、西神,著有《正谊堂诗稿》《西神丛语》。现知他所创作的杂剧有5种,其中《汨罗江》《黄鹤楼》《滕王阁》《鹦鹉洲》等4种均有《杂剧新编》本,《椽烛修书》一种则未见流传。他的《鹦鹉洲》写祢正平魂游鹦鹉洲,与鹦鹉诉说生平,是较早产生的替曹操翻案的戏曲作品,剧中有"不是我祢正平公心远识,谁肯与曹丞相辩冤反辟"云云。

徐石麒，江苏扬州人。生卒年不详，顺治二年（1645年）清兵攻陷扬州，他曾冒死入城，取出残稿，可知其为清初人。石麒字又陵，号坦庵，承继家学，精研名理，极擅花卉，工于诗词，尤精度曲。生平著述极丰，有40余种、360卷，但付梓者不足十之一二，明亡时大多毁于兵火，幸存无几。今存《坦庵乐府》《蜗亭杂订》等数种。石麒每成一曲，必高声吟哦，令其女延香指摘声律，父女共商，为戏曲史上佳话。他不但写有3种传奇，还有有杂剧4种，即《买花钱》《大转轮》《拈花笑》《浮西施》。这四种杂剧现均存世，有顺治间南湖享书堂刊本。其中《浮西施》为翻案之作，根据宋元戏文《范蠡沉西施记》，说范蠡将西施沉于江中，和梁辰鱼的《浣纱记》相反。

宋琬，山东莱阳人，生于明万历四十二年（1614年），卒于清康熙十二年（1673年）。琬字玉叔，号荔裳，别号二乡亭主人。清顺治四年（1647年）中进士，授户部主事，又为浙江宁绍台道，八年（1651年）升浙江按察使。顺治十八年（1661年）因山东登州于七起事，被诬为同谋下狱，直到康熙三年（1664年）才获释。闲居江南七年，后起用为四川按察使，不久病死北京。宋琬极工诗词，与施闰章齐名，有"南施北宋"之称。著有《安雅堂集》。他也能制曲，有杂剧《祭皋陶》一种，《重订曲海目》等均有著录，现有康熙间原刻本和乾隆间重刻本等多种刊本行世。

嵇永仁，原籍江苏常熟，寄寓无锡。生于明崇祯十年（1637年），卒于清康熙十五年（1676年）。永仁字留山，又字匡侯,别号抱犊山农。原为明朝生员,入清后屡试不第,以教馆和行医为业。康熙时范承谟总督福建,将他延入幕中。不久,明朝降清将领耿精忠复反清,范承谟、嵇永仁均被执,同时遇害。他在狱中三年,与同狱友唱和为乐,没有纸笔,就以炭屑书于纸背或四壁。后由林能任抄录下来。永仁著有《抱犊山房集》;还有传奇《扬州梦》《双报应》诸作;杂剧《续离骚》是他系狱时所作,《今乐考证》等书著录,现有康熙、雍正等刻本,《清人杂剧初集》据雍正刻本影印本。这本杂剧共四折,每折写一个故事,《刘国师教习扯淡歌》《杜秀才痛哭泥神庙》《痴和尚街头笑布袋》《愤司马梦里骂阎罗》。他在《续离骚·引》中说:"歌哭笑骂皆是文章,仆辈遘此陆沉,天昏日惨,性命既轻,真情于是乎发,真文于是乎生,虽填词不可抗骚,而继其牢骚之遗意,未始非楚辞别调云。"可见这本杂剧乃是愤激不平之作。

廖燕,广东曲江人。生于明崇祯十七年(1644年),卒于清康熙四十四年(1705年)。燕字人也,又字柴舟。原为明朝生员,入清后抗节不仕,以教馆为生。柴舟极工诗文,生性高傲,以布衣终。邑令虽经常接济他,但求其诗一首而不可得。除《二十七松堂集》外,他还写有杂剧《镜花亭》《醉画图》《诉琵琶》《续诉琵琶》4种,合称《柴舟别集》。此剧未见于诸家著录,有清钞本,存藏于国家图书馆,《清人杂剧二集》据清钞本影印。此四剧,作者径自登场,成为剧中人,借古人自喻,可谓独创。但所发牢骚,"自伤沦落之情多,而哀悼家国破灭之意少"(郑振铎语)。

裘琏,浙江慈溪人。生于明崇祯十七年(1644年),卒于清雍正七年(1729年)。琏字殷玉,号蔗村,又署废莪子。早年即成秀才,但屡试不第,蹭蹬场屋达50余年,直到康熙五十三年(1714年)始考中举人,次年成进士,时年已七十余。不久,即致仕归。琏早年曾参与修纂《一统志》,颇为总裁徐乾学所叹服。他极善吟诗,所作清新峭刻,名重一时,有《横山诗集》《横山文钞》《易皆轩集》《复古堂集》《玉湖诗综》等。裘琏也创作戏曲,有传奇《女昆仑》一种,另有杂剧《昆明池》《集翠裘》《鉴湖隐》《旗亭馆》4种,合称《明翠湖亭四韵事》,《今乐考证》等著录,有康熙绛云居原刻本,《清人杂剧初集》据原刻影印本。4种杂剧分写唐人韵事,《昆明池》写上官婉容;《集翠裘》写狄仁杰;《鉴湖隐》写贺知章;《旗亭馆》写王昌龄。作者自序中明说:"江淹云放浪之馀,颇著文章自娱。予亦用此自娱耳。"但冯家桢在《四韵事叙》中却赞其"有豪情,有逸致,有奇气,有济世心,有出世想",未免过誉。

洪昇,浙江杭州人。生于清顺治二年(1645年),卒于康熙四十三年(1704年)。昇字昉思,号稗畦,别号南屏樵者。他虽出身名门,但因家道中落,25岁居京师时,贫困潦倒,卖文为生。先后师事毛先舒、王士禛、施闰章等人,所作诗文,才情超脱,颇享盛名,有《稗畦集》《稗畦续集》。康熙二十八年(1689年)因在佟皇后丧期演出所作《长生殿》而获罪,被革除国子监学籍,从此落拓终身,时人有"可怜一曲《长生殿》,断送功名到白头"之句。康熙四十三年(1704年)路经吴兴浔溪,落水而死。洪昇极擅音律,著有戏曲9种,传奇有《长生殿》《回文锦》《回龙院》《闹高唐》等,除《长生殿》以外,其余均不存。但仅《长生殿》一种,即足以使他在戏曲史上占有光辉的一席。他所创作的杂剧有《四婵娟》《天涯泪》《青衫湿》《节孝坊》等,但仅存《四婵娟》一种,有钞本,现存藏国家图书馆。《清人杂剧二集》据清钞本影印本。杂剧四折,即写谢道韫的《咏雪》,写卫夫人的《簪花》,写李清照的《斗茗》,写管道昇的《画竹》,分写历史上四个有名的才女故事。

车江英,生平不详,大约生活在康熙、雍正、乾隆三朝。其所作《四名家传奇摘出》,前有雍正乙卯浚仪散人写的序言,其中有"乙卯初夏,读江右车子江英填词,取韩、柳、欧、苏之事谱作新声"云云,乙卯为雍正十三年(1735年),因此可推知其当为康、雍、乾时人。序中还说,车江英所作杂剧无非是"借管风弦月之词,发胸中之磊落";由于他"寝食于韩、柳、欧、苏之文者数十年于兹,其文(章)经济久已登其堂奥,仿佛其所为",因之乃取文学史上这四位大作家的生平梗概,"被之管弦",从而"一发其胸中磊落之气,其人品襟怀固与四君子并驱千古矣"。车江英所作未见著录,但有雍正间原刻本,现存藏于国家图书馆,《清人杂剧二集》据以影印。其中《蓝关雪》四折,演韩愈事;《柳州烟》四折,演柳宗元事;《醉翁亭》五折,演欧阳修事;《游赤壁》五折,演苏轼事。大多事无所本,并非史实。

唐英,辽宁沈阳人。生于康熙二十一年(1682年),卒年大约在乾隆二十年(1755年)。英字俊生,一字叔子,号蜗寄居士，晚号蜗寄老人。隶汉军正黄旗。雍正年间，初授内务府员外郎兼佐领，后调江西景德镇官窑协办。他所督造的瓷器被称为"唐窑"。乾隆初，调任九江关、临淮关监督，后又调粤海关监督。唐英能诗善画，著有《陶人心语》《窑器肆考》《问奇典注增释》，辑有《琵琶亭诗》；尤喜戏曲，著有传奇4种，杂剧13种，合称《古柏堂传奇》，《重订曲海目》《今乐考证》等均曾著录，有乾隆间古柏堂刻本。其中杂剧作品有《笳骚》《佣中人》《芦花絮》《梁上眼》《三元报》《十字坡》《英雄报》《虞兮梦》《面缸笑》《梅龙镇》《女弹词》等等。

徐爔，江苏吴江人。生卒年不详，乾隆年间在世。爔字鼎和，又字榆村，号种缘，别署种缘子、镜缘主人。其祖徐轨，文名甚著。其父大椿除精通医道之外，兼通音律，著有《乐府传声》。爔承家学，除作有传奇一种外，还写有《写心杂剧》，《今乐考证》等著录，有乾隆间梦生堂刻本。

孔广林，山东曲阜人。生于乾隆十年（1745年），卒年在嘉庆十八年（1813年）以后。广林字幼髯，号丛伯，为经学家孔广森之兄。他对三《礼》极有研究，著有《周官臆测》《仪礼臆测》《郑氏遗书通德编》。广林深于曲学，恪守元人格律，著有《温经楼游戏翰墨》20卷，收录他生平所作传奇、杂剧、南北散套、小令等作品。其中传奇1种《东城老父闻鸡忏》，杂剧3种《璇玑锦》《女专诸》《松年长生引》，有作者于嘉庆年间的手写本，现存藏于首都图书馆，《清人杂剧二集》据以影印。《璇玑锦》写苏蕙事，前有作者于乾隆三十五年（1770年）写的序；《女专诸》写左仪贞事（出自弹词《天雨花》),前有作者写于嘉庆五年(1800年)的序;《松年长生引》为祝其祖母70大寿而作,前有写于嘉庆十五年(1810年)的序。

石韫玉,江苏吴县人。生于乾隆二十一年(1756年),卒于道光十七年(1837年)。韫玉字执如,号琢堂,别署花韵庵主人。乾隆五十五年(1790年)进士,廷试第一,授翰林院修撰,历任武英殿协修官、湖南学政、山东按察使。嘉庆十二年(1807年)被劾,改任编修,乃引病归乡。晚年在苏州紫阳书院等处执教20余年,主修《苏州府志》,并在苏州沧浪亭创建五百名贤祠,撰写像赞。诗文著作有《独学庐稿》。韫玉本为道学家,出仕前认为小说戏曲得罪名教,一律付之一炬,但后来却居然写作杂剧《花间九奏》,《今乐考证》等书均著录,有乾隆间花韵庵原刻本,《清人杂剧初集》据以影印。《花间九奏》包括杂剧9种:《伏生授经》《罗敷采桑》《桃叶渡江》《桃源渔父》《梅妃作赋》《乐天开阁》《贾岛祭诗》《琴操参禅》《对山救友》,每剧一事,颇类传记。

许鸿磐,山东济宁人。大约生于乾隆二十七年(1762年),卒于道光二十六年(1846年)以后。乾隆四十六年(1781年)进士。鸿磐字渐逵,号云峤,考中进士后曾任泗州知州。他博学能文,所著《方舆考证》,极为精详。此外尚有《八观楼文集》《雪帆杂著》《尚书札记稿》等著述。还精于音律,有《六观楼曲谱》。所作杂剧总称《六观楼北曲》,包括《西辽记》《三钗梦》《女云台》《雁帛书》《孝女存孤》《儒吏完城》6种,有道光间刻本。

舒位,河北大兴(今北京市)人。乾隆三十年(1765年)生于苏州,嘉庆二十年(1815年)卒,乾隆五十三年(1788年)举人。位字立人,号铁云,小字犀禅。10岁即能文,14岁时,安南入贡,随父迎接使者,立赋《铜柱诗》相赠答,传诵一时。会试落榜后,居京师时十分贫困,礼亲王爱其才,以其所作戏剧付家乐演出,酬以润笔之资。舒位所作诗,恣肆清峻,有《瓶水斋诗集》17卷,《皋桥今雨集》2卷。他与著名的戏曲家蒋士铨等人均有交游,夙通音律,所作戏曲总称《瓶笙馆修箫谱》,包括《卓女当垆》《博望访星》《樊姬拥髻》《酉阳修月》4本杂剧,分别写司马相如和卓文君、张骞传说与牛郎织女、伶元与妾樊姬、吴刚月宫折桂等4个故事,有道光间刻本行世。另有杂剧数种,未见流传。

严保庸,江苏丹徒人。生卒年不详,其生活时代约在嘉庆、道光、咸丰三朝。嘉庆二十四年(1819年)中举,道光九年(1829年)成进士,改庶吉士散馆,任山东栖霞知县。保庸字伯常,号问樵,于诗词书画,声曲弦管,无不精通。出仕山东,以官署为词坛,曾将《红楼梦》故事编为杂剧《梦中缘》,盛传于都中梨园,以致为人所劾。晚年落魄无聊,依人就食,58岁时死于袁浦。所作杂剧6种,今仅存《盂兰梦》1种,有道光间刻本。

周乐清,浙江海宁人,生于乾隆五十年(1785年),卒于咸丰四年(1854年)以后。乐清字安榴,号文泉,又号链情子。曾应乡试不第,以父荫任湖南道州判官及沅陵等地知县。道光十二年(1832年)于永安军营总办善后事宜。咸丰朝，调山东，历任知县、同知，年七十致仕，寓居莱州一年余去世。乐清颇工诗词，著有《静远草堂诗话》《静远草堂麈谈》等。所作戏曲总称《补天石传奇》，实为8个不相统属的杂剧:《宴金台》写灭秦故事;《定中原》写蜀汉统一天下事;《河梁归》写李陵归汉事;《琵琶语》写王昭君归朝事;《纫兰佩》写屈原为楚王重用事;《碎金牌》写岳飞灭金事;《统如鼓》写邓伯道失子复得事;《波弋香》写荀奉倩夫妇偕老事。这8种杂剧，都取材于历史上著名的悲剧，但作者却更动其主要史实，改为喜剧结局，以快人意。

陈栋，浙江会稽（今绍兴）人，生卒年不详，嘉庆年间在世。栋字浦云，号东村，又号榕西逸客，以生员屡次参加乡试，均未中第，为人作幕客，贫困而死。据其门人周之琦说，浦云"于学靡弗通，襟抱简远，有魏、晋间意"。所作诗词清丽隽妙，有《北泾草堂集》，周之琦为其刊刻行世，并写有序言。他所作杂剧3种:《苎萝梦》《紫姑神》《维扬梦》，现有《清人杂剧二集》，据吴兴周氏所藏嘉庆间刊《北泾草堂集》本影印。

梁廷枏，广东顺德人。生于嘉庆元年（1796年），卒于咸丰十一年（1861年）。廷枏字章冉，别署藤花主人，又号韡红醉客。以副贡任澄海县训导。林则徐任两广总督时，曾聘他入幕，为其谋划抗英禁烟事。咸丰元年（1851年）升内阁中书，加侍读衔。廷枏精于金石之学和史学，著有《南汉书》《金石称例》《碑文摘奇》《夷氛纪闻》等，总称《藤花亭十五种》。他不但能诗，且善画，又精通戏曲，著有《曲话》5卷传世,还从事戏曲创作,除有传奇《了缘记》以外,写有杂剧4种:《江梅梦》《圆香梦》《断缘梦》《昙花梦》,总称《小四梦》,《今乐考证》等均曾著录,现有道光间刻本。

吴藻,浙江仁和(今杭州)人。生于嘉庆四年(1799年),卒于同治元年(1862年)。藻字苹香,号玉岑子。其父业商,夫黄某也是商人,而苹香却工诗词,清微婉妙,慧心独出,上逼漱玉,与纳兰容若相匹。著有《花帘词》《香雪南北词》。她所作杂剧1种,名《饮酒读骚图》。作者自己改扮男士进入剧中,诉说心怀,又名《乔影》。《曲目表》等均曾著录,有道光五年(1825年)莱山吴载功刊本,《清人杂剧二集》据以影印。

黄燮清,浙江海盐人。生于嘉庆十年(1805年),卒于同治三年(1864年)。燮清原名宪清,字韵甫,又字韵珊,号吟香诗舫主人。家居拙宜园,将园中晴云阁改葺为倚晴楼;继又得砚园废址,故又自号两园主人。道光十五年(1835年)举人,授湖北某县知县,但直到咸丰十一年(1861年)始就任。同治元年(1862年)为宜都令,又调官松滋,不久病卒。燮清少工词曲,中年以后尤长于诗文,著有《倚晴楼集》《拙宜园词》,编有《国朝词综续编》。他所作戏曲总称《倚晴楼七种曲》,《今乐考证》等均著录,有道光间原刻本以及咸丰、同治间刻本。七种曲包括传奇5种,杂剧2种。两种杂剧为《鸳鸯镜》《凌波影》;还有《绛绡记》杂剧未曾刊刻,有抄本存世。

从总体来看,清代杂剧远不如元代杂剧那样,从现实生活中选取题材,对作家所生活的时代作同步的反映;但又不像明代特别是明代初期杂剧那样,产生许多神仙道化题材的剧作。这是由各自的时代特点所决定的。清政权一统中原之初,随着封建统治的日益巩固,对思想文化领域的控制也日益加强。从顺治朝起,历经康熙、雍正、乾隆所谓"盛世",以文字罪人的冤狱不断发生,一案之兴,常常牵连十百千人,涉及数省士绅官民,长年累月方始结案。在这种恐怖气氛之下,一些文人不得不使用"遮眼法",从历史上采缬故实,借以曲折地表现自己的思想感情,从而与元杂剧从现实生活中选择题材作同步反映有所不同,又与明杂剧那样脱离现实去写神摹鬼绝不相类。

具体说来,清代杂剧所反映的内容大致有这样几个方面。首先是寄寓作者的故国之思、亡国之恨。例如王夫之本是抗清义士、爱国学者,居然也创作杂剧,而且也如同他在诗文著述中流露出故国之思一样,他的杂剧《龙舟会》里也表现出强烈的爱国复仇情绪。在剧作中,作者通过小孤神女赞扬女主角谢小娥说:"小娥虽巾帼之流,有丈夫之气,不似大唐国一伙骗纱帽的小乞儿,拼着他贞元皇帝投奔无路,则她可以替她父亲、丈夫报冤";作者还通过李公佐之口斥责缅颜事敌的变节之士,说他们是"破船儿没舵随风转,棘钩藤逢人便待牵,羞天!花颜面愁人见,叩头虫腰肢软似绵,堪怜!翻飞巷陌乌衣燕,依然富贵扬州跨鹤仙。"这本杂剧无异于一首涂满了遗民血泪的抒情曲。不但爱国学者如此,即使一度失节的文人,如吴伟业之辈，也创作了杂剧《通天台》《临春阁》，而且和他在诗词作品中流露出悔恨情绪一样，这两本杂剧作品中也曲折地反映出他的故国之思。而这些作品，又都是剪裁历史故实，加以改造，以反映清代初期的现实，表现当时知识分子的故国之思的。

其次，反映知识分子备受压抑的苦闷和愤慨。清代统治阶级对汉族士子虽然采取了怀柔与镇压并行的统治手段，但广大士人依然心怀惴惴，即使降清称臣的钱谦益、吴伟业这般有名望的士人，也有随时被祸的危机感，宋琬更被下狱达三年之久。因此，清代初期的杂剧作家，经常借用历史题材以抒发自己所感受的现实块垒，一吐胸中的不平之气。吴伟业的《通天台》且不去说它，就是曾举博学鸿词科的尤侗，他所写的《读离骚》杂剧，曾演于宫廷之内，顺治也曾亲自观看，但即使这样一本杂剧也是作者"与二三知己，浮白歌呼，可消块垒"之作，其中颇有作者之"深意"在(《续离骚·自序》)。至于《续四声猿》，作者张韬在自序中也明说："猿啼三声，肠已寸断，岂更有第四声，况续以四声哉？但物不得其平则鸣。胸中无限牢骚，恐巴江巫峡间，应有两岸猿声啼不住耳。"到了乾、嘉以后的一些杂剧，固然还有一些描写世道不平、抒写兴亡之感的作品，但却出现了更多地表现个人际遇得失的作品，如桂馥的《后四声猿》，显然不及张韬的《续四声猿》那样有着强烈的愤慨。至于嘉、道以后，更出现像石韫玉《花间九奏》那样的作品，只是借历史名人故事劝诫世人，无异于封建说教。总之，这类作品的思想价值是每况愈下。

再次,反映现实弊端,劝善惩恶。明清实行的八股科举,颇为士人所深恶痛绝。徐石麒《大转轮》中的司马貌,眼见"天下士子不遵正法,俱以贿赂取官,文章一道贱如泥土"的现实,愤愤不平地咒天骂地。严廷中的《洛城殿》同样对科举弊端进行了淋漓尽致的抨击。至于读书人的穷愁潦倒,走投无路,蒲松龄的《闹馆》中也有着极为细腻的反映。在那个社会中,金钱万能,贿赂公行,叶承宗的《孔方兄》和嵇永仁的《骂阎罗》对此都有着极为深刻的揭露与嘲讽,甚至阴间也不比人间干净。嵇永仁在剧本中就通过主人公之口,大呼"怪事,怪事。俺只道阳间人爱钱钞,原来阴司地府也恁般混浊!"。他惊呼阴间的"混浊",却是为了更深刻地斥责阳间的肮脏,正是"一陌纸钱便还魂,公私随处可通神;富家有力能超劫,贫者无缘出狱门。"与此类内容相辅相成而出现的则是劝善惩恶的作品,可以杨潮观的《吟风阁杂剧》32 种为代表,其中不乏佳作,无论就思想意义还是艺术表现来说,都有它的特色。但杨潮观的主观意图却是将它当作"晨钟暮鼓",用来劝善惩恶,并借以表达自己的政治理想。这样,其中一些剧作也就必然出现说教意味,思想意义不高。

复次,描写妇女文治武功的才能和复仇雪恨的精神。前者如吴伟业《临春阁》中的冼夫人和张贵妃,后者如王夫之《龙舟会》中的谢小娥。张源的《樱桃宴》中塑造了一个"女中男子"窦桂娘的形象,她设计安排宴会,内外配合,一举报了"国贼家仇"。尤侗的《黑白卫》根据裴铏《传奇》中所记聂隐娘故事,叶承宗的《十三娘》根据孙光宪《北梦琐言》中所记荆十三娘的故事,分别塑造了两个恩怨分明、勇于助人的侠女形象。她们出现在当时的舞台上,是不会不产生特殊的意义的。还有一些作家,在他们的杂剧作品中,歌颂了妇女的才艺风韵,如洪昇的《四婵娟》,赞美了谢道韫、卫夫人、李清照、管道昇的能诗善画又工书法的艺能。当然,也有一些描写妇女爱情悲剧的作品,如桂馥的《题园壁》;还有一些妇女怀才不遇的作品,如吴藻的《乔影》。但从妇女题材的主流来看,清代杂剧作家显然是受到徐渭《四声猿》的影响,徐渭所赞扬的黄崇嘏和花木兰文武才能,在清代一些杂剧中又得到进一步的表彰。

此外,在清代杂剧中也出现了相当数量的翻案剧。例如对元代王实甫的《西厢记》,就有查继佐的《续西厢》和碧蕉轩主人的《不了缘》,作了不同结局翻案。郑瑜的《鹦鹉洲》更是较早为曹操翻案的作品。徐石麒的《浮西施》也同样是翻案作品,与梁辰鱼的《浣纱记》所写的内容全然相反。尤侗的《清平调》,写了李白中状元,杜甫、孟浩然同科登第的故事,显然与史实不符。至于车江英所写韩愈、柳宗元、欧阳修、苏轼故事的《四名家传奇摘出》,更是凭空结撰,并无史实根据,全然依据作者一己的理解,敷衍成篇。周乐清的《补天石传奇》也是如此。这种情况,在中外文艺史上并非鲜见。同一题材,同时代的作家可以写出不同结局的作品,不同时代的作家更可能会写出翻案的作品。因为一个新时代的到来,必然会"带来新的思想感情",而"每个时代都把悬案重新审查;每个时代都根据各自的观点审查"(H. 丹纳《艺术哲学》第5编第1章第2节)。清政权是在明季末叶"天崩地解"的社会基础上建立起来的,作为反映现实人生的作家,自然不能不对过去的历史做一番冷静的思索。当然,作家"不同的气质、不同的教育、不同的思想感情"(同上),也会使得他们的思考产生不同的结论。对此,必须进行深入研究之后,才能一一做出评价。

自然,在清代杂剧中也曾产生了不少平庸乃至糟粕的作品,其中最主要的是大量颂圣杂剧,如张大复的《万寿大庆承应杂剧》、张照的《月令承应》《法官雅奏》,乃至蒋士铨的《两江祝嘏》等等,无太多价值可言,此处也就不再评述。

清代杂剧在结构体例和艺术表现上也颇有特色。首先在结构体例上,继承和发展了明代杂剧中一折短剧的传统。如果说以一折写一事的体例产生于明代,那么清代则是这种短剧趋向成熟和繁荣的时期。特别是合几个不同故事为一本杂剧的体例,更显然是继承了明代杂剧的传统。明人沈采、汪道昆、车任远诸家均曾写过合几个不同故事为一本的杂剧,但对后代影响最大的当推徐渭的《四声猿》。在清代杂剧中就产生了如张韬的《续四声猿》,桂馥的《后四声猿》等杂剧作品,仅从题目看,就可知道是仿效徐渭所作。如果说它们之间有什么不同的话,徐渭的《四声猿》中只有《狂鼓史渔阳三弄》为一折短剧,其他三种中有两种为二折,一种为五折;而《续四声猿》和

《后四声猿》各自写了四个故事,但每个故事均为一折短剧。类似《四声猿》体例结构的清代杂剧为数还很多,诸如嵇永仁的《续离骚》、裘琏的《明翠湖亭四韵事》、洪昇的《四婵娟》、车江英的《四名家传奇摘出》、黄之隽的《四才子》、曹锡黼的《四色石》(以上各种,每种均包括四个不同故事),甚至还有包括了8个故事的周乐清的《补天石传奇》,9个故事的石韫玉的《花间九奏》和32个故事的杨潮观的《吟风阁杂剧》等等,它们都是一折或折数不多的短剧。这种短剧的大量产生,正表明它适应了作者表现自己某一意念和情绪的强烈需要。其实,这种短剧要写得成功,更需要作者高超的艺术修养。吴梅就认为短剧十分难写,一是作者写剧必有寄托,"传奇反复译审,可逐折其言外之意",而"短剧止千言左右","作者之旨辄郁而未宣";二是"短剧虽短",但"波澜曲折尤必盘旋起伏",方可"动人心目";三是在"分宫配调"时,"长剧可以调冷热",而"短剧止用一套",因此"以剧情配合曲情"不能"尽合分际"(《清人杂剧二集序》)。由此看来,创作一折短剧更难于构制四折、五折的长剧,而清代杂剧作者却乐意为之,在现存的作品中固然有一些失败之作,但却仍有许多成功之作,这正表现了这些杂剧作者的艺术表现的上乘功夫。

其次,重视表现作者心绪而不注重故事情节。这种倾向,在明人杂剧中已曾出现,而在清人杂剧中则更趋明显。在明代,一些短剧已渐渐失去观众,所谓"民众伶工渐与疏隔,徒供艺林欣赏,稀见登台演唱",这种剧作常被人称之为"文人剧"。而"明代文人剧变而未臻于纯,风格每落尘凡","纯正之文人剧,其完成当在清代"(郑振铎《清人杂剧初集序》)。这种评论颇为符合实际情况。清代杂剧作者大多为学者文士,他们创作杂剧一如赋诗作文一般,无非是借助它一吐不平之气,宣泄愤懑之情而已。尤侗的《读离骚》,嵇永仁的《续离骚》都是这类作品。他们都认为"虽填词不可抗骚,而续其牢骚之遗意"(《续离骚·引》)。廖燕写有杂剧4种,更将自己作为剧中人物写入剧中,例如在《诉琵琶》中,他写道:"小生姓廖名燕,别号柴舟,本韶州曲江人也。几日来米坛苦匮,谈文岂可疗饥;酒盏俱空,嚼字哪堪软饱?贫愁日甚一日,丰乐年复何年?"。这种手法,在清代后期的剧作中仍有出现,如吴藻的《乔影》。这种倾向并不是无意识的表露,而是有意为之。徐爔在他的《写心剧》自序中就明白表明,他之所以创作杂剧,"原以写我也,心有所触,则有所感;有所感,则有所言。言之不足,则手之舞之,足之蹈之,而不能自已者,此余剧之所由作也。"这种倾向进一步发展,必然使得杂剧失去不少观众,因而也就被视为不宜演出的"案头剧",是导致杂剧衰落的重要原因。但是,如果我们摆脱了传统的戏剧理论中的一味重视动作、十分强调冲突等观念,而把杂剧不仅看作是演出的脚本,也是可供阅读的文学作品,那么我们也就可以同意费里德里奇·赫勃尔在《日记摘录》中所说的"一个剧本的命运最后总归是一样的:仅供阅读。那么,为什么不在动手之初,就按照它必然遭际的命运把它写成仅供阅读的剧本呢?"

(《外国现代剧作家论剧作》)。何况清代一些杂剧作家"多不能歌,如桂馥、梁廷枏、许鸿磐、裘琏等,时有舛律,"因为他们原就是"以作文之法作曲",如果绳之以传统的戏剧规律则"未有不误者也"(吴梅《清人杂剧二集序》)。因此,当我们摆脱了戏剧理论中某些传统的观念,而从文学作品的角度去衡量,那么,清代杂剧的成就也依然是十分辉煌的。

本集选择了 16 位作家的 21 本杂剧,其中以初期的作家作品为主,因为如同元、明两代杂剧故事集一样,入选的作品首先要考虑它的思想价值,而在清代杂剧中,当以初期的作品成就最高。其次,要考虑作品的故事性,有些杂剧虽然也有较高的思想价值,但由于缺少情节,可读性不强,就没有选入。这类作品,在清代杂剧中较之元、明两代的杂剧作品为多,其原因已如上述,是由于作家将它视作抒发心绪的工具,而不把它用来表现社会现实所致。因此,无论从选择剧本还是从改写角度来看,其难度大大超过对元、明两代杂剧的选择和改写。这一情况不能不向读者说明。此外,同《元代杂剧故事》《明代杂剧故事》一样,《清代杂剧故事》也在每一篇故事之后,附有简短的说明文字,以供读者参考。

查继佐

查继佐(1601—1676)，字伊璜，又字敬修，号舆斋，别号东山钓叟。浙江海宁人。清初剧作家，工书善画，著有杂剧和传奇等，现仅有杂剧《续西厢》传世。

续西厢

话说张珙自从离开蒲东普救寺,与莺莺、红娘分别以后,五里十里,长亭短亭,跋山涉水,风餐露宿,非止一日,总算赶到京城。其时正值德宗皇帝大试天下士人。他匆匆应考,洋洋洒洒做了几篇文章,赋了几首诗,回到住处后细细回味自己的文字,颇为得意,想来高中无疑,就在住处一心专等佳音。果然,皇天不负苦心人,终于中了第三名进士,就是所谓探花郎,照例授职为翰林院编修。

翰林院编修乃是清贵的任职,没有什么紧要的案牍劳神。张珙新上任,更是清闲自在,或是看书作文,或是出门会客。没有多日,他就感到冷冷清清,特别是到了晚间,独自一个寄寓在旅邸,倍觉寂寞,免不了回忆普救寺那段令人感到无限欢欣的生活。

张珙回想道:那时驻兵叛乱,孙飞虎兵围普救寺,相国遗孀郑夫人为了保全一家性命,向两廊僧俗高呼有退得乱兵者,不论是何人,都以自己女儿莺莺嫁给他。幸亏自己有个老朋友白马将军杜确镇守在蒲关,就托法聪送了信去。白马将军及时赶来相救,转危为安后,哪曾想到郑夫人却翻了脸,不认前账,只令女儿莺莺以兄妹之礼拜见,害得自家大病一场,差点一命归天。后来由于莺莺见怜,红娘仗义,才能暗地欢会于西厢之中。当时有多少惊惶,也有多少欢乐。只可惜好景不长,被那个老虔婆似的相国夫人发现,说什么俺家相门不招白衣女婿,迫得咱与莺莺劳燕分飞,进京来取功名。长亭话别,至今也有大半年了。当时虽与小姐成就一段姻缘,但却未议礼成婚,自然无法携带她一同来京城。如今,功名倒是取得了,只不知道莺莺小姐而今境遇如何哩。

他想到:当年初次见了莺莺,就害了相思,闻到莺莺正在烧香,曾经隔着院墙,吟诗一首,意图打动少女心弦;而聪明的小姐立刻依韵和诗一首。那诗呵,写得多么精妙!以她那样的文才,假如应试,稳稳取个状元,自家再努力,也要差她一、二名。

他又想到:当年被迫分首时,临别之际,莺莺反反复复叮嘱他:不要担心取不到功名。而她呢?却怕咱停妻再娶妻。莺莺的忧虑,咱怎敢不放在心上?应试时的履历上,咱就明明白白地填上新婚佳配是崔相国的女儿莺莺!

他还想到:新科进士的题名录此刻怕也传送到了蒲东。莺莺闺室的檐前不知有否喜鹊声,室内的灯花不知有否爆裂?这些报喜讯的物象该出现了!莺莺小姐得知咱中了探花的消息后,真不知是如何地欢喜,大概要与红娘絮絮叨叨地说个不休,那些话题总不外是郎才女貌两相当啦。

正当张珙闲坐在那里胡思乱想时,门外人语喧哗,接着又是不断吆喝之声,他还来不及过问,只听得一个尖细的声音高呼道:"张珙,张官儿何在?张珙快来接旨!"听说是圣旨降下,张珙忙不迭地奔向厅前,迎进宫监,俯伏在地。

"接旨!"宫监捧出一只绿色锦囊,高声喝道:"张编修听旨:圣上赐你笔、墨、纸、砚,要即时即刻作诗一首,咱家拿去回圣上的话!——接着,圣上所赐!自家去打开锦囊吧。"说着,把那锦囊交付给张珙。

张珙接过锦囊打开,一阵御炉香扑鼻,取出笔墨纸砚一看,宫廷御制,果然不同凡间所造。他又遍搜囊中,却找不到诗题。于是向捧诏来的宫监弓着身子问道:

"二位天使,请问皇上出的什么题目?"

"并不曾说起——你看着办吧!可速速作来,咱家立等回宫复命!"

这可令张珙犯难了。他揣测着,当今皇上是个风流天子,绝不会出道学题目;命宫监来寓所传旨,这又分明不是朝廷应制诗。正在沉吟中,一阵微风吹过,锦囊中的御炉香飘了过来,他顿然醒悟,皇上不正是要咱写莺花风月一类的诗作么?对了,正可以"三五明月夜"为题作他一首。

"张官儿,不要尽在那儿叽叽咕咕,自说自话,快快作来,咱们回奏要紧!"

二位宫监发话了,张珙依然不急不忙,说道:"二位天使,如其是在朝廷上奉命作诗,在下定当限时限刻作成;如今在私寓中吟诗,难道也不容人像贾岛那样推敲推敲?就一定要像曹植那样七步成诗?"

"咱们如今等不得了!快快作诗,别再打岔。"两位宫监已不那么和颜悦色了。

张琪仍在那一边低低地自言自语:我也有倚马可待之才,一时三刻写他几首也并不难,——只是,唉,只是自家写得再好,也赛不过莺莺。

对了!对了!咱何不就将莺莺所作,一字不动地抄誊纸上?莺莺那首诗作,就是补天的女娲做了皇上,大试天下之士,也得推俺莺莺第一。他考虑再三,主意已定,于是伸手研磨起圣上赐的墨,用圣上赐的笔写在圣上赐的笺纸上。

"诗已写好了!二位天使,可拿去复命了。老公公,请替在下美言几句,只说臣文才拙迟,这四句五言,确实是从在下枯肠中搜了出来的。"两位宫监也不耐烦听他唠叨,没好声气地回答道:"先生此诗必定做得妙,咱们回奏圣上去啦!"掉转身出了大门,扬着脸,气宇轩昂地回宫去了。

其实,张琪倒是挺得意的,他认为这首诗韵味浓郁,声情并茂,他们拿去奏闻圣上,定有褒赏赐下。这也多亏得莺莺文才。说起莺莺的文才,简直可以比得上有名的女才子、女学者卓文君和班昭,也可与现今的翰林公并驾齐驱呢。

德宗皇帝见张琪很快写出诗来,倒也十分高兴,随即放下待批的奏折,读起诗来。但仔细推详后心中却生出许多疑惑,又下了一道圣旨,仍命这两个宫监去张琪寓所中宣谕。

张琪在家中正等待赏赐哩,闻知宫监去而复返,也不再像刚才那么惊惶。他从容地进了客厅,俯伏在地接旨。

他哪里知晓,这道圣旨既没有赏,也没有罚,只是责问。圣上何以读了他的诗要责问呢?他的诗又写了些什么内容呢?原来张珙联想到"三五明月夜"的诗题,就以为风流天子无非是要欣赏莺花风月的诗篇,就把莺莺的诗句照抄上奏,那几句诗是:

待月西厢下,迎风户半开,
隔墙花影动,疑是玉人来。

就诗论诗,皇上倒觉得张珙此作既切合题目,又写得飘逸,很有情致。只是体近闺词,细参其情,不类夫妇,倒似苟合。新取中的探花公,怎能有此勾当?天颜颇为不悦,因此下旨,要张珙如实回奏明白,不得含糊其词。

此番宫监再来,比不得前次,毫不客气,不给编修公半点颜面,就好像审问犯人一样,催促张珙明白回话。张官儿实出意料,心想不如实回奏,就犯下欺君之罪;不如老实说出,就此辞了编修,要求外转一个官儿,与莺莺相厮守在一起,或许倒因祸得福了。想罢,他就低头回话道:"荷蒙天问,微臣哪敢不如实直陈。"说到这里,抬起头来,对宫监细细说明:

"二位天使,臣当年寄寓蒲东普救寺时,正值崔相国遗孀携子女寓居在彼处。这首诗止如圣上所料,是臣妻即相国之女所口诵。方才应诏作诗,事出仓皇,一时构思不及,不该将妇人之作,写来哄骗圣上,罪该万死!"

"原来是这样!咱们回奏圣上去。"

"二位天使慢走、慢走!"俯伏在地的张珙赶忙向前挪动,拽住天使袍角,说道:"臣尚有微情,务求公公附奏圣上。"

两个官监虽然嫌他啰唆,但闻知刚才一段情事,也算不得什么大逆不道,圣上未必怪罪,犯不着得罪于他,何不做个顺水人情?便说道:"张官儿,你说说看。得便就替你附奏圣上。"

"谢谢公公。臣与崔氏虽已订盟,尚未成婚。臣愿辞谢翰林院编修的官儿,乞皇上圣恩,外转为河中府尹,使微臣能就近完婚。"说罢,又俯伏在地。这两个宫监眼见此事并不是非分之求,也就答允代为回奏。张珙又说了一些道谢的话,送走了他们。

张珙心中的想法既已和盘托出,倒也心安,一心只在家中等候皇上开恩。

且不说张珙心里七上八下地等待旨意,那普救寺中的莺莺也在忐忑不安盼望消息。自从长亭话别,已有半年之久了。终日神思昏昏,不思茶饭,身子懒洋洋的。红娘见小姐这副模样,不时想寻个话题引动小姐开口,替她打打岔,分散苦恼。可是,只要一开口,她总是张珙长张珙短的。近日她算计试期已过,整日思虑张珙的功名有否考中,为何不见音信。红娘也替小姐着实焦急,今朝听说题名录已传来蒲东,匆匆忙忙告诉小姐知道:"姐姐,听说市面上已到了题名录哩,想来张先生必定高中罗。"

"怎的会不中?"莺莺听得此话,陡然有了精神,站了起来说道:"谁不知道张解元乃饱学之士,满腹经纶!他此次上京应试，必定能脱颖而出。他有文才，又有他先人礼部尚书的恩荫，唉，——还有俺做夫人的命，他一定高中无疑。"莺莺高兴得手舞足蹈，越说越兴奋了。正当她们两个一递一句谈在兴头上时，欢郎跳了进来：

"姐姐，刚才报喜的人从山门前过去了，怎的不到我家来？"未等莺莺回答，他又向红娘说："夫人叫你去前院打听哩。"红娘听得如此，赶忙向前院找长老去询问了。莺莺听说报喜的人没有进门，也担心起来了。她倒不担心张珙的学问文才，而是忧虑如今世风日下：有那些生性愚笨、读书无成的人，却偏偏中了进士，而一些资质聪明、学问宏博的人又偏偏不能入选。想到这样的现实，不禁长叹一声，喃喃自语道："当真张先生没有考中么？"

正当她为此发愁时，猛然听见一声："姐姐，姐夫果然没中哩。题名录上没见有个姓张的。"红娘才跨进房门就高声叫道。莺莺听得此言，如同被雷电击了一下，愣愣地怔住，眼泪立即淌了出来。红娘见把小姐吓得这般模样，未免有些后悔，连忙说道："姐姐，我哄你哩，姐夫的名儿高高标在题名录上哩，写得明明白白'张珙'二字，毫不含糊！"

莺莺给她吓怕了，半信半疑地说："我不信，你别再来哄我了！"红娘把原先藏在身后的题名录递了过来，"姐姐，你亲眼看看，兀的不是第甲第三名张珙？是探花郎哩。"

"呀，可是真的！果真福星高照，中了进士。"连忙揩干泪水，不好意思地对红娘笑道："这冤家，偏要我泪眼相迎!"

红娘见小姐高兴起来了,就谈起正事来:"姐姐,如今姐夫中了探花,来往交接的官儿也定然多啦,只怕姐夫客寓中缺人使唤!"

"这倒说得也是。想来翰林院接近朝廷,与天街咫尺之隔,送往迎来定然不断。只有一个琴童,让他陪陪穷酸,倒还能应付,怎能做探花郎的随从?"说罢,她睃了红娘几眼,打趣道:"啊哟,红娘!你要是跟着去到长安,那就好办了。当年你传书递信十分能干,今朝也可暂且做个长随,只是啊,只是替代不了莺莺。"话还未说完,就咯咯笑个不停。

红娘正待反唇相讥,外面却传来琴童的声音:

"小姐!俺奉官人之命来报喜信啦!"琴童见了莺莺,趋前垂手说道。

"啊呀!琴童,归来了。官人果然中了?你且详详细细说来。"

"小姐,官人有书呈上……"

莺莺接过书信,并未开拆,迫不及待地说道:"琴童,你先说来。"

"小姐,官人到京时,正赶上开考,官人就去应考了。"琴童喘了口气回答说。红娘心细,又问琴童是否亲自去送考的?琴童有些负气地说:"当然,我怎能不送官人去?那明远楼高耸云霄,至公堂彻夜灯光,咱都亲眼所见。"说得口沫横飞,"不但考试,就连官人赴琼林宴,头插双花,也都是琴童耳闻目睹!"

莺莺打断琴童的话头,问道:"只怕官人只中了探花,没得中状元,心中不自在哩。"

"这倒也不见得。小姐长亭送别时,不是叮嘱官人若得夫妻相守似并头莲,也强过考中状元?官人可记住小姐嘱咐哩——对啦,官人中了探花郎,小姐可不是事先就知道的!"

莺莺大惑不解:"此话从何说起?"

"小姐诗中'花',太多啦,什么'花影动'啦,这不是官人命中注定的?"琴童如此调侃,小姐正在高兴之际,倒丝毫未加责怪,反与红娘嘻嘻笑个不停。歇了一会,莺莺又问道:"官人中了探花郎,授了什么官?"

"照例,即刻授了翰林院编修。"琴童也为主人获得功名而得意非凡,不无夸耀地说道:"编修这官儿,倒是蛮显要哩,经常侍候皇帝老子,不是替圣上讲经书,就是替圣上草公文,闲来还要纂修典籍,记录皇帝起居,全都有关治国齐家的大事哩。"

琴童说得溜了嘴,红娘听得出了神,莺莺却想到自身幸福,问道:"官人这么忙,就不想这里的事了?"

"怎的不想?"琴童滔滔不绝地说:"俺时刻伺候官人,官人的心思俺最清楚。官人拿起乌纱帽时,他就想到向年在这寺里墙边,站着等小姐出来时,帽子都歪了半边;当他套起官靴上朝时,又想到当年立在东墙之下,双脚发麻的往事……"

红娘也相信张珙不会忘了莺莺,自言自语地说:"怎的有办法,让官人回来一趟就好了。"

红娘这几句自说自话，倒提醒了琴童，只见他双手一拍，连声说道："该死，该死，俺怎的把紧要事儿忘得一干二净！"

"怎么？"红娘被他这般神态弄得十分诧异。

"官人要我来报喜信的。"

红娘更是大感不解："中了探花，做了编修，还有什么喜信？"

"说来倒真是一件奇事。"

莺莺也被他前言不搭后语的话儿弄得莫名其妙，"琴童，快快说清！别老是绕舌头，纠缠不清。"

琴童见小姐有了几分嗔怒，不敢再打趣，理了理衣服，仔仔细细地说道："编修官儿当不了几天，皇上忽然要官人作诗，题目听说是什么'三五明月夜'，限时限刻做好，宫监大人立等诗篇回奏。官人一时情急，就把夫人向年在普救寺吟的诗抄了封进去……"

"呀，有这等事！"莺莺一时怔住，"咱们夫妇唱酬之情，怎能上达天聪？怕不怪罪下来！"

"夫人虑的也是。当初皇帝老子是不开心，着宫监大人来究问。幸亏官人如实回奏，皇帝老子才转怒为喜。"

"后来又怎样处置的？"红娘也急着追问。

"官人就此辞了编修，讨了河中府尹的官儿，以便归来与小姐完婚。皇帝老子已有圣旨，允了官人请求。官人怕小姐心急，放心不下，他在京中还要收拾行李，告别各位同僚，特命小的先来报知夫人。"琴童这番话说得虽然好似倾盆大雨，但小姐听得十分受用，顿时兴致好了起

来,又与红娘说笑道:

"我哪曾想到自家的诗句竟能上闻皇帝?想不到这四句诗儿倒做了成亲的凭据!红娘,我想假若我把他当年写的什么'如何临皓魄,不见月中人'的诗写给皇后,我怕也要弄个河中县令做做!"说罢,一摇二摆地学起官步来,红娘笑得弯了腰,琴童又调侃道:

"小姐,这可不成。你做了河中县令,见到河中府尹,少不得要递手本、行参拜之礼!"

莺莺此刻倒也不分什么主仆身份,笑着说:"咱们有旧情,官人或可免了俺的躬迎参见。"

说说笑笑,已过了晌午,琴童急着告退,问道:"夫人,琴童还要回京去,夫人可有什么话说?"

莺莺说要写封信捎去,红娘连忙研了墨,铺好笺纸。莺莺略略沉吟,提起笔来就写,写就后又从头读过一遍,无非是希望官人千万珍重,早日回来,又诉说自己如何情牵万里,终身相托。她把信笺折起来交给琴童,让他藏好。随即又进内室拿出几样东西来,一一付给琴童,要他一路妥为收藏,到京后交给官人。红娘在一边看视。无非是玉环、斑竹之类,大约是用玉环比喻其志如环,又如玉,贞节永久;斑竹点点,又是表明相思泪痕,未曾断绝。红娘眼见莺莺的用心,不禁点头叹息,小姐用情可谓既专且深了!

琴童收拾好书信、物事,告别出去。莺莺兴奋了半日,也有些倦意,红娘伺候她歇息后,自己也去休息了。

真是好事多磨,琴童刚刚离开普救寺,相国夫人的侄儿郑恒赶了来。说起这郑恒，原来也是官宦人家，学文不成，但却学得使奸卖俏的手段。相国在日，曾将莺莺许配与他为妻，只是当年都还幼小，并未完婚。崔相国身故以后，他也未来奔丧，一任相国遗孀携儿带女扶柩归乡。叛兵作乱时，他不敢前来，如今听说莺莺即将嫁给张珙，他却想出一条诡计，想来谋夺莺莺为妻了。

他得知探花公在京还有数日逗留，趁这空当，急急匆匆赶到普救寺，见了老夫人假意殷勤问候。老夫人听说侄儿从京城来的，就问他近日长安有什么消息。郑恒这厮倒颇有心计，装作不知张珙与莺莺的关系，说道："近日长安城中大户人家都在招婿，好不热闹。有个探花，真是一表人才，人人都想招他为婿，结果赘到卫尚书府中去了。当日张灯结彩，气象万千，真是轰动了几条街。"

听得"探花"二字，红娘立即问道："这探花姓甚名啥？"

"听说探花是西洛人氏，姓张名珙。"这一声不打紧，直把莺莺小姐惊得六神无主，也不顾郑恒在场，"哇"的一声哭了出来，返身转进内室。郑恒故作不知，向老夫人问道："姑妈，莺莺姐姐为何悲伤？"老夫人只得把当年迫于形势许配给了张珙的情由说了出来。

"姑妈，那张珙娶了卫尚书之女，荣华富贵，哪样没有？还会想到莺莺姐姐！早把小姐抛闪在脑后啦——姑妈，当年先君在日，曾与姑父大人订下了这桩婚事，现今小侄特来完婚，请姑妈做主。"

郑夫人做事一向没有主见，偏听偏信，又特别钟爱自家侄儿,既然张珙入赘了卫府,莺莺就没有着落,倒不如就践前约,把她嫁给郑恒吧。思索片刻后,点头应允了这桩婚事。郑恒这家伙平白地骗了一个美貌妻子,喜滋滋地好不得意。

红娘倒能鉴色辨貌,估量郑恒这厮定非好人,他的话不可信。张珙为人忠厚,对小姐一片深情,绝不会再去卫尚书家入赘,趁郑恒去大殿上嬉耍闲逛之际,她向老夫人进言,力辨此事定属讹传,不可相信。老夫人只是听不进去,执意要将女儿莺莺配给侄儿郑恒。莺莺愁苦万端,老夫人也毫不痛惜。倒是红娘有智谋,她想:张珙远在京师,非一日可至。只有他的好友白马将军杜确,率重兵驻扎蒲关,离此地不远,如其能来,尚可击破郑恒的诡计。想罢,她密地与长老法本商量,法本一则同情张珙与莺莺婚姻,一则又怕白马将军问罪承当不起,就同意红娘请求,派了一个僧人前去蒲关向白马将军求救去了。

白马将军杜确自从平定了孙飞虎兵乱以后,辖境地面安靖,近半年来倒过着清闲日子,这日正在书房中看邸报,见到知心好友张珙除授河中府尹之职,十分欣喜。心想不久张珙就要来此任职了,彼此可以朝夕相见,宦情也就不会冷寂了,同时自己当年保下的这桩亲事,趁此也可完婚了,心情非常舒畅。正待小饮几杯,忽然侍卫进来传话法本长老有信送来。杜确看了来信,拍案而起,大骂郑恒小人搬弄口舌,埋怨相国夫人言而无信。随即吩咐左右备马,急步出了辕门,接过缰绳,飞身上马,向普救寺奔驰而去。

到了普救寺,他三步两步地进了山门,绕过大殿,自有人去通报老夫人。老夫人迎出客堂,尚未坐定,白马将军劈头就问道:

"老夫人在上,前次老夫人亲口将莺莺许与张珙,后又反悔,幸亏红娘从中撮合,方使老夫人不失信于人。你家相府的信行,倒亏这小女子一身替你担着。如今怎么听了郑恒这厮的花言巧语,又要翻悔赖婚?"

"老身怎敢忘恩,只是张珙负义。他不该弃了莺莺,去卫府做女婿!"

"你听谁说的?"

"咱亲侄儿郑恒说的。"

"郑恒这厮的话,夫人怎能相信?他心怀叵测,觊觎莺莺,已非一日,他的话全无凭信!夫人,你怎的不替张珙设身处地着想?"杜将军一再劝说。

其实入赘卫府的话,老夫人也是将信将疑的,只是郑恒是她嫡亲的侄子,相国在日,又曾许了婚,如今前来迎娶,难以应付。在白马将军追问之下,她只能将这难处如实地说了出来。

"夫人,既然相国在日已有婚约,当时贼众围困普救寺时,你就不该许愿——其实呵,夫人,兵荒马乱之际,若不是张珙,尽管是相国之家,地下亡灵是无法抵制乱兵的,幸亏有张珙救了你全家,你怎能过河拆桥?"

"我也曾设宴酬劳过了,也不算怠慢。"老夫人还强词夺理地辩解。

"呵呵呵,夫人!秀才看重的,不是风月,便是诗书,金银珍珠,他却看不上眼,谁还稀罕你的酒席?"杜确觉得夫人所言实在可笑,毫不客气地加以反驳。

红娘立在一旁,也顾不得上下尊卑,气愤愤地插嘴说:"老夫人拷责红娘之时,奴家已将他们两个配偶之事,从头招出。当日老夫人也曾默认了此事,将小姐许与张珙了。今日又何故重新提起?"

白马将军对红娘敢作敢为十分折服,接着红娘的话茬说道:"夫人,那小女子劝解夫人的一席话,我倒也曾听说过。她虽然身为婢女,可是却替相府保全了声誉!"

老夫人在他们左右反驳之下,心知理亏,嘴硬不起来,只得无可奈何地说道:"假若张珙真的负心忘义,将军又拿他怎么办?"

"这桩事,尽在下官身上。就我所知,他已得授河中府尹,不日之间定将来府上成亲。"将军生怕夫人再次翻悔,又板上敲钉地说道:"老夫人,你曾向两廊下僧俗众人高呼,有谁退得贼兵者以女许之,这便是父母之命;在下提兵前来解围,当众做了证婚,这就是媒妁之言。这桩婚事不能变更!下官尚有公务在身,即刻告退。待新任府尹到来,下官再来贺喜,还要写本上奏朝廷。"说完这篇软中带硬的话,就别了夫人而去。

郑夫人眼见此事赖不了,白马将军不但亲自前来督责,还要奏过当今皇上,也只能将莺莺许与张珙了。但又如何发付侄儿郑恒呢?

到底是相国老夫人,懂得人情世故,极有机变之才,心想:郑恒也无非要娶一房妻小,如今莺莺既然许配了张珙，估量郑恒自己也知道敌不过探花。如今好歹给他娶个妻子，料他也无话说。接着，老夫人又考虑将何人配给郑恒，她想：红娘年岁也不小了，又生得俏丽动人，将她配给郑恒，侄儿也不会不满意的。决心下定，她把红娘唤到面前，说道：

"红娘，张生眼看就要到来。我思量郑恒在此也不便，但又不能让他空手回去。今朝我索性抬举你，替了咱相国小姐莺莺，嫁了他。"

红娘未曾料到老夫人有这一着棋，听得此言，十分气愤，脸都变了色，顶撞着老夫人说："俺红娘一辈子不嫁人，也不嫁与他！"老夫人却执定要如此办，红娘一再表示不愿意。老夫人又改变语气，劝她说作了郑尚书的媳妇何等光彩。红娘却针锋相对地说自己不想要那份荣耀。老夫人硬是不改口："这桩事，我定要如此做！"

红娘也改变了策略，苦苦恳求老夫人，要她看在自己多年侍候小姐的情分上，免了此事。说道："我自从跟随小姐以后，二人从未分离过，虽然身份为主仆，但情投意合，小姐只把咱当作个亲妹妹看。老夫人，让咱陪嫁过去，一辈子照看小姐吧。"

老夫人只是不同意，她决心不让自家侄儿郑恒落空，并且表示要告诉白马将军杜确，请他处置。红娘不禁火冒三丈，冷笑着反唇相讥："杜将军就这么听你的话？他为莺莺的事，就逆了你的主张？我红娘这桩事，他难道会顺着你的心意干？只怕夫人一厢情愿地做梦！"红娘这番话，激得老夫人恼羞成怒，撒泼无赖起来："好呀！小贱人,你说什么陪嫁,大概与张生有了些不明白的勾当了,才如此放他下不!我如今偏不许你跟他,看你怎办!"

红娘见老夫人用这恶名声加到自己头上,更是激愤:"老夫人,你用这恶名葬送人,你怕不怕头上的青天?咱可是臂膊上立人拳头上走马,一生清清白白,不怕你胡来!"说罢,拂袖擦掌,气得几乎不能自控。老夫人见红娘这般激烈反抗,怒气也陡然上升:"好呀!你这小贱人,与咱作对。我也不管你意下如何,只准备好花花轿儿抬了你去!你不上轿,咱的侄儿一只手就把你提了上去!"

"啊哟喂,婚姻事从来要商量,怎的强行凑合?让咱替代小姐去做尚书的媳妇,我可不要这光彩。郑恒这厮也不是善良之辈,我绝不相从,大不了一个死!向年孙飞虎贼兵围困,莺莺姐姐差点上吊。现今姐姐嫁了人,咱红娘也死得了!"头也不回,气忿忿地离去了。郑夫人心想这不过是女孩儿的气话,当不得真。

正当此际,外面一阵喧哗,纷纷嚷道:"新上任的河中府尹到啦!"话音还未落地,早见张珙一身官服,神气非凡地进了后院,见了老夫人,行了拜见礼,朗朗说道:"探花、新任河中府尹拜见老夫人!"

"张先生,你是奉旨的新官人,来到敝处,有失迎迓,惶恐惶恐。"这没头没脑、不冷不热的几句话儿,倒叫兴冲冲的张珙感到好似一盆冷水浇头,还未曾答话,老夫人又没好气地说:"新夫人比旧的如何?只怕咱莺莺还比不上她的脚跟哩。"

张珙此刻倒有些惶恐了,从放榜之日到授职之时,确曾有不少官宦人家来说亲,但自家从未流连帝都美女,一心只想念莺莺,怎的老夫人说这等话?真令他百口难辩,一时张口结舌,不知从何说起。正当他们僵持不下时,外面通报白马将军前来拜访。张珙像是遇见救星似的,连忙迎了出来。杜确唯恐故人真的做下这等没情义的事,也反复诘问。张珙赌咒发誓:"绝无此事!"白马将军素知张珙是一个忠厚君子,料来今日所说也不会假,就与他手挽着手进去向老夫人说明。

老夫人此刻也没有闲着哩,她原以为红娘寻死不过是气话,哪知红娘真的在梁上投了索儿,幸亏被欢郎发现,嚷了起来,左右急忙放下红娘,上上下下乱得一团糟。老夫人也真的有些后悔了。白马将军杜确得知此事,不禁赞叹道:"这真叫人钦敬!"张珙则想到当年种种情事,若非红娘相助,怎能有今日?自己欠下红娘的情义,至今还未报答,怎不有愧?幸亏解救及时,红娘缓缓苏醒了过来,大家方才舒了一口气。

谁知隔墙又传来一声:"不好了!"大家不免又胆战心惊起来,不知又出了什么事?接着,跑过一个家人来,嚷道:"老夫人,不好了!郑恒死了!"

"怎的死了?"听说侄儿死了,老夫人立即变了脸色,四肢动弹不得,呆呆地问道。

"郑相公听说莺莺小姐嫁了人,红娘又不肯嫁给他,气愤交加,一头撞死啦!"仆人气急败坏地说。

到了这一地步,老夫人只能唉声叹气,怪自己的侄儿太不争气,自己断送了自己。在场的其他人,想法也就各不相同。红娘不无高兴地说:"这个庸俗讨厌的家伙死了倒好,咱小姐只有高兴。"张珙此刻已经明白老夫人之所以变故,全由这厮挑唆而起,对他的暴死,也觉得咎由自取,不值得怜惜。郑恒的丧事自有人去料理。

此时,主婚的郑夫人,证婚的白马将军都在场,趁热打铁,一时三刻就为莺莺和张珙完了婚。白马将军杜确回到蒲关以后,又把此事经过,详详细细写了一本奏章。后来德宗下了诏书,允准崔、张婚配,指配红娘为侧室,崔莺莺等人都有封赠,这是后话,此回不提。

【说明】

此剧为清初剧作家查继佐所作。继佐字伊璜,又字敬修,号舆斋,又署东山钓叟。继佐生于明万历二十九年(1601年),少时颇有文才,诗文词曲,皆所擅长。崇祯六年(1633年)考取举人。清康熙十五年(1676年)卒。浙江海宁人。他曾救援处于饥寒之中的吴六奇,后来吴六奇投效清朝,官至提督。庄廷鑨私修《明史》一狱兴起后,查继佐也被牵连进去,幸亏吴六奇大力辩白,才免于祸。继佐工书善画,著述颇丰,有《明季国语》《鲁春秋》《班汉史论》等。他还酷爱戏曲,家中蓄有女乐,多解音律。他本人辑有《九宫谱定》,流传于世。著有杂剧1种和传奇6种,现仅有杂剧《续西厢》传世,《重订曲海目》《曲考》《今乐考证》等均有著录,现存《杂剧新编》本。

《续西厢》也是杂剧《西厢记》的一种续作。在《杂剧新编》所收录的《续西厢》中有一段眉批,说:"世谓《西厢》后卷逊前,而未有敢作者,此借应制填词止义誓死,为莺、红生色,遂使全传烨烨。"评价不可谓不高。在这个剧本中,查继佐既没有按照元稹《莺莺传》,也没有按照王实甫《西厢记》情节发展的倾向继续写下去,而是别出心裁地从张珙中了探花写起,将《西厢记》杂剧的结局变作《续西厢》一剧的开端。尽管在情节发展中也糅合了《莺莺传》和《西厢记》的某些内容,然而均是被用来丰富《续西厢》一剧的,倒也浑然一体,结构也不失谨严。

在《续西厢》中,张珙与莺莺的婚配,实际上已有郑夫人所应允,白马将军杜确所保媒,但从结合到完婚,其中又经历了不少波折。虽然,在这方面它不如《西厢记》杂剧那样有极为深刻的暴露,但也以一定的篇幅做了形象反映,自有价值。至于此剧的结局,虽然出自查继佐的匠心自运,与其他一些翻案之作不同,但却未必值得称道,作者用皇帝的谕旨表彰了张珙与莺莺的婚事,又将红娘指配与张珙为侧室,未免堕入才子佳人大团圆的惯常结局,趣味不高。

吴伟业

吴伟业(1609—1671),字骏公,号梅村,别署灌隐主人,江苏太仓人。

他是明末清初著名诗人,"江左三大家"之一,又为娄东诗派开创者。吟诗作文之余,他也创作戏曲,现存传奇《秣陵春》1种,杂剧《通天台》《临春阁》2种。

临春阁

我国南部广东，自古以来就聚居着越族民众。他们住在高山深洞，有十万人家。高凉地区（今电白、阳江、恩平等县市）越族首领姓冼。到南北朝时期，冼家出了一个少女冼氏，从小贤明练达，能帮助父母筹划谋策，管理越族民众，还能行军用兵，亲临前线指挥作战。

她的才能被梁朝罗州刺史冯融赏识，请人聘娶她为儿媳。冯融也是世代将门，他的儿子冯宝当时就是越族聚居地区高凉州的太守。冼氏嫁过去不上几年，冯宝就死了。高梁州失去主管官儿，一时骚乱动荡，生民不安。冼氏继承丈夫事业，多方安抚百越民众，岭外顿时安靖。这已是陈后主陈叔宝临位时期。后主见她才干出众，为朝廷立了大功，就册封她为谯国夫人，让她在岭外设立衙门，有权任命长史以下的大小官吏；还赐给她官衔大印，遇有紧急军政大事，可以调发所属六州兵马，先行处置，再奉表上闻。

谯国夫人冼氏不但马上的本领了得，而且胸怀大略，思谋不凡。那些悍将骠兵，总以为戎行中不应有妇女参加。她生性高傲，容不得别人轻视，看不起那些装门面的男子汉。明明他们缩头缩脑，思前虑后，成事不足，败事有余，反倒一股脑儿把责任推卸在妇女身上，认为妇人家头发长见识短,做不成大事。如今她开府岭南,索性在衙门大墙贴上告示,把自己幕府中所属的记室、参军一类官儿的姓名填上去,看看那几个不服气的酸秀才又有什么手段。哪曾想到,她这一招还真灵,那些谋得一官半职的酸秀才非但没有鼓噪,反而个个服服帖帖地在她手下供职;那几个强悍的武将,原本不好调遣,但见了令旗下悬着圣上所赐的势剑,摆着圣上送来的铜铡,一个个也就俯首听命。真是一旦权在手,便将令来行。

近日陈后主又给她下了诏书,赐她驷马高车一乘,还有仪仗鼓手一队,让她尽心王事,巡视南疆。为了感激圣上的信用,她也日夜操劳,力保边地安靖,为圣上分劳解忧。

这一天,她清早起来,梳洗穿戴,披上锦裘,围上玉带,吩咐亲随敲起鼓来,把辕门打开。顿时,一队仪从掌着锦旗,捧着刀剑,上了大堂。接着,冼氏在左右亲信偏将簇拥之下登堂,在公案前坐下。此刻,前几天通知的岭外各路军事将领和外藩小邦的君长,一齐聚集在辕门外听候传唤。

只听见中军官报道:"岭南道、岭北道各州刺史进见!"

"请各位进来!"冼氏兀自坐定不动。那十来个刺史把平素颐指气使的派头都收敛了起来,人人小心谨慎地恭立在堂前。

谯国夫人的眼光横扫过去,视若无物地说道:

"诸公!你们都是身居上将,出身豪门。如今受我节制统辖,恐未必甘心效力……"说到此处,故意一顿,还未及开口,那十来个刺史个个做出诚惶诚恐的模样,连声说道:"下官不敢!"

"好啦,甭多说。"冼氏接着说道:"诸位,你们既然身与戎行,说不得要遵从约束。我申明在先,若有不到之处,诸公可以赐教;但军令不是儿戏,务须遵守!"

"愿闻!"

"方今主上严明,近日有诏书颁下。各路刺史,诸藩君长,若有不服调遣,不听号令,擅自攻伐,任意侵掠者,要本官先斩后奏。诸公宜将辖区内的越族民众加以训诫,尊事朝廷,不要违犯军令!"

"是!定遵大人告诫。"

"退下!"一声令下,这一溜儿刺史大人后脚跟定前脚,悄无声息地下了堂,出了辕门,方才长长舒了一口气,没有一个心中不暗自庆幸,总算没有被这女人捉了讹错。

中军官又趋前报道:"有诸藩小邦使臣请求接见。"

"他们有什么要求?"

"讨庆贺的宴赏,回大人。"

"这个,我不会少他们的,告诉他们,要他们岁岁进贡,年年来朝。"中军官遵从冼氏命令,把诸藩使臣传上堂来,由谯国夫人亲自教谕一番退去。

这时中军官又前来禀报,说:"罗罗等处宣慰司等处军民长官求见。"

谯国夫人顿时发怒,喝道:"不必传他们进来!你去问他们,为什么叛变无常,一再违背朝廷?左右,替我把他们拿了下去,送到军政司定罪!"

中军官知道谯国夫人不了解实情,就细细说明,此次罗罗少数民族叛乱,是因为广州都护府一再调遣他们去冒险寻宝,以致激起群怒,发生变故,主要罪责不能由他们承当。

经过中军官的说明,谯国夫人当机立断,一面吩咐参军签发告示,到处张挂,尽免杂项差徭,以安定罗罗民心,同时告诫他们要奉公守法,不可再行妄动;一面又让参军在谢恩本上,把都护府官激民反的实情写清楚,也好让圣上知道。

谯国夫人果断地处理了这些公务,本待退到后堂歇息,转而一想,何不趁这些刺史啦、君长啦、使臣啦大小官儿还未散去之际,把他们一齐招来,宣扬一下王朝势力的显赫,也可起到恩威并用的作用。她沉吟一番后,吩咐亲信偏将,把圣上颁给她的几道诏书以及钦赐的物品,一齐端了出来,在堂下庭院中陈设;同时吩咐中军官把那些刺史、君长、使臣等等官儿重新召了回来。

那些大小官儿忽又被召回,正不知发生什么事体,谯国夫人冼氏不等他们开口询问,先发制人地说道:"诸位,请先观看庭中那些物事。"这群衮衮诸公谁敢违背上官意旨,个个都趋前仔细查看,有的还特别细心逐件清数,说是有圣上诏书五道、张娘娘手诏二道,锦袍一件,绣缎儿达千匹,不禁又钦又羡,赞不绝口。

谯国夫人见了他们这般模样,方才开口说道:"诸位,你们晓得我陈列这些物品的用意么?"

"不晓得,请夫人解说给我们听。"

"好呀,你们要我说,我说说。今日拿出圣上所赐礼品,让诸位鉴赏,不是我故意侈谈圣上恩宠,夸耀妃子恩德,而是让你们都知道朝廷待人不薄,就拿在下一个妇人来说……"她顿了片刻,又继续苦口婆心地说道:"我身为妇人,能有今日,全是圣上所赐。但我虽然是一个妇人,却自幼恪守圣人之教,时刻不敢忘记'忠贞'二字。正因如此,圣上不断赏赐我花红礼酒,恩宠并至。我想诸公各宜努力,报效朝廷,他日封侯拜相,当不在我这一妇人之下!"

堂下的大小官儿见谯国夫人讲到此处,脸上绽出一点笑意,言语也温和下来,也就不再唯唯诺诺、畏畏缩缩了。有的趋奉讨好地说道:"夫人功劳高,皇上赏赐重,这是自然的。下官怎敢与夫人相比,相差太远了!"还有个别胆大的趁机问道:"圣上赐给夫人的诏书五道,这不用说了。只是张娘娘两通手诏,令下官不解,难道张娘娘也会做文字?"

"啊呀呀,这是什么话?"谯国夫人倒没有生气,莞尔笑道:"依你这么说,做女人的就考不取进士,吃不了圣人赐给新进士的宴席?你太小觑咱妇道人家了。"

"张娘娘果真能做文章?"有个刺史故意奉承,"盼大人给下官讲讲娘娘的才学。"

"好吧!张娘娘有才有学,确是难得人才哩。假若把我与她对比起来,论笔墨文字,我得让她;论驰弓飞马,她得让我。"冼氏抬起手来指着案上陈设的锦袍说:"娘娘不但文字了得,还有一手好女红,就拿这袭锦袍来说吧,这是她自养蚕茧,自织锦缎,自缝成衣的!"

"啧啧啧!"一片赞叹声顿时在这群大小官儿阵中响起。其中一个刺史上前巴结地说:"张娘娘这等用心,夫人也该选一些猫儿眼、祖母绿一类的大大的珠宝贡献上去。那样,不要说夫人官上加官,就连下官们也会跟随夫人升迁几级了!"

谯国夫人听不进这种谀媚的话儿,略有几分不快地责备道:"啧!这是什么话!我替她稳住锦片似的大好江山,她也不在乎你们说的这些进奉。想不到你们做官的终日只考虑送礼收礼,倒是咱们妇人家却不把这些珍珠宝贝看得重!"说完这番话,立即命亲随收拾起这些礼品,又唤来中军官,让他传下令去:诸藩小邦的君长、使臣,安排到宾馆去赐宴;各地军民长官即刻回到自己辖地去,"至于各州刺史嘛,不能离开,让他们各自带领本部人马,随我到关门各处巡视一番。"

中军官见谯国夫人连日烦劳,就上前禀道:"待小官领兵前往,夫人不必亲自前去。"

冼氏也明知中军官是一番好意,但她生性不认输,处处要强好胜不让男子,因而不免有几分负气地说道:"啊!你大概认为我去不得。你们这些男子总以为花枝招展的妇女们怎能上马射箭!——发令箭一枝,着镇守边关的将军们速速发兵,随我出关巡探!"

中军官和堂下的刺史们听得夫人这番言语,无不从心中钦敬,他们也不得不认为,如今像伏波将军马援那样勤劳王事、征服边疆的男子汉太少啦,几乎连一个也见不着,反倒得依靠花木兰般的谯国夫人征战边疆!

且不说谯国夫人冼氏在南疆替陈后主守卫岭南安靖,在陈朝宫廷之内,为陈叔宝分劳解忧的也是妇道人家贵妃张娘娘。这位贵妃娘娘名叫丽华,可也不是寻常女子,长得美貌非凡,自不必说。难得的是她的出众才华,除了陪皇帝老爷酒宴游戏,还得应诏作诗。张娘娘又极有见识,深明事理,各路军政要员的奏章,后主要她批答;朝廷的诏敕,后主也请她代笔。张贵妃倒也件件处置得宜,因此深得后主的宠爱。张娘娘身边有个宫女,名叫袁大舍,也颇能文,一般不重要的文字,娘娘也常常叫她代笔,她也做得妥妥帖帖。后主也不见怪,反赐给大舍学士头衔。她十分得意,自号披香博士,又名文籍先生,成为张娘娘的心腹和得力助手。

这日清晨娘娘起来,梳洗方清,就把昨晚奉圣上命写的诗卷取了过来,一边吟诵一边推敲。猛然听得一声:"女学士袁大舍叩头。愿娘娘千岁千千岁!"

沉浸在吟诗作文中的贵妃娘娘倒被吓了一跳,抬起头来问道:"大舍,你清早来有何事体?倒被你吓了一跳。"

"娘娘,刚才万岁爷差了内使蔡临儿来说,岭南节度使来朝觐见,要娘娘写一道敕书嘉奖她,弘宣朝廷恩德,慰劳边臣劳苦。还说,立等着要,待会儿派内使来取。"袁大舍知道此事紧急,不敢稽迟,一口气把蔡临儿传来的万岁爷的话儿说完。

哪知道贵妃娘娘全不把这桩事放在眼中,轻巧巧地说道:"这是翰林院掌管的事!谁高兴替他去做!"

袁大舍知道娘娘又耍娇脾气了,既不回嘴又不走开,只在一旁静静地伺候着。果然,隔了不一会,娘娘不无牢骚地说道:"大舍,哪曾想到我贵妃娘娘倒成了翰林院中的太史公!皇上真无道理,夜晚要陪他饮酒吟诗,早晨还要人家替他处理公事!且教他等等!"

"也真难为娘娘了。"袁学士深知内情,不无同情地赞叹着。正当她们两个准备进一步诉说心思时,院外传来"蔡临儿叩头"的声音,只见一个内官已跪在台阶上叩拜。

"万岁爷要做什么敕书?"张娘娘此刻倒不便发牢骚了,只得明知故问地问道。

"回娘娘的话,是给岭南女节度使冼氏的,万岁爷今日在临春阁赐她宴席,敕书是立等着的。"

张娘娘显然有几分不快:"知道了,你在外厢等着。"

袁大舍想着话题为娘娘消除烦恼,说道:"娘娘,这岭外的女节度使倒十分能干,与娘娘正好匹对儿。"

不想,这个话题倒勾起张娘娘的极大惆怅。她若有所失地对大舍说:"大舍,我想一个妇道人家做到节度使,官也不算小了!想来我和你两个不幸,生长在深宫之中,若以我们的词翰文章,让你我外朝应试,还怕得不到一官半职!"

袁大舍未曾想到本是为娘娘释愁解闷,反倒勾起她满腹心事,赶紧解说道:"娘娘,这话也不必提起,如今万岁爷终日沉醉在酒乐之中，各方紧急文书，那桩军机要事不由娘娘调遣？谅来节度使又是个多大的官儿？就是大舍去做，也能应付，何需娘娘大才？"

"大舍呵，你枉为学士了！你不知晓我的心意。我哪里是想什么官儿！想来我们妇女即使能文会武，也被锁在皇宫后院之中。我已厌倦这种吟花讴月的无聊生涯！我想这冼氏真算运气，做到率领十路军州的节度使。我的才干也不比她差半分，不是自夸，我在朝中也可与三公比比高低，只可惜如今只能在这种优游岁月中度过年华！"

停了半晌，张娘娘忽然又说道："大舍，听说冼氏虽然官儿做到节度使，依然像女孩儿般长得玲珑剔透。"

"娘娘，是的。不过听说她昨天在西园射柳，真是英雄手段，围观的人没有一个不喝彩！"

"这个，我就不如她了。"

大舍未料到这几句话又触动了娘娘的心思，连忙解释着："娘娘，您羡慕她这种手段作什么？论起吟诗作赋来，她怎能与娘娘相比？"

这几句话说得娘娘蛮受用，顿时高兴起来："大舍，我难道只是文字上过得去？就是在各种技艺上，弹琴啦，打球啦，下棋啦，猜谜啦，哪一件不如人？偏偏在拉弓骑马上输给了别人，真叫人着恼。"

大舍见娘娘又有几分不快了，急忙转换话题，"娘娘，我们先去东阁里将敕书写好，怕万岁爷早就到了。"

果然，后主陈叔宝早在东阁坐等啦。平素，后主此刻还在酣醉之中哩。自从他发现贵妃的能干练达以后,索性将国家大事一起托付给她,自己无忧无虑地追逐声色。但此次接待冼氏,却不敢怠慢,岭南十路军州全靠她维持,因而今日清早起来,宿酒刚醒就吩咐蔡临儿去请贵妃娘娘写敕书,一面又召唤江总、孔范这两个御前文人前来吟诗,自己却端坐阁中等待冼氏觐见。

其实,张娘娘在发牢骚时已将敕书写好,大舍催她去东阁时,就从案头取了过来递与大舍。两人方才离了寝宫,姗姗地向东阁行去。

上了台阶进了东阁,已见万岁爷端坐在上,娘娘立即拜了下去:"臣妾张丽华见驾。"

"贵妃,少礼。那给岭南节度使的敕书可曾作好?"此刻后主倒关心起大事来了。

"女学士袁大舍叩头!禀告万岁爷,娘娘早就作完了。"

"好啊!宣读敕书,原就归学士掌管。娘娘既然作好了,你就读一遍与朕听。"

"领旨!"袁大舍取出敕书,不紧不慢、有声有色地念了一遍。后主倒仔细听着,见敕书中的话儿无非是颂扬冼氏名门出身,功劳盖世;还有一些表彰冼氏忠贞、政绩特出的语句;最后又有一些许其官爵、给予权力的言辞。后主听罢,觉得贵妃娘娘这封敕书倒写得十分得体,一时龙颜大悦,拊掌笑道:

"如此大手笔,贵妃真是女丞相之才!孤家细想起来,这么大的一个陈国,文武两班臣子中没有一个出色的人才。今日得贵妃做词学近臣、冼氏任边关大将,你们两个,一个替孤家看阅奏章,一个为我巡视山河,朕可放心无忧,好终日与几个狎客饮酒赋诗,真真快活!"说罢,又拊掌笑个不停。

听了万岁爷这种不伦不类的话儿,张娘娘真是哭笑不得,委婉地回道:"只是这样做皇帝也太便宜了!"

可笑后主居然听不出贵妃娘娘话中的讽谏意思,还以为向他讨赏哩,更加乐了,手舞足蹈地向大舍说:"学士,你就把岭南贡献来的珍珠宝贝、犀角象牙拣出一些来送给娘娘,算做写敕书的润笔。"

"这个倒不需要,"贵妃娘娘不屑一顾地说道:"万岁,明珠么,我不要;珊瑚么,也易求;翡翠么,不难购。我只求有日岭南进贡鲜荔枝,可要摘得个合欢枝赐我。那时节,只要万岁爷说一声当年张丽华写敕书,今朝送她润诗喉,我这个女相如也就感到极大的报酬了!"

后主还未及答话,内使进阁来禀报说,谯国夫人还有江、孔两个学士在宫门候见。后主闻报,中断了说笑,吩咐内使:"宣他们进来!"

不一会,谯国夫人在内使导引下进了内阁,拜了后主,口称:"臣妾岭南节度使冼氏见驾。"紧跟着两个学士并排进了阁,齐臻臻地跪拜在地,一个口称"臣江总叩头",一个口称"臣孔范叩头"。后主也不理会这两个狎客,只是不住眼地把冼氏从头看到脚打量,然后回过头来对张娘娘说道:"人家都说节度使这个武官是粗人做的,孤家看来给女人家做倒也十分好看。"

贵妃娘娘也是心性高傲不过的人,从冼氏进阁起,就在一旁冷眼观察,不得不承认这个谯国夫人确实长得风流出众,经后主一说,她立刻附和道:"你看那发式,全是宫内模样,哪像是从远州边地来的?她那尖尖十指,就好似笋条般儿,哪像驰马射箭的粗人。"

后主见娘娘赞同自己,更是高兴,又向冼氏说道:"听说你在岭南劳苦功高,声名大著。"

冼氏小心在意地回奏道:"这全靠万岁爷恩威,娘娘筹划,臣妾哪有什么功劳可说!"

贵妃娘娘别过头来,对侍立一旁的大舍低声说道:"大舍,你听她说话的声音真好听,好像是帘外的鹦哥声。"

大舍顺口答道:"岭南原就是鹦哥的家乡哩。"

"你看,大舍,"贵妃又低低说道:"她那身打扮虽是男子汉的,但却掩不住她的女儿娇态。你只要看她的双眉,不是用螺子黛画了的!那红战袍下露出的小脚简直如同一钩弯月。分明是巾帼英雄,又有谁能像她这般?!"袁大舍频频点头表示同意。贵妃又指着江总、孔范这两个狎客说道:"你看,大舍!这两个家伙不但诗才有限,相貌也不济。不论文章还是弓马,还是咱们女辈占尽风流。"

且不说贵妃娘娘和学士大舍喁喁私语,那后主陈叔宝正忙着设宴招待:"光禄寺可曾备好酒席?"

"回圣上,早准备好啦!"一个小内监回答道。

"好嘛,今日宴席,特赐谯国夫人绣墩,坐在贵妃左首,学士袁大舍坐在孤家东偏。大家尽情戏耍,不须尽守君臣之礼。"后主开了御口,谁人敢不赞同?阁中君臣就按照后主安排,依次就座。

"冼氏来自远方,贵妃须亲自赐酒一盏,算是替朕敬酒!"娘娘也十分高兴有机会接近冼氏,口称"领旨!",并应声而起斟酒。

后主又继续吩咐说:"袁大舍虽然是宫人出身,但朕已任她为学士,今日可充当陪宴官。"正在进退失据的袁学士,听见这一旨意,立即跪下叩头谢恩。

阁外教坊司此刻已经丝弹竹奏,箫管齐鸣,嘈嘈切切,错杂地吹打弹奏起来。江总、孔范这两个狎客文人向后主献酒,袁大舍也跟着而上,冼氏见状,也不敢落后,她擎起酒盏向前。后主来者不拒,依次饮了他们敬献的美酒,说道:"如今海宇清宁,八方来贡,你们向朕献酒,也须向娘娘敬酒。"他们乐得有机会奉承娘娘,个个向娘娘敬酒。一时间东阁内欢声四起。后主也真能出主意,他又想起一个题目来,"今朝天子请客,女将来朝,可谓盛事,江、孔二位以及诸位在座的各赋诗一章,送给贵妃批阅,列出名次。入选的赐给锦袍一件,写不出的罚酒三升!"

"领旨!"张娘娘先自赞成起来,其实后主出这个题目也是为了讨她欢心,"这倒是个好题目,我先做起来。"娘娘话声方才落地,自有小内监捧出文房四宝。只见张娘娘捋起衣袖,略一沉吟,挥毫直书,不到一盏茶工夫,一首七绝已送呈后主。

"好诗,好诗!宫人拿去给在座诸位传观。——如此好诗,只怕孤家也作不出。"

后主的夸奖，倒令张娘娘有些害羞了，"陛下取笑我！臣妾怎能与圣上八斗高才相比——不说这些，谯国夫人的诗作大概也写好了。咱们翰林风月，即使写上三千首诗，也抵当不得夫人维护着关河十州的功劳。""娘娘过奖了，臣妾怎能与娘娘的才学相比？"冼氏听了贵妃的话，连忙谦逊而又不失身份地回答道。

此刻狎客江总、孔范心如火燎，眼见两位妇道人家已经抢先作好，就急急匆匆地草成二诗送呈后主，后主却令内监接过送给贵妃批阅。

贵妃娘娘倒也不谦让，认真吟读一番，低低吩咐大舍说："你去传谕他们，两人的诗作功力还可以，只是孔范的落句词气已竭，江总的结句还有神采，毕竟是江总第一、孔范第二。"

后主全凭贵妃裁夺，随即命小监取了一件锦袍赐给江总。江总自然感谢不尽，孔范也不得不随着谢恩，君臣皆大欢喜。

冼氏见夜色已深，想趁后主高兴之际，告辞归去，挪步向前说道："皇上，臣妾承陛下赐宴，饱餐御厨美味，真是莫大恩宠，臣妾深谢皇恩，就此辞朝归去。"贵妃听说冼氏要回岭南，也顾不得宫廷礼节，下座来携住冼氏手儿，相互倾诉钦羡之情，恋恋不舍。江总十分机灵地对后主说道："陛下，明天智胜上人在青溪寺讲经，请娘娘拈香，何不就请谯国夫人护驾。"

"说得有理。"后主也看出贵妃与冼氏不忍一时分首，"冼氏今晚不必离京，明日率领御林军三千保驾到青溪，那时你就顺便登程,不必再回朝复命了。"贵妃娘娘知道这是皇上恩宠,为她多挽留冼氏一夜,但又不想在冼氏跟前摆出娘娘架势,连忙开口道:"不要说什么护驾,只当是我们替夫人饯行罢了。"

冼氏也心领娘娘厚意,"臣妾怎敢劳动娘娘,只是遵命护驾。"

后主眼见已安排停当,吩咐左右撤了宴席,君臣各自散了。

青溪寺在建康城东隅,青溪九曲之傍。寺中供奉着一尊女菩萨,所以俗称张女郎庙。这座寺院三十年前倒曾兴旺过一阵,满城女客都到寺中供奉香火,真是寺前轿马,寺内素点,名动京师。掀开化缘簿,自有人挨挤上前认数;敲几下木鱼,也有人漫手撒下香钱。不过,自从左邻一个叫赵文韶的秀才平白地撞上狐狸,血口喷人地说是寺中菩萨变的,一传十十传百,顿时传扬出去,女客也不敢来了。从此香火中断,寺墙颓圮,木鱼声断。只有一个耳聋的道人别无去处,权且在这座破寺中栖身。

也该寺院有幸重光!庐山有名的智胜禅师来到京师,准备设座讲经。当时建康城中广有寺院,正所谓"南朝四百八十寺",什么瓦官寺啦,同泰寺啦,都是大大有名的好去处。智胜禅师偏偏选中早已破败不堪的青溪寺。聋道人不敢怠慢,拖着老迈的双腿,奔进奔出地张罗了好几个月,花了点钱,把寺墙重新粉刷,又请人将堆在香积厨中的几块七零八落的朱红槅子油漆一新,装补起来。他那一身黄布直裰简直像块抹布,又脏又皱,却再无半个铜钱去做新的，只得将就把它洗净浆平穿了起来。

前两日朝中内使就来传话，说今朝贵妃娘娘要来上香，听禅师智胜讲经，这就更加忙坏了聋老道。他几乎彻夜未睡，到处张罗。天色渐明，智胜禅师早早进寺，升堂入座，专待贵妃娘娘前来。

智胜禅师为什么要在此寺讲经？原来他多年观察，知道江南王气即将消竭，陈后主来日无多了。他本想点悟后主和朝中大臣，多为百姓着想，救黎民于水火刀兵之中。但他在庐山早已听说陈朝君不君臣不臣，终日沉酣酒色声乐，全不管朝政大事，只有贵妃张娘娘是个有心人，所以选定供奉女菩萨的张女郎庙设座讲经，希冀引动娘娘前来拈香，就此点悟一番。果然，张娘娘要来听讲了。因此他打点起精神，准备用心应付。

禅师在上座沉思默念，他的徒弟们各自铺单、上香，安排齐备后一齐绕着禅师四周盘膝打坐，敲动铙钹、木鱼，念动莲花宝藏。

聋道人拐着腿凑上前来叩头："大禅师，今日贵妃娘娘降监，禅师以什么礼数相见？"

"老僧自有礼数，不劳费心。"智胜安然若素地高坐不动。

不一会，寺门外喧哗之声不绝于耳，只听见"娘娘驾出西华门了！"，接着，有小和尚进来通报说："护驾的两个女官儿已到寺门。"智胜禅师未及答话，早有徒众引了上殿。禅师也不下座，朗朗问道：

"久闻两位高名，现今担任何职？"

谯国夫人应声上前,"弟子冼氏,新授岭南节度使。"

"弟子袁氏,现任翰林学士。"

智胜禅师也不答礼,却向两厢僧众喝道:"大家懂得么?如今朝中臣宰甚众。这两位官人却是女娘家,的确不寻常。"说话之间,寺外已传来"娘娘驾到"的吆喝声。袁大舍赶紧上前请禅师迎见。智禅只是一拜:"娘娘,老僧稽首。"贵妃倒不拿腔作势,谦恭地说道:"法师少礼,法师护国庇民,斋坛严净,今来礼拜,幸见威仪。"禅师也随和地说道:"老僧道场斋供,全由国主布施。娘娘御驾降临,天人欢喜,请殿上拈香。"

贵妃娘娘一行去各殿随喜上香。事毕,坐下来听讲。只听禅师喝道:"一切草木都有佛性,只看瓶里杨枝……"抬手指着观音菩萨座前的杨枝瓶,"人世上是非兴亡,哪一件不在里边……"说罢,双眼紧盯娘娘。正待继续讲下去,忽地寺外闹哄哄的,谯国夫人忙不迭地跨出寺门,喝道:"娘娘听讲,三军为何喧嚷?"

"青溪山下有一条猛虎咆哮而来,被羽林军韩将军擒来,在此献功。"紧跟出寺的智胜禅师连忙插话:"这头虎就给老僧做个弟子吧!"冼氏觉得有点怪异,心想大概这老和尚说疯话,这吃人的家伙也能做弟子?"叫人献上来!"韩将军大踏步地扛着一条白额大虫走到谯国夫人面前,就地掼了下来。那猛虎还没来得及舒伸四肢,智胜禅师伸出法杖搁在大虫的脖子上,说来也怪,这猛虎居然服服帖帖,一动不动:"你这畜生,你不过前来化个素菜馒头,怎的惊动羽林将军!"

贵妃娘娘此刻也到了寺门前观看,低低吩咐袁大舍传出谕旨,将这条大虫就施舍给老禅师。智胜听得此言,笑呵呵地对大虫吩咐道:"快去斋房中守住自家皮囊,不要再招惹是非,去吧!"那法师挥动禅杖,这条大虫拖着尾巴驯顺地进了寺门。

贵妃看出神了,不禁问道:"法师,那虎好不怕人,法师怎的降服了它?"禅师乘机点悟她说:"娘娘,擒虎的将军才可怕哩,虎又有什么值得可怕的!人世间多有拖刀弄剑的飞将军,升堂入室的大虫却不多见。"贵妃娘娘似懂非懂地又追问道:"法师神通如此广大,必定知道过去未来,敢问法师如何破除烦恼,安身立命?"

智胜禅师微微一笑,举起禅杖在地面上点点划划,说道:"人世间这一桩那一桩,何曾跳出此中方丈!"

娘娘依然没有醒悟,只觉得禅师讲得太凄惨,心中愀然不乐,拉住冼氏手儿,吩咐她可回岭南去了,自己也准备回宫。

谯国夫人即刻行拜别之礼,说道:"臣妾远别天颜,不胜眷恋。"

娘娘听见冼氏这番言语,长叹一声说道:"夫人,你看,青溪九曲,山色四围,塞满愁云凄雾,正不知人世存亡、市朝迁改!我与卿不知今后还有相见之日?"

"娘娘说得远了。臣妾三年上朝请安一次,请娘娘放怀。"谯国夫人慰解地说道。

娘娘又回过头来对智胜禅师问道:"法师,说起爱恋之情,佛祖是容不得的,但像我眷恋臣僚,不知法师如何看法？"

"这也有前因后果，哪是什么离情别绪。贫僧已道破几分，娘娘未能当机立悟，日后自能分晓。"智禅又转向冼氏说道："夫人，您受此深恩，须要早早整顿军兵，经常来京师参见才好！"

谯国夫人连声应诺之后，拜别了娘娘，叩辞了长老，赶程回岭南去了。娘娘见冼氏走得远了，方才起驾回宫。

聋道人见这些皇妃、夫人一一走开了，方敢趸了上来凑热闹，有一搭没一搭地与禅师搭话，众僧徒也一拥而上，禅师却老大不悦，懊恼地说："咳，我到青溪来开讲，原是有用意的。哪曾料到空费我一片婆心，救不得她无边苦恼。这也是百姓灾难，不只是他一姓存亡。眼见得这片锦绣江山，即将成为刀兵世界。此处不可久留，老僧明朝即回庐山去了。"众僧徒听了，有懂的也有不懂的，但都有几分害怕，各自走散了。

谯国夫人回岭南以后，回想去建康朝圣的种种情景和朝野之间的种种传闻，知道陈朝已面临危亡局面，隋杨陈兵江北，虎视眈眈，江南指日可下。想到陈朝待己不薄，自己开府岭南，全是朝廷恩宠，尤其是贵妃娘娘饯别赋诗，恩情更重，因而精心整练兵马，准备随时提兵勤王，报效土处。

果然，不久就传来隋朝大兵渡江南下的消息，还说后主、贵妃近况不明，而满朝文武大臣个个缩头缩脑、袖手旁观。冼氏一面痛恨男儿误国，一面率领三千藤牌军赴京勤王。

尽管冼氏忠贞不贰,可是她率领的这三千藤牌兵,并非人人争先、个个恐后。岭南自冼氏一统以来,长久未曾动过干戈,那些当兵的无非是吃官粮、骗官做。闲来无事,还去疍户船家白吃白拿。听说主帅勤王,大多行动迟缓,心存侥幸。行军终日,不过才开到越王台下。主帅心想明日度过梅岭,日夜兼程,赶往京师;老爷兵却心想慢慢行军,落得轻松自在。正所谓人齐心不齐也。

谯国夫人见天色已晚,传令全军就在越王台下扎营住宿,次日过岭。各营将士纷扰了一阵,大都安息下来,此刻已过二更天了。冼氏一时仍不能入眠,就漫步登上越王台闲眺,尽管夜色墨黑,她的目光似乎已越过重叠的屏山,飞过迂回的江河,看到了京城建康皇廷中的情景。她知道贵妃娘娘对万岁爷的沉酣酒色深为不满,但却无力挽回颓败之局。因此她在与自己分别时才流露出那么多的惆怅。对贵妃娘娘的才智和处境,她十分理解和同情。自己虽为开府一方的节度使,也无力相助。想到此处,不禁喟然长叹。夜更深了,她也疲乏了,信步回到帐中小憩。

三更左右,忽然听见中军传报"张娘娘到!"。还未及下榻,娘娘已飘然而入:"夫人,张丽华在此!"说着就自己坐了下来,"夫人,你还认得我么?"

冼氏十分惊诧,连忙从榻上爬了下来跪倒在地:"臣妾不知娘娘降临,有失迎接,千万恕罪。"娘娘双手扶起冼氏,说道:"夫人请起,现今的形势,也用不着行这大礼了。"听了这话,谯国夫人更是纳闷,又不便点破时局的艰险,只能旁敲侧击地探询,"娘娘,这里离京城十分遥远,沿途山川险僻,怎的从天上掉下娘娘来?"

贵妃却不正面回答,只是长叹一声,苦闷不堪地说道:"夫人,我有万千烦恼,无人可诉说,只能来看您了。趁万岁爷醉后不知觉,悄悄地步月而来,与卿叙谈。"冼氏仍然摸不着头脑,只能接着话题谈,"娘娘,有什么不高兴的事?"娘娘见有人同情,不禁流下泪来,"夫人,你可晓得我的苦恼么?"冼氏沉吟半晌,只能试探地说:"啊呀,是否皇上又宠爱了别的妃子?"

"唉呀呀,你还说这种话儿?"娘娘又急又恼地叹息。

"是不是太子有什么病痛?"

"我也顾不得他了。"

谯国夫人见几番试探都未猜中,不禁低头寻思。娘娘也只是长吁短叹,不再说话。半晌,冼氏问道:"娘娘,怎不见袁学士同来?怎的没有一个内侍相随?"

娘娘只把十只水葱般的手指儿搓来搓去,低低地说道:"外面有人意图谋我。"

冼氏惊讶万端,"哪一个不是娘娘臣子,有谁敢说三道四,图谋不轨?"

"夫人,你难道不知道,朝中那班官儿,一见势头不好,便把责任一股脑儿推在我身上,说是什么女宠乱朝!"

谯国夫人深知妇道人家的种种艰辛,也深知朝臣的种种无耻,气愤地说道:"娘娘,你虽然万般风流,但并不曾把皇上戏弄——这,臣妾是清楚的。您在闲谈戏嬉中,还经常规劝万岁爷。这般无耻官儿,当面奉承圣上,背后又作践娘娘,真正小人!"

娘娘见冼氏气成这般模样,倒是事前未曾料到的,就势换了个话题,"夫人,你可知道我们过去游宴吟诗的处所,那些雕栏玉砌的亭台楼阁,全都空了!"

"啊呀,这是怎的……"冼氏真的惊讶了。忽地,一阵鼓声传进帐中,娘娘吓得几乎从座椅上跌了下来,惊慌万端地说道:"夫人,这鼓声想必是隋军来追赶了,我去了……"冼氏连忙解释:"娘娘,这是我营中的打更声,娘娘怎的如此心惊胆怯?"她快步上前扶持娘娘,娘娘却不顾冼氏搀扶,拂袖而去,冼氏空空抓住娘娘的衣袂。忽地醒来,冼氏方才知道原来是一场噩梦,心头仍然突突跳个不停。她预感到这个兆头不好。

谯国夫人赶紧披衣而起,唤进中军官来,问辕门外为何击鼓?中军官未及回话,帐外击鼓的军校闻声入帐,大步上前报道:"夫人,打探得隋军已过江,陈兵不战自溃,京师失守,后主已降,张娘娘遇害了。"

谯国夫人听报大惊失色,"哪有这样的事?速召各位将军进帐!"不一会,各路将领都进帐叩候。夫人将这个消息告诉大家,有的说告急文书才到三日,隋兵不会如此快速,怕有误传;有的说再派人前去打探确实。正当他们议论纷纷之际,又一个军校闯进帐内,气喘吁吁地说道:"夫人,衡州府送来报惊文书!"左右取了递呈给夫人,冼氏看了,冲口而出:"呀!这消息千真万确的了!"顿时气闷倒地，左右亲随救护半晌，冼氏方才哭出声来，"娘娘，可怜！怎的竟然离我去了！"

那个军校见夫人十分同情娘娘，就大着胆子接嘴说："夫人，听说当朝不少文武大臣，还说了两位贵妃娘娘许多坏话。"

"呸！这般坏种。全是他们把江山坏了，反倒推在娘娘身上。我敢情还不知道他们那些卑污手段！"谯国夫人极为愤慨地斥责他们，也全不顾眼前下级僚属齐蓁蓁地候在帐中。

有个军校又说道："听说孔贵妃也自缢了。"

冼氏顺口应道："孔贵妃与张娘娘相处得不错，她们彼此也算做伴了——只是啊，可惜张娘娘了。"说罢，泪水又夺眶而出，但她想到自己毕竟是一方统帅，不能不强行忍住，筹划全局。

陈朝已亡，隋军逼近，何去何从？前几日，她就踌躇过一番。"诸位，你们跟随我多年，指望替朝廷出力，博个大小功名，哪曾想到事态发展到此地步！大家空费了一番辛苦！"说着，她点头示意，一个亲信随从捧出一大沓表册来，放在案前。夫人继续说道："这是历年征收的钱粮清册，请各位尽数清点，散给各位军士。你们有想家的可以回乡，有想官的可以另图高就，各自听便。我决心入山去了。"

帐中大小将领一时竟怔住了，半响才反应过来，齐声说道："我等生死追随夫人！如其散伙，宁可死于夫人马下。"散营的消息不胫而走，满营军士哭声震天。冼氏垂泪说道:"我费了十年辛苦,才练就这支人马,也不忍一朝散去。只是张娘娘待我情厚,如今她国亡身死,我又不能相救,还有什么面目更立在三军统帅位置上?我的主意拿定了。"说罢,她索性哭起娘娘来。她想到,当日娘娘曾经跟她说过,满朝文武没有一个人肯效忠皇上,因此才保举她挂印为帅,开府一方,统领岭南人马的。事到如今,自己也未能勤王救驾,娘娘的厚望依然落空。想到这里,她入山之意更加坚定了。众将领见劝说不转来,相互嗟叹。忽然有个将领说道:"既然夫人主意已定,我们求小将军出来做主帅,怎样?"

大家都拍手叫好,"说得有理,说得有理!"

冼氏不便严拒,只能说道:"你们好意,我也不能拒绝,任凭你们了。"说罢,她下了公座,自去后帐中解除衣甲,换上百姓服装。她做了二十年的十州节度使,如今依然回家做个平民老妪,心中感慨不已。她又想到,自己卸掉了三军统帅,倒又要替儿子去缝征袍,不禁气愤地喃喃自语:"妇道人家毕竟难与人决雌雄;但愿天下能与人决雌雄的人,表现出几分男儿的勇敢气概来!"

【说明】

此剧为清初吴伟业所作。吴伟业字骏公,号梅村,又署灌隐主人。江苏太仓人。生于明万历三十七年(1609年),卒于清康熙十年(1671年),有年63岁。伟业于明崇祯四年(1631年)考取进士,年仅23岁,初授翰林院编修,又迁南京国子监司业。南明弘光时,曾被任命为少詹事,因与马士英、阮大铖不合,辞官归里。明亡以后,杜门不出达十年之久。后在清廷敦促之下,又出山入仕,授国子监祭酒,但为时不久,即辞官归里。

吴伟业曾师事复社首领张溥,自己也是复社一员。他极擅诗文,所作委婉含蓄,爽洁明快,名重一时,与钱谦益、龚鼎孳并称为江左三大家,著作甚丰,有《梅村家藏稿》《绥寇纪略》等。

吴梅村在吟诗作文之余,也曾创作戏曲,现存传奇《秣陵春》一种,杂剧《通天台》《临春阁》二种。《临春阁》杂剧,在《新传奇品》《重订曲海目》《今乐考证》《曲录》中均有著录。现存清顺治间原刻本、《杂剧新编》本等多种刻本行世。但戏剧出版社影印诵芬室翻刻《杂剧新编》本,只有一、二两出。今据《清人杂剧》初集本改写,此本乃据徐乃昌旧藏原刻本影印,四出齐全。

吴梅村出身于士大夫家族,对农民起义持反对态度。明亡后,虽然出仕清朝,但对清统治阶级并无好感,也曾受到时人的责难。后来他在《自叹》诗中说:"误尽平生是一官,弃家容易变名难";在《过淮阴有感》中也说"我本淮王旧鸡犬,不随仙去落人间",都表现了他对自己出仕新朝的懊恨与追悔。这种情绪在他的戏剧作品中也有所表露。

《临春阁》一剧据《隋书·谯国夫人传》和《陈书·后主张贵妃传》敷演而成。但是,吴伟业并未拘泥于史实,而是借历史上这两位著名妇女的某些事迹,抒发了家国兴亡之感。这在明清易代之际，不能不说是作者民族感情的一种曲折的表现。剧作中，作者有意为后主贵妃张丽华这个历史人物进行翻案，肯定她的出众文采，赞扬她对朝政的积极关注，还通过冼夫人之口，透露了她对后主沉酣于酒色的不满。他对历来"女宠乱朝"的传统见解提出了不同看法。至于冼夫人，作者充分肯定她的武略和忠贞，她从自身的经历出发，对张贵妃的际遇十分同情，对她的遇害深为震惊。历史上的冼夫人后来是降了隋朝的；册封为谯国夫人，开府岭南，"听发部落六州兵马"等荣宠，也是入隋以后的事。作者有意识地割下冼夫人后半截的历史，写至陈亡入山为止，更换了她的结局。而且在全剧结尾时，特别通过尾声，让她高唱出"毕竟妇人家难决雌雄，则愿你决雌雄的放出个男儿勇"，更是对南明王朝那帮摇尾乞怜、投降新朝的文臣武将的辛辣嘲讽。

《临春阁》的故事发生在南朝，冼夫人虽身为岭南节度使，但作者将她活动的主要舞台安排在南朝的都城建康，而这也正是南明小王朝建都所在。显然可见，这种设计并非偶然，正表现了作者吴伟业借古讽今的用意。自然，吴伟业也曾一度降清，然而他的归顺新朝也是身不由己，为时不久即辞归乡里，晚年还为此懊恨不已。我们不必讳言他这段历史，但也不必因人废言，正如他的一些诗文著述中流露了浓郁的故国之思一样，他在戏曲作品中同样也表露了一定的民族感情。对此，我们也不应视而不见，而须实事求是地给予评价。

从戏剧创作艺术角度来看，《临春阁》一剧十分有特色。除了上述对历史题材的精心剪裁以外,全剧的结构非常紧凑,人物内心活动的描写也相当细腻,符合每个角色的不同身份。由于作者诗词素养极高,因而剧作中的曲辞也写得极为优美,富有文采。剧作中,作者描写智胜禅师意图点悟张贵妃的情节,过于冗长,这种意识在旧时代的剧作中虽然并非少见,但实不足取,改写时已有所节略。

叶承宗

叶承宗(1601—1648),字奕绳,山东济南人。顺治三年(1646年)进士,清初剧作家。他共创作杂剧13种,传奇2种,但存世的只有《孔方兄》《贾浪仙》《十三娘》和《吕洞宾》杂剧4种。

吕洞宾

山东博州奉符县有一个秀才姓石,名介。此人言谈行事,全不肯违背圣人之教,所以取字叫守道,石介就是石守道。他年轻时跟从当时有名的学者孙明复老先生在徂徕山下读书。前些时候,皇上下诏起用孙明复先生为五经博士,已赴京任职去了,只剩下石守道独自一个在徂徕山下念书。

且喜石秀才的居处极其幽静,几间茅草搭成的屋子,周围遍植了梅花,另有一种情趣。自然,达官贵人是从不来此地的,全无车马之声乱人耳目。时值隆冬,瑞雪普降。这几日雪止放晴,蜡梅盛开,清香四溢,半弯寒月下窥梅林,真像是一幅王维所画的隐居图。

今夜月色分外明净,石秀才不免放下书卷,走出门外,踏雪赏梅,四周静极,清香诱人。赏玩半晌,他忽然悲从中来,想到自己学问渊博,文章畅达,却不能脱颖而出,埋没在远山深坳中,真是世道不平!但怨怅也无补于事,还是继续奋发努力吧。他走回书房,灯前坐下,取来一卷《春秋》,继续苦读。

读了不几行,忽听得"剥剥"的叩门声。此处从无人来,何况是夜深人静之际,他十分诧异,打开书房门,原来是位道士。

这位道士也不是凡人,而是天上的八仙之一吕洞宾。他本名叫吕岸,道号叫纯阳子。因为"吕洞宾"的三个字被人们叫得太响了,反倒掩住了真名吕岸。

他原已位列仙班,本可不管世间人事;可是凡间的是非口舌,居然也缠绕到他的头上。因为他生得一绺好胡须,结果被人间画成上皇一般。这且不说,又传说他还有采芳牡丹、点石成金等等无稽的荒唐事。近日更有人玩弄问仙求乩的把戏,常装作他的模样,诌几句歪诗,哄骗世人。如此种种,令他免除不了人间的烦恼。但他生性豁达,索性不去管它,遨游五岳四海,且求自家逍遥。不料今日到了泰山,从云端里看见书生石守道,口出怨言,牢骚满腹。他知道这个石秀才洁身自好,为人过于耿介,不免惹祸,立即落下云端,前去点化他一番。

石守道开了房门,见是一位道士,开口问道:"原来是位仙长。不知仙长半夜到此,有何事体?"吕岸一本正经地说:"小道从洛阳而来,因修造玄元宫,到处化缘。久闻先生大名,特求先生布施,以结善缘。""啊呀,仙长可找错了人。俺只是一个穷书生,困在山中苦读。您还是及早去别家化缘吧!不要耽误您的辰光。"石守道老老实实地回答。吕洞宾故意说道:"小道久闻先生有好施之德,今日特地不远千里而来。先生,不要过谦,早早打发俺吧!"

"仙长,尽管您千里辛劳来求咱。可是仙长哪里知道,俺一介书生,未曾发达,怎的有钱相送!"石守道不得不将自己的窘迫和盘托出。吕洞宾只是不理,固执地要求道:"先生,随缘施舍,不拘多少。难道让贫道空手回去不成!"

"哎呀,仙长!"石守道双手一摆,又指着书房四堵墙壁,说道:"这房里尽情搜刮,也不过是些残编破札,有什东西能布施给仙长?"

"先生,"吕洞宾依然不罢休地要求着:"您难道没有听说过'书中自有黄金屋',何况先生日后又是在金銮殿上白玉阶下行走的人。先生,你就施舍一些,又有何妨?"

提起此话,石介倒有些牢骚了:"仙长,您不要说什么黄金屋、白玉阶,您且看看!"说着,他打开碗橱锅盖,"您不见橱空锅空,俺的五脏庙还没有东西供养哩。"

"唉哟,这倒是真的。只不过贫道化缘,第一个彩头就在先生。请先生随便写上几行,聊以风光风光。"吕洞宾不得不退让了。

"这倒好办……"石介接过他递来的疏头,提起笔来,沉吟片刻,"呵!有了,有了。俺付您:山一搭、水一洼……对了,仙长若是嫌少呵,再加上:云天千里、烟霞万缕。呵呵呵,俺秀才从来不说假话,仙长尽管把它取去。"

吕洞宾见了疏头上的事物,呵呵大笑:"多谢先生厚费!这样的布施,贫道也领了一些。先生不要取笑,就是先生手头不宽裕,不妨拿着这本疏头,到相知的有钱人家,求点布施,这也算是你的无量功德哩。"

耍石守道求人相助,这可惹恼了他:"仙长,您越说越不像样了。您叫俺穷措大,去哀求显达,这不是沿门乞讨!您又见哪一个富贵人家肯接济寒酸?不痛骂你一顿刻薄话儿,就算便宜了你!穷人怎去富人家化缘?"说着,气愤得直摇头挥手。

吕洞宾同情地劝慰道:"先生,您说得也对。既然如此,先生何不努力争得一第,求个官职?您怎甘心受此贫寒!"

"住口,先生!"石守道听了此话,一时抑制不住自己的气恼,愤愤地高声说道:"请问先生,俺怎的奋发!尽管自己再努力,老天不让你出头,又有什么办法!你不见如今朝廷上、官府中,不都是沐猴而冠的鼠辈当道。偏偏俺学成了满腹经纶,却不能够报效朝廷!"

吕洞宾丝毫不动气,依然微笑着说:"大概是先生的学问还欠缺些儿吧!"

"仙长,俺的词赋可与司马相如比个高低,俺的学问也不差似谁个。只是俺没有别人的运气,倘若有个识宝的见了咱,您不要见笑,俺可敢承担起治理天下的重任!"

"这倒也说得对。"吕洞宾同情地说,"先生大才不遇,十分可惜。如今社会上势利眼多,像先生这般孤单贫寒,免不了要受欺凌哩。"

石介不以为然地答道:"这倒尽可放心。俺一不出入官府,二不挡人的仕途,随他什么是非,也传不到俺的耳中。难道谈几句'之乎者也'也犯王法!惹恼了俺,俺那只笔也还可与他们的势剑铜铡斗一番。"

吕洞宾见石介的名士气习未净,一身傲岸,眼前难以点悟,立刻转换话题说:"先生既不怕,也就不必谈了。贫道远来一场,先生既无布施,天色也渐渐亮了,贫道就此告辞。今夜与先生作彻夜长谈,也算有缘分,也许后会不远哩。"

石守道听说道人告辞,倒有些歉意,"仙长啊,让您空走了一场。俺恨自己贫乏,冷落了仙长,连一盏茶也没有。仙长不要笑话俺一毛不拔。"他送走了道长,见天色已大明,索性也去城里访问挚友羊季卿。

石介多时不进城了,城中的新闻一点也不清楚。如今奉符县新来了一个巡捕官。一个巡捕能有多大的权力?但这个巡捕官儿却不同一般。

此人姓蔡,名奇,乃是当朝太师蔡京的族弟。他求得家兄一封书信,到了博州府。州府官儿哪有机缘攀结当朝太师?如今半空中掉下这个好由头,怎不尽心巴结?立刻任命蔡奇做州中的录事官。但这个文墨官儿没有什么油水。也是蔡奇时来运转,正好奉符县出缺一个巡捕,知府即刻下剳,委他兼代奉符巡捕。蔡奇自是高兴非凡。

赴任之日,知府又当面许诺:"近日梁山草寇猖獗,本府再拨兵马五百,归你率领。"这么一来,蔡巡捕顿时威风凛凛、胆壮气粗了。

他到了奉符县,原以为即刻就可捞到油水。哪知过了几天,也没个人来告状,地方上也还安靖,没有发生偷盗案情。他想:如此坐等下去,不是白白浪费了时日!应该抓紧发财的机会,不能空手而归。动了半日脑筋,他想:夜里说不定会有犯禁夜的闲人,何不带领一些弓兵,半夜出去走走,抓住一两个,不也是发财的好机会吗?他想定主意,指定一队弓兵,又牵上自家蓄养的一条叫作仙葵的咬人恶狗,在大街小巷中到处乱窜。

且说石守道清早出发,赶到奉符城中已近响午。到了羊季卿家,却是铁将军守门,故人不知去向。访人不着,心中已是不快。早上还是晴天,响午过后,彤云密布,北风陡起,眼见变了天,更增加了几分烦躁。待他决意归山时,居然纷纷扬扬地下起雪来。他只得加紧赶路。出了城来,那鹅毛大雪下得更紧,一如梨花抛撒,又如柳絮纷飞。小径路滑,顶头北风,真是步步艰难。天色渐渐暗淡下来,四顾旷野,杳无人迹,心中更是焦急。忽然一阵风过,掀起了他的一身破长袍。冷风直扑心窝,石守道感到分外严寒,不知不觉地嘟噜道:"像这样的大雪,只是便宜了有钱人家。"这话倒也不假,那些富豪人家,此时正垂着帘子,生起炉子,围着火锅,烹着羊肉,浑身冒汗地观赏雪景,还说什么"天时不正如此暖人"的风凉话哩。石守道又想到:大雪纷飞之际,贫穷的读书人也自有乐趣,或者骑驴踏雪寻梅,平桥吟诗;或者闭门高卧,烹茶扫雪,以助清兴。想到此处,不料脚下一滑,差点摔倒,埋怨地叹道:"风雪途中,最是恼人!"

"喝!喝!喝!"忽然一阵开道的吆喝声传来。石守道不禁吓了一跳,收拢了脚步,稳住了身子,抬头向前看去,只见三五人挨挨挤挤地前来。还未等他瞧仔细,那个牵着一条恶狗的衙役劈头喝道:"那汉子,你贼头贼脑地瞧什么?这是本县捕衙老爷!"

石介冷然一笑,心想俺还以为是什么人哩,原来是个捕衙官儿,带着几个衙役,半夜三更摆什么威风!俺这个不衫不履的穷秀才,偏不向你行礼问好!他硬气地说道:"您就是捕爷又怎样?俺也是个秀才!"

蔡奇见这个穷秀才居然昂头昂脑,十分恼怒,喝道:"半夜三更,什么人敢在此闲走!做公的,替俺拿下此人!"

公门衙役立刻狐假虎威,如狼似虎扑向穷秀才,死拽活拖地把石介扯到巡捕面前。石守道被拖得上气不接下气,怒喝道:"你这是干什么?咱们陌路相逢,你怎的如此欺凌?大人,你难道不知道'富而无骄,威而不猛'的道理?"

"还敢与俺掉文?大胆!俺是本县捕衙,专拿犯夜禁的歹人。你深夜闲行,不是做贼又干何事?快快招来!"蔡奇打着官腔,摆出官架子训斥道。

石介生平不做亏心事,现今居然被诬认为贼,不由得心头火起,顶撞着捕衙:"是贼?请问是谁领头?有何凭证?你就是捧着圣旨,难道不杀人便要偿命?"

接连几个问题,问得蔡奇哑口无言,恼羞成怒:"这个坏家伙不打不招!做公的,替俺打他三十荆条!"

"谁人敢!"石介凛然地高喝,倒镇住了几个公人,又面对面地讽刺道:"久闻老爷大名,今日总算识面!你这类鼠窃狗偷之徒占据公堂,所干何事?无非是苛捐杂税,敲诈勒索,坑害小民!除此而外,你还有什么德政?你有什么颜面可与人说?无非倚仗老兄蔡京!"石守道一泻无遗地痛斥着,这叫蔡奇如何忍受得住。

"大胆狂徒!俺也是朝廷命官,你怎敢如此抢白俺?

做公的,替俺扯了他的衣衫!"衙役见本官动了真气,不敢不上前动手扯衣。这石介却拼命挣扎,相互纠成一团。"豁扯"一声,那件破长袍顿时撕成碎片。石介见长袍已经扯烂,再没有什么好护卫的了,那些做公的也住了手,彼此都怔住了。石介突然冷笑两声,爆发似的高呼道:"俺这件长袍早已破旧,如今倒也用不着拆洗了!只是看不惯你这个老爷,见了权豪势要,你就缩头缩脑,点头哈腰;见了俺穷书生,却又圆睁双眼,狠恶相待!总有一日,太阳出,冰山化,看你又有什么威灵!"

蔡奇被这个耿介倔强的穷秀才顶撞得全无办法,只是有气无力地讥讽他:"你这张臭嘴倒会说话,只可惜考不上功名,当不了官。"

石守道不禁哈哈大笑,笑了一阵又开口说道:"的确令人惭愧,俺这个穷书生没有争到功名——不过,请问捕爷,你又是哪一科哪一榜考中功名,做了这小不丁点的官儿?在下倒是失敬得很哩!"

这蔡奇肚中全无墨水,哪曾下过场考过试,只不过依仗乃兄势力,谋得这个不三不四的官儿,耀武扬威地恐吓小民,在乡里之间作威作福。想不到今朝遇上这个又臭又硬的穷秀才,打又打他不得,说又说他不过,反倒受了一肚皮的窝囊气,真是懊恨万分。怎的出这口恶气?他埋头想了一会,呵,有了,有了,何不叫仙獒来咬这个家伙!

这狠蔡奇用手指着石介,拍了一下仙獒,口中"忽哨"一声,说时迟那时快,这条恶狗扑上前来。石守道未曾想到这一着,手忙脚乱地东闪西避,口中大声斥着:"你这恶狗,怎的伤人?你怎的为你恶主人助威?该死的恶狗!""哎哟"一声,石介终于闪避不及,被它咬着下腿,顿时血流不止,跌倒在地。

蔡奇呵呵大笑,但也不敢过分,连忙喝回仙獒,拍拍它的脑袋:"好好,回到衙里赏你一块肉吃。"又回过头来吩咐公人说:"你们派两个人,把这个穷秀才送到泰庙去,丢在东廊下,冻他几日,看他还有什么狠处!"

石介狼狈不堪,腿被咬破,疼痛难忍;衣衫被撕,寒冷难挡;肚中无食,饥肠辘辘,直到此刻,方才唉声叹气地认输。两个公人倒有些同情他,不无埋怨地说:"谁叫相公顶撞捕爷的?事到如今,可怎么办好?"不想这话又激怒了这位耿直倔强的穷书生,高吼道:"天呀!难道你就能容忍这等强人!他有权在手,便将令来行。只许他放火,不许俺点灯!"叫到这里,他又低声地自言自语地哀叹道:"唉,昨夜那仙长还说怕有人欺侮俺,俺还有些怪他。不想倒让他说中了!念几句'之乎者也',居然也犯法;俺的毛笔到底敌不过他的铜铡!"说着说着,又牢骚满腹起来。

两个公人也不理会他,只是押着他来到泰岳庙,找了一间又湿又暗的堆放杂物的小屋子,把他锁了进去,自去回话了。

石守道被踉踉跄跄地推了进来,一时分辨不清屋内物件,一屁股跌坐在柴堆上,浑身震得疼痛不堪。长叹一声:"如此寒冷,这一宿怎么挨得过!"但四周一片死寂,没有一个人来应答。

其实,吕洞宾早已知道他被困了。第二日清晨,雪霁云开,一轮红日,冉冉升起,映着山上山下一片白雪,煞是奇景壮观。吕洞宾身着道衣,背负宝剑,飘飘而来,进了山门,转到廊下。石守道正在屋内叹息:"唉,苦啊!怎的没个人来搭救俺!"

吕洞宾上前应声答道:"石先生!你怎的被困在此?难道真的是'之乎者也'犯了罪,你那生花的妙笔也失了灵?"说着,又退回半步,打量了一番,"唉,先生。你也真受苦了!看你重冰压臂,冷气侵衣,怎如昨夜拨尽寒炉苦读经书!这真是天道循环,变化无常!俺不救你有谁救你?你且等着,待俺去找蔡奇,自有办法劝说他放了你。"说完,也不告辞就飘然而去。

顷刻之间,已到了奉符县衙巡捕房子,门前并无公人当班。吕洞宾不管这些,径直走到大门前叫道:"有人么?"突然窜出仙獒,扑向吕洞宾就咬,一扑不着,再扑上来。它怎能咬着吕洞宾?越是咬不着越是气势汹汹地狂吠不停。吕洞宾冷笑着呵责道:"你这畜生,真是狗仗人势。舞爪张牙,逢人就咬!——来啊!"话声刚落地,陡然狂风四起,顿时天昏地暗——原来吕洞宾事先已吩咐柳树精听见呼唤立即起风——一时风声、狗声大作,终于惊动了公人张千走出来查问。

仙獒原是与张千熟悉的。它被这突然而起的狂风黑雾惊动,发起疯性,见到门里走出一个人,也不管是谁,扑地向前狠狠咬住。张千顿时跌倒在地,呼痛不已。吕洞宾悄然而至,张千大叫道:"唉哟,疼死了!——你是谁人,来此何干?"

"干办哥哥,你总算出来了。小道从洛阳前来。"

"来此何事?快说!"

"小道来此向蔡爷求点布施。等候半日没有人出来,被这狗咬了多时哩。"

听说这道人也被狗咬了,张千倒有些同情,问道:"可曾伤着哪里?"

"它怎能伤着俺?"吕洞宾的话却使张千开了窍,这道人怕不有什么良药?口气立即委婉温和下来,"先生从洛阳来,可有药治咱?"

吕洞宾意味深长地说道:"药嘛,倒也不必用;你只将被咬伤的地方指给俺,待俺给你摸抚一番。"

张千伸出了左腿:"请先生诊治诊治。"

吕洞宾也不搭话,伸出右手在他被咬的腿上摸了几摸,煞是灵验,原来血肉模糊之处,顿时平复如初,疼痛立止。张千感激不已地向吕洞宾拜了几拜,谢了又谢。

"这真叫作:虎有伤人意,人无害虎心。李代桃僵,牵累你了。"吕洞宾劝慰了几句,又向张千询问:"你的主人怎的不见出来,待在衙内干么正经事?"

"仙长,俺的捕爷,昨日夜里外出巡夜,拿了一个秀才。他归来以后,十分高兴,吃了一夜酒,如今正高枕无忧哩!"张千歇了歇,又接着上面的话题问道:"仙长既有这等本领,您看,此时大白天的,怎的顷刻之间天昏地暗,这是吉还是凶?"

吕洞宾回答道:"依贫道看来,大事不妙哩!"

"唉哟,仙长,有什么不妙的大事呀?"

"正是应在你家捕爷昨夜捉拿的秀才身上!那秀才石守道,满城的人都知道他是个大好人,上天哪有不知的?如今被你家爷拿了,囚禁一边,不要冻死也得饿死。这怎不惹怒了上天?"他故意顿了一顿,凛然地警告道:"不久便要天崩地陷哩!"

这番话吓得张千惊惶不已,又眼见这个道人治病有奇术,怎能不相信他的预言?慌忙说道:"仙长,天崩地陷这怎么得了?不如让俺对捕爷说,赶紧放了那秀才如何?"

"真的放了秀才,或许满城有救哩。"张千听了此言,急急忙忙奔回屋里去推醒了蔡奇。他揉开醉眼,正要斥责张千惊醒他的好梦,张千慌慌张张地把刚才发生的事儿绘声绘影地禀告给他听。蔡奇定定神,对呀,天色好像早就亮过了,怎的又昏暗起来?莫不是这个道人说得有几分道理?不要由俺惹得天怒人怨才好,俺来此做官只不过搜寻点钱财,万一天崩地陷事情就闹大了,到那时怕难收拾。想罢,他就吩咐张千出去传令,把这个倔强的该死的秀才放了。

张千见他已同意放人,立即飞奔出来,让公人火速去泰岳庙放掉石秀才。

吕洞宾依然不走开,直待两个公人归来,说是石秀才已经放了回去。他才吩咐柳树精停了风收了雾。霎时,雾散风息,山川河岳,阳光普照,全城百姓才放下一颗不安的心。那蔡奇也暗暗吃惊。这石秀才倒真的开罪不起。吕洞宾却暗暗发笑。你这蔡奇,尽管你威势显赫,欺压小民,如同泰山压卵,但怎及俺的计算周到?略施小计,你还敢不放人?想到得意处,不禁哈哈一笑,径自离去。

日月如梭,弹指之间,一年过去了。世事如同白云苍狗,变幻无常。又有谁曾料到:蔡京、蔡卞突然丢了官。蔡奇只是一个提不上筷子的衙役头儿——巡捕,一时还无人想到他。但两位老兄倒台,他立时失去靠山,过去的威风一扫而光。更有谁想到:那徂徕山下的穷秀才石介,经老师孙明复先生向皇上推荐,皇上召他进京面试。石守道原就学得满腹经纶,尽心尽意地写了一篇万言书。皇上看了他花团锦簇般的绝妙文章,当即赐给状元,授官殿前御史。

石介得官后,面请皇上准假,以便归里探亲。皇上允准,并且赐给衣锦,让他风风光光地荣归故里。

他出了皇城,径向家乡急驰,一路行来,柳条拂面,衣锦荣归,好不得意。料峭的春寒,再也压抑不住浑身洋溢着的热气,不由地脱去了貂皮帽子。

故乡的云树已经在望,猛然瞥见泰岳庙,当年被困的往事不禁兜上心头,这时道路前方有人蜂拥而来。

来者不是别人,正是奉符县巡捕蔡奇。他风闻石介中了状元、衣锦荣归的消息后,懊恨自己没有远见,种下祸根。此番新状元得意归来,还有不报复回敬的道理!越想越惧怕,越惧怕就越后悔。他曾想了多条路:自尽吧,舍不得这些家财;逃走吧,丢不下许多妻妾。如何是好？他实在拿不定主意。不过贼人贼智,这蔡奇也悟出了个道理:趋炎附势是时下的风气,俺如今加倍奉承,难道他还追究既往?于是,他连夜督促工匠,把徂徕山下石介的旧宅翻盖一新。今早起来,又携带了他敲诈搜刮得来的金银财宝,赶到道旁迎候,见面时呈上一份厚厚的礼仪;万一这穷书生仍不放松,拼着颜面肉袒请罪,他总不能拒人于千里之外吧?!

眼见新状元到了跟前,蔡奇一个箭步抢在马前跪倒在地,颤颤抖抖地说道:"大人,博州幕录事官权管奉符县捕事门下走狗蔡奇,谨具路仪,迎接石老爷。"刚说罢,跟着跪在一旁的张千连忙爬行上前,双手捧上一个沉甸甸的绸包袱。

石介吓了一跳,立即又镇定下来,冷冷地说道:"这也不敢劳动哩。只不过'门下走狗'好怕人呀!"因为他听了"走狗"二字,就联想到往年蔡奇放狗咬他的旧创,特地加重语气地重复了"走狗"二字。

专一趋奉权要的蔡奇哪有听不出这弦外之音的?连忙叩头请罪:"石老爷,只怪门下走狗无知,从前得罪了老爷。小的认罪,小的该死。大人不计小人过。容小的补过,小的已将老爷旧居,重加整修,请老爷回府。"

"啊呀呀,谁让你修理的?俺的图书岂不让你弄散了,还有窗前的梅花怕也弄折了!"石介大为不满。

蔡奇倒不慌不忙地回答道:"石老爷,全照原样修复,小的怎敢自行布局!——大人息怒。"见石介怒气已消,又讨好地说道:"大人,只怪小的有眼不识泰山,当初老爷如果通个姓名,小的就有吃豹子的胆,也不敢难为大人。事到如今,总是小的不对,万望老爷饶俺狗命一条。"说罢,又扮出一副可怜相,连连磕头求饶请罪。

蔡奇如此卑躬,倒换得了石介的好感,这位穷书生、新状元立刻和颜悦色地对他说:"多谢你眼力高,还识得俺的才学。俺也有不到之处。承你远迎,待俺下马与你相见。"说罢,自有随从扶着石状元下了马。蔡奇依然跪在地面,不敢起立。石介上前搀扶,蔡奇这才就势站了起来,感激不尽地谢道:"老爷量如沧海,小的感激无地!"

"你说俺量如沧海,阔大无边。你可是冰山雪消,顿失靠山。到如今,俺依旧还是个石守道,只不知你……"话还未说完,忽然看见当年咬伤自己的那条恶狗摇头摆尾地走过来,吓得惊呼道:"狗来了,快拿住!快!"

状元身后的随从个个上前,人人争先地向仙獒扑去,未想到这条恶狗居然趴在石介面前,学起人样磕头不已。石介十分惊奇,不无感慨地自言自语道:"你这个畜生!往日舞爪张牙,恶声相咬,怎的今日也垂头丧气,摇尾乞怜。俺今日饶你不过!"他的话刚说完,那仙獒却从随从人众中溜过一边,向泰岳庙中逃去。

在场的人都朝仙獒逃去的方向望去,只见从泰岳庙方向走来了一个道士和一个道童,那畜生突然跪在道士跟前。道士口中叽咕儿句,这条恶狗顿时消失了。随从走上前去,向道士讨还恶狗。那道士非但不理,反而挡着官道正中坐下来。石介不由得来了气,高声喝问:"你是何方妖道,见了俺官府,安坐不动,阻俺前进,是何道理?"

"哈哈,你问俺何处来?俺从洛阳来。你问俺为何坐在此地?白天坐坐,夜间好走路。"道士不阴不阳地回答道。

石介此时还没有完全看清眼前道士的面目,仍在喝问:"你为何不走开?"

"一动就有是非,何况小道还有残疾。"

"你有什么残疾?"

"往年被恶狗咬伤左腿,因此致残。"说罢,道士双眼炯炯有神地盯住石守道。这时,石介方才醒悟,原来道士的话句句是说自己的。他再仔细打量眼前的道士,问道:"你可是去冬从洛阳前来求布施的那位先生?"

吕洞宾微笑道:"小道便是。大人如今官为御史,不同往年,总该有布施发付给贫道了吧?"

"哎呀!先生不要提起,"他说着向前作了一揖,"什么御史?享了荣华,就要受它焦劳,俺真不愿在宦海中历尽风涛,别看那些绾金章、佩紫绶的同僚,其实个个都是虎豹豺狼,争争吵吵,攘攘劳劳,哪有什么真心朋友!做这个御史又有何趣?还不如往年与您月下梅前闲话哩。"石守道抑制不住地倾泻出自己的心思。

"大人,您既然知道仕途这般险恶,为何当初还怕不能踏入呢?"吕洞宾进一步点化他。

石介老老实实地说:"唉,这叫作不得已。俺因为世态炎凉,一个穷措大到处受侮辱,任人摧残,迫不得已才进入官场。你看,俺这身打扮可不是个地地道道的活猢狲!你再看,"他的眼光从立在一旁的蔡奇身上扫过,"平素结识的同行,无非是些傀儡,哪有什么真相交!"

正当此时,那条仙獒又跪到眼前。石介惊呼道:"这条恶狗当年咬过俺,左右,与俺打!"吕洞宾劝道说:"大人,身为御史,难道肚量还不能容下一只狗? 大人若是放它不过,待贫道动手打它。"说着,从随他来的道童手中取来一只柳条,向仙獒抽去。柳条落处,这仙獒浑身抖动,顷刻之间变成一个人身狗脸的怪物。石介惊呼道:"啊呀!这恶狗往时狗头狗脑,逢人便咬。怎的霎时间变成人身狗脑? ——不过,这总比当前那些人脸狗心的两只脚的畜生要好!"说到这里,石介似乎有些醒悟,"扑通"一声跪在吕洞宾面前虔敬地说:"先生,下官宦情俱冷,旧怨都忘。愿先生收俺为徒弟。"吕洞宾再三问准,见他决心已定,就携着他飞升而去,连同那条仙獒也伏在吕洞宾脚边冉冉上天。

蔡奇与一班公人都看得呆了,不断地叩头称异。蔡奇一向机灵,忙向张千说:"今后不可轻视穷秀才,连狗也不可随意轻视哩。"他立即吩咐衙役差派工匠,在泰山建吕公祠,把石先生像也塑在边上。"对了,还有仙獒狗像也不可丢了。"又唤来另一批公人,从速去徂徕山下石介的旧居,挂上"徂徕先生读书处"的匾,供后人瞻仰。这些事儿交代清楚后,蔡奇又向张千说:"你去找个懂音律的秀才,把这桩异事编成词曲,让它流传天下后世。"张千问道:"老爷,这本戏叫什么题目呢?"蔡奇沉思片刻回答道:"就叫'奉符县官拿石守道,东岳庙狗咬吕洞宾'吧!"

【说明】

此剧为清初剧作家叶承宗所作。承宗字奕绳,山东济南人。顺治三年(1646年)进士,曾为临川县尹。承宗著有《泺函》10卷,第10卷为杂剧、乐府。根据目录,承宗共创作了杂剧13种,传奇2种。但现在传于世的作品,仅有《孔方兄》《贾浪仙》《十三娘》和《吕洞宾》杂剧4种。

《吕洞宾》一剧现有清顺治间友声堂原刻《泺函》第十卷本,以及《清人杂剧》二集据原刻本的影印本。

在现存的4种杂剧中,叶承宗多寄寓了自己的愤世不平之情,《吕洞宾》一剧也不例外。石介事见《吕祖全书·谒石直讲》,其实与狗咬吕洞宾事并无干系。但俗谚"狗咬吕洞宾,不识好人心",传说中的仙人吕洞宾专一在人间救厄行善,度化凡人。所以叶承宗此剧也没有摆脱传统看法,而将吕洞宾事与石介事交织一起,展开剧情。在故事情节的发展中,作者相当生动地反映了当时的世态炎凉、人情冷暖的社会现实。蔡奇对待作为穷书生的石介就不同于对待作为新状元的石介,他的前倨后恭的变化,正是当时社会风气的形象反映。同时,剧本也在一定程度上反映了封建官场的风涛险恶。蔡京在台上,蔡奇作威作福,作践他人;蔡京下了台,蔡奇则卑躬屈膝,摇尾乞怜。此外,叶承宗此剧运用了讽刺艺术的手段,嬉笑怒骂,剧中随处可见。例如恶狗仙獒变成人身狗脑,石介即借题发挥,讥讽那些人脸狗心的凶残狠毒。这些讽刺看似荒谬,其实正是作者愤激之处。自然,剧本中写吕洞宾度化石介的情节,意义不大,在改写时已大加删削。抹去这方面的内容,此剧仍有相当深刻的批判意义。

尤
侗

尤侗（1618—1704），字展成，一字同人，号悔庵，晚号艮斋、西堂老人等，苏州府长洲（今江苏省苏州市）人。明末清初诗人、戏曲家，曾被顺治誉为"真才子"，康熙誉为"老名士"。他精通音律，创作有杂剧《读离骚》《吊琵琶》《桃花源》《黑白卫》《清平调》等。

黑白卫

唐代贞元年间,魏博大将聂锋衙前,忽然来了一个老尼姑,乞求化缘。左右衙役驱赶不去,一时喧闹起来,惊动了内衙闲坐的聂锋将军,不免亲自出来过问,见是尼姑化缘,就命人取出一锭银子做布施,打发走老尼,免惹闲是闲非。岂料这老尼却正眼也不瞧这锭银子,口中只是喃喃地说道:"与将军结个大善缘。"

聂锋将军有些不耐烦了,"你到底要结个什么善缘?"

"我只乞化将军一个闺女。"

将军听罢不禁大怒。他老夫妇膝下无子,只生得一个女孩儿,今年刚满十岁,聪明婉丽,善解人意,老夫妇爱之如掌上明珠。哪曾想到要让她出家做尼姑?"住口!你这个老秃尼,也太不知上下了!俺的闺女也是你化缘的么?来人,给我赶走这老厌物!"

尼姑倒不生气,反而呵呵大笑,"将军,你不给我,我当自取!"

聂锋依恃自己武艺超人,衙门森严,也冷笑道:"料你有何本领能取得俺女孩儿去!"

"将军,过头话可不要说!任你藏在何处,即使将闺女锁在铁柜中,老尼也当取来。"说罢,掉头蹒跚而去。

聂锋心中着实懊恼,虽不把这老尼放在眼中,但爱女心切,仍然吩咐上下使役,各自小心巡查,免生意外;更叮嘱女儿深藏闺中,不可来前堂戏耍。

尽管聂锋作了周密的防范,次日凌晨,却不见闺女前来问安,不免忐忑不安,踱到女儿房前,低低呼唤:"孩儿醒来,孩儿醒来!"良久不闻声息,顿时惶恐,双手推开房门,却早已人去室空,不禁大声呼喊。家人闻讯,房前屋后、前院后园寻遍,也不见人影。老夫妇两个急得相对掩泣。

这老尼姑怎的有如此能耐,能在禁卫森严的将军衙中人不知鬼不觉地夺走一个活脱脱的女孩儿?原来这老尼不是凡人,有着非同一般的来历和超过常人的手段。

她本是赵国处女,自幼善于舞刀弄剑。当年越王勾践卧薪尝胆,无日无夜不在思图恢复故国,到处网罗天下奇侠,听说她的大名,特地召请前往。她在赴越途中,遇到一个自称袁公的老人,要与她比试击剑本领。她见袁公挡住前进的道路,只能应允。袁公就从路边树丛中,拣取了一根树枝当作佩剑,左右飞舞,上下闪击般地向她劈刺,气势汹汹,锐不可当。这赵国处女却坦然自处,沉着应战,觑见袁公一个破绽,举起手杖突发一击,就将袁公手中树枝打落在地。袁公见状大惊,自知不敌,甘心认输,跃上树枝,双手一拱,点头致意,忽地化作一只白猿跳跃而去。

赵国处女似乎受了点悟,也不再赴越王勾践的召请了。从此,她削发为尼,隐居在终南山中,一面皈依佛法,潜心修善;一面习学剑术,更加精进。俗话说山中方七日,世上已千年。自与袁公比试后,至今已近千年了,何以又要下山游戏人间,干预世事?

原来当初她为越王勾践复仇的想法,虽历千年修道磨炼,并没有完全消失。眼见大唐天下,乱臣贼子、狂夫荡妇,累代不绝,扰乱清平世界,残害无辜生灵。他们既不怕朝廷王法制裁,也不惧西天佛法惩治。老尼极其愤慨。怎样才能替天行道、安国拯民?她时刻谋思,思来想去,自身一介女尼,只有一手精湛绝妙的剑术,虽可除奸去恶,报国安民;但仅仅一身,又怎能尽诛天下奸邪之徒?她决心云游天下,广寻可以传授的弟子,以便共同了却这个心愿。前几年她先后收了两个弟子,一个是临颖地方的李十二娘,一个是姑苏地方的荆十三娘,两个女孩儿同年,都是十岁。她精心教导,先让她们学会吐纳气功,能够数日不食;再练习飞檐走壁的功夫,她们两个终于练得能够在峭壁之上奔走如行平地;后又授她们击剑之术,达到出神入化的地步。眼见这两个女孩子已调教出来,她又下山寻觅新的弟子。正好遇上聂锋将军的女孩儿,不费吹灰之力轻易地就将她摄上山来。

聂锋将军的女儿,小名叫隐娘。到底出生在武将之家,虽然半夜中被女尼挟入深山,倒也没有惊慌失措。一日过后,便被女尼传唤到佛堂问话:"隐娘,你知我是谁人?"

"师父,隐娘不知。"

女尼既然要收她为徒,自然要将自己身份告知她,便以亲切的口吻对她说:"隐娘,我不是别人,正是终南老尼，为剑侠之祖。我见你颇有几分权奇之相，所以收你为徒，传授你剑术，也好为国为民剪除强暴奸邪。你可要认真习学，不可怠慢。"

聂隐娘爽快地答允了。终南老尼随即向李十二娘、荆十三娘示意，两个少女一人捧着一个托盘，一人执定一把宝剑上前。老尼吩咐隐娘说："你把托盘上一粒丹药先服下，它可壮你的胆气。"隐娘遵命吞下这颗红赤赤的药丸。老尼接过宝剑，对隐娘说："这口宝剑虽然尺把长，可是锋利无比，吹毛可断，将它送与你，不可等闲视之。"

"师父，古来良剑都有名号。这把宝剑叫什么名字？"隐娘虽是一个女孩儿，倒也没有见利器而惧怕，反带有几分天真地问道。

终南老尼微微笑道："自然，古来良剑多有名号。只是这剑呵，可没有什么美名，只不过集精廉、忠圣、豪杰、智勇之气于一身而已。"说罢，嗖的一声拔出佩剑，陡然一股冷森森的寒气逼人，忽地又如龙吟虎啸般地作响。此时老尼身手矫健地舞了起来，霎时之间天昏地暗，雷电轰鸣，山摇水翻，鬼哭神号，煞是怕人。片刻之后，老尼收剑立身，顿时雾开云霁，玉宇重光。隐娘此刻方有几分惊惧，几分钦羡。正当出神之际，老尼却将宝剑递了过来，她连忙双手接住，跪了下来致谢。

"阿李、阿荆过来！"老尼吩咐两个少女说："从今日起，你两个可要尽心尽意教导隐娘，先教她攀缘树木，再教她飞墙走壁，务必让她练好一身轻功。待到功夫深时，再把你两个学的剑术一一传授给她，不可保留！"阿李、阿荆听了师父谆谆叮嘱,怎敢漫不经心?只是今日天色已不早,商议从次日起开始练功。

第二天东方未晓,阿李、阿荆两个少女就把隐娘带至山后树丛中,先让隐娘在一旁仔细观看。她们两个先后缘树而上,真是快如狡兔,捷如鹰隼。起初还只是在碗口粗的树上攀登;随着兴发,索性在只有指头粗细的树梢枝柯间跳来跳去。两个轻盈的身影飞舞在树端,竟不见枝叶摇动。隐娘佩服至极,暗自下定决心,非将这身功夫学会不可。阿李、阿荆作了一番表演后,跃下树来,指点着隐娘攀登,不时纠正她的姿势,讲清要领。隐娘本就颖悟过人,一日练下来,已自掌握诀窍。自此以后,除了两个师姊带着练功以外,还常常独自一个暗地加班加点地习练,老尼也知晓,只是从不查问,由她自行其是。经过苦练,她的本领与日俱进,提前达到老尼的要求。

阿李、阿荆见师妹进步神速,自然十分欣喜,便提前教她飞行墙壁功夫。从此,山崖峭壁之处,有时三个少女,有时一个少女,来往穿梭。起初还是二先一后,不多日就成三驾比翼齐飞的态势了。老尼心知隐娘轻功已有火候,乃命阿李、阿荆尽快教她剑术。隐娘更是潜心习学,进步快速。这三个少女终日练功,只当是戏耍一般,不知不觉间隐娘来到山中已有五年,技艺已臻精湛。终南老尼准备安排她今后的活动了。

不日之内,山中起了风暴,越刮越猛,先是飞沙走石,接着山摇地动。山中百兽四散惊逃,奔突不安。老尼却唤出隐娘来,"南山闯出一只白额猛虎。隐娘,你去斩下它的首级!"

"是,师父。"隐娘明知师父在试她的剑术,就一径飞奔南山,果然见一只腾腾杀气的猛虎边奔边吼,见了隐娘,迎面扑来。好个隐娘,毫不避让,待到这只山君冲到身边,飞身一跃,已上了虎背,一任它翻滚蹄跳,只是揪住它的颈毛,执定宝剑,认准脖项,一刺而断其首,方才离开虎背,拭净宝剑,拎着这颗血淋淋的猛虎脑袋前去回话。

"好啊,这只该死的畜生倒被你斩了。不过,它毕竟只不过是条走兽,杀之容易,飞禽却难击杀。隐娘,你看,山顶上一只鹰隼正在疾飞,你可赶去刺下。"

"是,师父。"隐娘知道师父还要试她的轻功。屏气纵身一跃,已不见人影,顷刻之间,提着一只死鹰回来见师父。

终南老尼终于相信隐娘功夫已到家,方将心事和盘托出:"隐娘,师父看你追飞逐走,已能百发百中。只不过,古人说得好,这种功夫如果只是用来刺虎击鹰,又何足道!人中禽兽、世间魔王,如果不能歼除,又怎显得正剑除邪之法!"

"师父,你有何吩咐,请尽管说来。徒儿遵命不误。"

"隐娘,难得你也有这种决心。我意下已定,携你去人间一游。"随即吩咐李十二娘、荆十三娘小心守住山门,"咱们去去就回。"

第二天凌晨师徒二人下山,径往人烟稠密之处行去。不日之间,已到了一座店铺林立的城池,只见市井之间熙来攘往,喧语哗笑之声不绝于耳。终南老尼携着隐娘走上城中一块高阜,登高俯视,各色人众,或嬉笑或争斗,不一而足。

"看!"老尼指着走近前来的几个人,对隐娘说道:"你看那边一个腆着肚皮的家伙,官派倒是十足,却比豺狼还要贪婪,居官最不清廉,敲诈勒索,无恶不作。呵,你再看,左边一个尖嘴猴腮的家伙,刁钻古怪,什么下流事儿都干得出来……"

"师父,对这几个坏东西该怎样处置?"隐娘按捺不住心头的愤慨,急切地问道。

"隐娘,你问得好。你去悄悄将这几个家伙的首级取下,不要使人发觉。"

"遵命,师父。"不到一盏茶工夫,她就拎了几个脑袋回来复命。终南老尼取出一点药末,洒在上面,片刻之间这血淋淋的坏人脑袋就化为一摊水,消失得无影无踪。

"隐娘,在山中时让你斩杀飞禽走兽,来到此间让你诛杀邪恶。前者是试你技艺,后者是试你胆气。看来,你的技艺、胆气都具备了……"

"师父,还有什么吩咐徒儿做的?"

"好隐娘,有有有。你刚才诛杀的几个小人,世上也太多了,诛之不可胜诛。你难道没有听说过'射人先射马,擒贼先擒王'么?"

"当然听说过。师父。"

"好,这城内有一个大官僚,此人生性贪婪,待人刻薄,凭着手下的党羽,织成一张网罗,专一陷害良人,却又口似蜜甜,被害的人根本不知道他是个腹藏利剑的坏家伙。这个歹徒恶已满贯,死有余辜,你去取了他的首级,也为此地百姓除一大害。"

"是,师父。"隐娘身影一闪,已跃出百丈之外。

终南老尼端坐在高阜上等隐娘回话。此刻她想:这次隐娘如果得手,可放她独个儿下山行道了。边想边等,等了好一阵,却未见隐娘归来,心中老大疑惑,怎的迟迟不归?是遇到对手,隐娘不敌还是其他缘故?正当她不解时,隐娘却提了革囊回来了。

"你归来为何这般迟?为什么叫老人守候如此长久?"

隐娘见师父发怒,先深深一拜,谢了罪,才细说刺杀经过。原来她隐身屋梁,正准备下手,忽然瞥见这官僚正在逗着一个孩儿戏耍,这孩儿煞是喜人,一时不忍下手,直待孩儿睡去,方一刀刺杀这坏家伙。

"隐娘,你未免心慈手软。今后遇到这种歹徒,要先断其所爱,后处决其人,不可姑息!"

"徒儿知道了。"

老尼见隐娘已经认错,便不多责备了。一手拿出一把只有三寸宽的羊角匕首,一手拉过隐娘,在她的脑后开了一个划口,将匕首藏了进去。吩咐她说:"隐娘,你的剑术已到火候,可暂时归家,假若遇到不平之事,可取出脑后匕首一试。"

隐娘听说要归家,一面有些高兴,五年未见双亲了;一面也有些不舍,五年来师父悉心教导,一旦离去,不由惆怅起来。老尼已窥知她的心绪,不无劝慰地说:"徒儿,目今先送你回去。二十年后我们仍可相会。"

"是,师父。"老尼又说:"隐娘,我赠你四句短偈,你可要牢牢记住。"

"是。"

"遇镜而圆,遇鹊而住,遇空而藏,遇猿而聚。"

"记住了,师父。"说罢,师徒二人手携手地离开了这座城池,朝隐娘家乡行去。

聂锋将军自从五年前丢失女儿,与嫡妻丁氏悲伤不已,精力大不如以前,年事又高,已不能胜任繁杂的武职,便及时辞退官职,回到老家渭南村隐居。老两口儿没有闲杂事缠身,又不愁衣食,只是思念女儿,祷祝上苍,让他们能有相聚之日。

这日清晨,老夫妇一如往日,绝早起来,就吩咐仆人门首守望,看看可有人来。老两口兀自坐在客堂上,丁氏暗自垂泪,聂老将军只是默默无语。忽地,听见门外有人说话声,方要立起身来,却见往日的老尼携了女儿进来,一时悲喜交集,不知从何说起。倒是终南老尼笑嘻嘻地先开了口:"将军,这是你的心爱女儿,"一边说着一边指着早已扑向老母亲的隐娘,"如今已将她教成,给你送上门来,你自领取吧!"说罢,掉头而去。聂锋顿时醒悟过来,追出门要向老尼道谢时,却早已不见她的踪迹了。

堂上母女二人搂抱着哭成一团,聂锋只是诧异,怎的弹指之间就不见了老尼,当年也是这般神不知鬼不觉地取走了女儿,不免向隐娘问道:

"女儿呀,你这五年到何处去了?咱爹娘可悲伤痛苦万分,你也没个信儿捎来。总算盼到今日,咱们全家团聚——你且说说,师父平日教了你一些什么本领?"丁氏也想知道女儿五年来的生活情景,听丈夫这般说,也就止住了泪,催促女儿说话。

"爹爹,娘!师父教我修性养真,每天挂着一串素珠,坐在那儿敲木鱼,念南无阿弥陀佛,烧烧香,点点烛。每天如此。"隐娘说得顺顺溜溜。

"还教你些什么?"老父仍然追问不止。

"师父没有教女儿别的什么,她也不会叱雨呼风、驱鬼呼神。"

"我儿,你说谎呀!"

"爹,女儿讲的可是实话。"

聂锋见女儿抵死不说真情,假意发怒:"好呀,女儿,我且问你。老尼姑如果真像你说的不懂法术,当年怎么能将你摄去山中?既然你跟了她五年,她难道没有教你一点法术?今日归来,在父母跟前不可说谎。"

隐娘见父亲发了真怒,也不敢再隐瞒了,"爹爹,不是女儿不说真话,只是怕万一说了真情,老人家或是不相信,或是为女儿担心受惊,女儿就担待不起了。"

"你只要说出真情,其他并无妨碍。"

隐娘只得从如何练习轻功,如何学习击剑谈起,讲到她如何斩杀猛虎,闪击飞鹰时,老两口既有些惊异又有些兴奋;可是听说女儿曾经奉老尼之命杀了几口人时,老两口却十分恐惧,聂锋忍不住插嘴问道:

"小妮子,人命关天,你做出这般勾当,可不连累老夫!"

"爹爹,这可不需担忧。女儿杀的是坏人,且也无人知晓,尸身都用药化了,何处去寻?"

聂锋更是大不以为然,"住口,越说越不像话了!当今国法森严,万一外人知道,说我治家不严,女儿以左道惑众,罪过不轻。哎呀,这却如何是好?"顿时坐立不安起来。

倒是丁氏此刻有了主意,开口向丈夫说:"相公,你先不要忧虑。如今女儿已长大成人,尽早寻一个门当户对的人家嫁了出去,不就了结了过去一段事儿。"经老妻提醒,聂锋觉得这也是个办法,欣然同意了。隐娘却大不以为然,立刻表明自己年纪不过刚刚十五岁,更何况既已从终南老尼学道,更不必谈婚配大事。聂锋却用男女婚配的大道理说服她:"女儿呀,你难道忘了男子生而愿为之有室,女子生而愿为之有家的道理?更何况父母之命,你怎能违拗?"隐娘也知道虽然五年跟从老尼,并未披剃出家,不嫁人是说不过去的,于是便提出要自己选择儿夫。聂锋见女儿心思已有所活动,便问道:"女儿要哪样的人方可嫁呢?"

"俺可不要当兵的,也不要做生意的,更不要那土财主……"究竟要何等样人,隐娘此刻也说不准。正当此时,门外忽然传来声声"磨镜呵,磨镜呵,有谁家的宝镜要磨!",使她陡然想起师父"遇镜而圆"的偈语,立刻对爹娘说:"女儿就嫁给这磨镜的。"

"女儿,这磨镜是个贱业,怎能配我聂家门户?"聂锋有些恼怒了。

"爹爹不知,这镜与剑正是一对宝物。女儿执定要嫁与他!"老夫妇俩也无办法,令人传进磨镜的少年来察看,居然长得一表人才,也就任从女儿的心意了。

当日聂锋就为他们完了婚,从此这小夫妇两个倒也恩恩爱爱地过活。几年之后,老夫妇先后过世,只有聂隐娘和她的丈夫安安生生地住在渭南村的旧居中。

当时,各地军阀跋扈,为了壮大势力,广罗天下豪侠之士为自己卖命。聂隐娘的父亲原就是魏博有名的将军,隐娘虽然与丈夫安居田园,但她超群的技艺在乡里之间也逐渐传开。魏帅田季安闻知她的本领高超,就用金帛礼聘他们夫妇二人入了幕署,看成自己的左右手,平日颇多厚爱,隐娘夫妇自是感激不尽。他们哪里知道田季安的用心!

与魏帅邻郡的陈许节度使刘昌裔,是田季安一心想除去的仇人,只是一时无法得手。田季安在隐娘面前攻击刘昌裔如何暴戾、怎样凶残,引得隐娘怦然心动。又想起师父要斩奸除邪的教导,便慨然应命,准备去斩刘昌裔的脑袋。

选择了行期,一早起来,她与丈夫双双辞别魏帅。出了城门,隐娘从革囊中取出纸钱,撒了出去,喝了一声:"速变!"顷刻之间,这两张飘摇在空中的纸钱缓缓落地,变成了一黑、一白的两头驴子,夫妇二人各自跨上一头,径向陈许辖境行去。

一路上风餐露宿,非止一日,到了黄河边沿,只见河水汹涌,秋风正紧,北雁南飞,黄叶遍地,不禁感慨万端。她想起历史上许许多多的英雄故事:战国时大梁人朱亥,原本隐于屠肆,后来被侯嬴推荐给信陵君,受到重用。他曾袖着四十斤重的铁椎,一举击杀大将晋鄙,夺取了兵权,退了秦兵,救了赵国,建立了功勋。她还想到张良,他原是韩国贵族,秦始皇灭了韩国以后,他广结刺客,在博浪沙地方狙击秦始皇,但却没有击中。她又想到阮籍,他曾登临广武山观看楚、汉之争的大战场,发出"时无英雄,使竖子成名"的无限感慨。这些英雄故事虽已成为历史陈迹,然而此时此刻却在隐娘的脑际回旋不已:她也想去建立不世功勋哩。

夫妻二人进入陈许境界后不久,就到了北门外。忽地一只鹊儿在她们头顶上盘旋,咿咿呀呀地噪个不停。隐娘觉得奇怪,要丈夫将它射下来。这位磨镜青年遵了妻子之命,拉起弓射了一弹,未能弹中,"啊哟,你怎的这般不中用,待我弹给你看!"隐娘瞅了丈夫一眼,信手一弹,只见扑簌簌一只喜鹊当头落在驴前。

忽地,从城门口冲过来一员小将,朝着隐娘夫妇致礼,问道:"小娘子,您是田节度派遣来的吧?"隐娘大吃一惊,"你是什么人?又怎的知道?"

"娘子,俺是刘节度使帐下的人,刘大人一早吩咐俺在这里专候娘子。"

"那你又知道我是什么人,又怎的认出我就是你要等的人呢?"隐娘仍然不解地问道。

"娘子,俺刘大人会神机妙算。他说,只要看见夫妇两个,一个骑白驴,一个骑黑驴的到来,就要格外留心。如果丈夫射鹊不中而妻子击落,就是他要相见的人,务必请他们前来。我现在亲眼所见,与刘大人交代的分毫不差。故此上前相邀,恳请小娘子前往刘大人署中相见。"

隐娘听了这篇言语,心中骇然:咱奉田节度之命来取刘节度的脑袋,刚刚入境还未进城,竟被刘节度知悉。这使命又怎能完成?何况,刘节度既然知道自己前来,也必然知道自己来意,非但没有加害,反而以礼相迎,这又如何是好?隐娘不禁左右为难,拿不定主意了。她低头沉吟时,瞥见地上的喜鹊,猛然想起师父短偈中有"遇鹊而住"的话,大概自己命该留居此地,就对她的丈夫说道:"既然刘节度大人知道俺夫妇前来,咱们就先见见他,听他有什么话说吧。"丈夫自然无可无不可。小将见他们应允,便在前面导引,一齐进城,到了节度衙门。

仆人刚刚进去通报,刘节度便迫不及待地迎了出来,连声问道:"聂隐娘来了!在哪里?快请。"他见到夫妇两人,满腔热情地说:"足下莫非聂隐娘乎?俺刘昌裔想慕久矣,今日得见,实是三生有幸!"

隐娘见刘昌裔节度气宇轩昂,谈吐爽朗,胸有城府的模样,不像田季安那样尖嘴猴腮,先自有了几分好感。心想既然他事先知道自己来到此地,也必然知悉自己来此目的,不如早早和盘托出,以求主动,便开口答道:"隐娘此次来到贵境,得罪大人,该当万死。"说罢,便拜倒谢罪。

刘节度气量宽宏,赶紧令人扶起隐娘,说道:"娘子之言差矣,各为其主,人之常情。今日既得相见,宜释胸怀、解疑虑方是!"

隐娘听了这番推心置腹、大度包容的话,也不禁动容,感叹地说道:"隐娘见人也不算少了,但像大人如此英雄气概,天下一人而已。今日隐娘得遇大人,真是万幸!"

刘昌裔眼见火候已到,便娓娓而道:"倘若足下不弃,便请留在此地如何?"

隐娘毕竟经过终南老尼的熏陶,绝无儿女情态,慨然应允,倒是刘节度怕她反悔,又追问道:"娘子留在此地,确是我所愿意,只怕足下不时要眷恋故主。"

听到这番话,隐娘正色回答道:"'良禽择木而栖,良臣择主而事',我隐娘对这道理还是明白的,请主公放心——只是一件事,还要适当处置。"

"未知足下还有什么未了事宜,尽请方便。"刘节度信任地对隐娘说道。

"魏帅田季安生性多疑,派我先来贵境,必有后继者而至。我当剪下一绺青丝,系以红绸,送到他的枕前,表明我隐娘来去明白,此番不再回魏了!"

刘节度对隐娘的手段还不十分了解,不无担忧地说:"田公见到此物,必使人追赶,如此怎办?"

隐娘不禁莞尔一笑,说道:"只怕他驾上驷马快车,也追赶不上。"说罢,一剪剪去鬓边一绺头发,顺手撕了一块红绸系了起来,就在堂前场地上绕走一圈,向空中抛去,顷刻之间无影无踪。刘节度也看得呆了。"大人,信已送去。不过,今夜田季安必定派人前来杀俺,怕也要危及大人。但请大人放心,来者必是精精儿,我当以计杀之,主公不要担忧。"

刘昌裔倒还镇静,"我命在天,哪怕几个鼠窃狗盗之徒。"

"不可不防!请大人夜里暂且不睡,点亮堂上烛火,坐观隐娘与她斗法。"刘昌裔点头应允。

到了半夜,隐娘丈夫早早躲过一边安歇去了。刘节度倒真的坐在烛火通明的堂上静观。只见隐娘朝漆黑的广场中悄然走去,忽地不见人影,不到一盏茶工夫,场前两根高耸云际的旗杆上飘扬着的红、白两幡,忽然相互翻腾不已,彼此不断闪击。刘昌裔见状,不由得惊恐起来,堂上陪坐的从吏脸色如土,面面相觑,说不出半句话来。不一会,忽见半空中咕噜噜掉下一颗血淋淋的人头来,当时谁也不敢向前相认。接着隐娘从空而降,若无其事地向前拎起这颗脑袋掷向一边,用指甲弹上点药粉末儿,煞是奇怪,这颗脑袋渐渐缩小,终于化成一摊血水。隐娘这才返身上堂,"告大人,精精儿已被隐娘击毙,脑袋也被我化为水,毛发都不存了。"

刘节度不禁拍案叫绝:"真是妙术!夫人,今夜有劳你了。事已结束,可以歇息了。"

"大人,此时还不能休息!"隐娘显然有几分担心。

"还有什么难事呢?"

"大人不知。田季安见我杀了精精儿,必不善罢甘休,他定然会遣妙手空空儿前来报仇。"

刘节度看了隐娘刚才的手段,对她深信不疑,呵呵笑道:"隐娘,凭你的高超武艺,难道还怕什么空手、实手的贼人吗?"

"大人,不可小看此人。空空儿的神术,他人少有能知,来去无影,身手急捷,隐娘实非他的对手,所以有些担心大人安全。"

刘昌裔听了此言,倒真的惊惶不安起来,"照这么说,怎样才能对付呢?"

"大人不必惊惶不安。大人可找一块宝玉套在脖子上,拥被高卧;隐娘当化为蚊蝇般小虫,从大人鼻孔钻进肠中。不这么办,就无法避免此难了。"

"夫人,你怎的倒要躲避此人?"

"节度大人,隐娘下山前,师父曾告诫我'遇空而藏',想来这是天数,不可违背——隐娘之事,大人不必费心,你只要照我说的办法做,尽可高枕无忧。"

刘昌裔尽管身为节度使,拥有良将精卒何止千百,但对来去无踪的能人,却无法对付。只能照隐娘的办法,找来一块和阗地方出产的宝玉,把个脖子围得严丝合缝,绝无空隙。尽管如此,躺在床上哪敢合眼,心中一直忐忑不安。忽听得窗格似乎轻轻地响动一声,吓得他双眼紧闭,听天由命了。紧接着好像有刀刃猛力刺向脖项,那宝玉砰然作响。但只一声后,再无声响。刘节度方敢睁眼,只见明烛高烧,四无人影,忽喇一声跳下床来,还未及开口说话,隐娘已从鼻孔中飞出,立在面前,面带喜色地说:"恭喜大人,从此无忧了!"

"怎么见得不再来?"

"大人有所不知,此人生性高傲,一击不中,从此远走高飞,此刻当已在千里之外了。大人,你且把宝玉取下察看。"刘昌裔依言取下颈中宝玉,就在烛前检视,果然有匕首划的痕迹,长达数分。不禁后怕起来,开口不得。半晌,方才镇静下来,深深拜谢隐娘道:"下官今日再生,都出自夫人之赐。定当终身供奉,不忘大恩。"

"大人,隐娘前次也曾想冒犯,承大人不计前嫌,效此微劳,理所应当,不足挂齿,更不必说谢。从此,大人前程万里,再无障碍了。"

刘昌裔听隐娘话中含有告辞之意,连忙主动说:"明年轮到下官入京觐见皇上,想请夫人同行,一路上才能保证安全,务请俯允。"

隐娘见刘节度已把话儿挑明,索性和盘托出自己的打算:"大人,你此去前程无碍,隐娘当使儿夫追随左右。妾当从此寻山访水,拜求天下异人。"刘昌裔哪里肯放她走,一再挽留。隐娘见刘节度情词恳切,便说道:"谢谢大人厚爱!隐娘去心已定,数年之后或许还有一面之缘。"刘昌裔仍然不舍,希望她即使不愿随他赴京,暂留军中居停也好,并且表示要以千金相赠,作为安家费用。"云水无定,安可预谋,大人,隐娘去意已决!"

"既然如此,也等明日。待下官大摆筵席,宴集宾客,赋诗饯别,以表示下官区区情意。"

"多谢大人。"彼此客气谦让一番,各自退下。

隐娘回到住处,取出革囊交付丈夫,说道:"郎君,我们来此所骑的黑、白二驴,都在革囊中,如今取出交付与您保管。您在此,好好跟从节度,平素行事要小心谨慎,一生可保无虞。隐娘要去终南山,应本师从前之约,不久还可相见。"磨镜少年如今也已壮年了,多年夫妇厮守,一旦离别,自然割舍不下。两口彻夜喁喁私语,未及天明,隐娘也不让刘节度知晓,告别了丈夫,独自出门而去。东方初晓,她已离开了大梁城,此时顿然产生鱼归东海、虎入南山的解脱之感,心情无比愉悦,结束了二十年来的风尘生涯,从此可以纵情云游了。

城外的山水风光,究竟与城内的市井景物不同。碧月初沉,远山呈青,渭水环绕,太华接天。隐娘决心径赴终南。一路行来,多少往事兜上心头。她想起初去终南,年方十岁,如今再度上山,已是而立之年,弹指之间,二十年过去了。一种莫名的惆怅蓦地袭上心头。当时年少,练功之余,还与李、荆两个姊妹偷闲戏耍;急忙之间又返回人世,恩恩仇仇干了一番事业。如今年华消逝,再睹旧地,甚至觉得青山如同自己一般也老了若许!

行行重行行,终于来到终南山下,只见溪山如故,石洞依然,却不见师父,又未见两个姊妹。左寻右找,杳无人迹。正在纳闷之际,忽地窜出一条白猿,似有灵性地向她点头示意。隐娘忽有所悟地记起"遇猿而聚"的偈语。既然见到白猿,师父也就不远了,于是跟着白猿而去。这白猿原非凡物,它就是当年与赵国处女赌试剑术的袁公。赵女既然出家为尼,它也跟着修炼。如今功行已满,奉终南老尼之命前来导引隐娘。

白猿三纵五跃,隐娘紧跟而上,瞬时之间已到了一个石洞门口，一阵鼓乐之声扑面传来，砰然一声，洞门大开，李十二娘、荆十三娘等一般女子，各人手中执定一把宝剑，簇拥着终南老尼坐定在石洞正中的一条石凳上。隐娘不敢怠慢，趋前拜倒在师父面前。

"隐娘，你一去多年，今日喜庆重逢，可把你这些年来的生涯，说给咱们听听。"隐娘听从师父吩咐，一一从头说起。"隐娘，你也建立了不少功劳。磨镜郎君现在何处，为何不同时前来？"

"师父，再也不要提起这桩事啦！隐娘愿意追随师父，终身皈依佛法。"

隐娘哪曾想到，师父的想法与她还有些不同哩，"隐娘，你想脱离苦海，皈依佛法，早升西天，难道不是善事？不过，我们学剑术的不同常人，有些技艺，上可以报君父之仇，下可以诛臣子之恶，明可以雪士民之愤，幽可以驱鬼神之邪。即使朝廷王法，也不过是这般用意；我佛慈悲，其用心也不过如此——今日诸位弟子前来聚会，还是谈谈各自的际遇、功绩，这就是坐证菩提，不也是件美事？"

隐娘这才明白师父授她剑术的真正用心，也就不再奢求什么佛法，首先说了自己二十年来的所作所为。接着李十二娘、荆十三娘、车中女子、红线女都各自表白一番，从此共研剑术，以求精进。

【说明】

此剧为清初剧作家尤侗所作。侗字同人，改字展成，号悔庵、艮斋、西堂老人。江苏长洲(今苏州)人。生于明万历四十六年(1618年),卒于清康熙四十三年(1704年)。少年时即博闻强记,但功名甚迟,被称为老名士。直到康熙十八年(1679年)方举博学鸿词科,授官翰林院检讨,入史馆参与修《明史》。居京师数年,又告归故里。后康熙南巡至苏州,授官侍讲。尤侗文名甚盛,工诗词、骈体文,以及词曲,才华富赡,著述甚丰,有《西堂文集》50卷、《余集》70卷、《鹤栖堂集》10卷。他还精音律,创作有传奇《钧天乐》,杂剧有《读离骚》《吊琵琶》《桃花源》《黑白卫》《清平调》等,总题《西堂乐府》,颇为时人所推许。

《黑白卫》一剧,《重订曲海目》《曲考》《曲目表》《今乐考证》《曲录》等均曾著录。现存康熙聚秀堂《西堂乐府》原刻本以及《清人杂剧初集》据康熙本影印本。

所谓黑白卫,因卫地习俗喜畜驴,因而过去常称驴为卫。黑白卫即黑白驴。这一故事原出自裴铏《传奇》,《太平广记》卷一百九十四。明代有人将此事采入《剑侠传》中,并伪称为段成式所作,不足信据。尤侗根据《传奇》所载本事,敷演为四折一本的杂剧。唐朝中期以后,宦官擅权,党争迭起,文官分立门户,彼此倾轧,武官割据,你争我夺。文武官僚皆蓄养和罗致谋士和武士,作为他们巩固权位、强化统治的鹰犬和爪牙。因之,中晚唐时期产生了不少描写所谓"豪侠"的传奇作品,其中虽然渗透着一些落后的糟粕,但也在一定程度上反映了当时藩镇割据、战争频起的社会现实,具有一定的意义。

尤侗生于明清易代之际,而又长期功名不得意,满腹块垒,一寄于词曲之中。曹尔堪说他"以沉博绝丽之才,为嬉笑,为怒骂,雅俗错陈,毕写情状";彭孙遹也说他"负绝世之才,多发愤之作",都表明尤侗以《传奇》聂隐娘事改成杂剧,乃是为了抒发自己的胸臆。从杂剧《黑白卫》本身来看,此意也很显然。他在作品中精心塑造一个女侠客聂隐娘的形象,通过她的所作所为,如何斩除人间贪婪奸邪之徒,又如何弃暗投明,最后又如何再次归山,表达了作者希望有人杰出世,一扫人间种种不平的意愿。虽然它只是作者一己的幻想,但作品中也折射出当时现实的纷扰,在一定程度上透露了清初"盛世"的黑暗一面。

尤其值得注意的是,杂剧《黑白卫》不同于《传奇·聂隐娘》。《传奇》仅写聂隐娘行侠的情事;而《黑白卫》中终南老尼纵论剑客应"上可以报君父之仇,下可以诛臣子之恶,明可以雪士民之愤,幽可以驱鬼神之邪"云云,显然已赋予这一故事以更充盈的现实意义。

自然,《黑白卫》在反映藩镇割据方面,说不上深刻,但由于此剧情节富于变化,结构十分严谨,曲文又典雅俊逸,在清初杂剧中算得上是上乘之作。据说王渔洋十分欣赏此剧,曾携至如皋冒辟疆家,由冒家乐班为之演出。

王夫之

王夫之(1619—1692),字而农,号姜斋,人称"船山先生",湖广衡阳县(今湖南省衡阳市)人。明末清初思想家,与顾炎武、黄宗羲并称"明清之际三大思想家"。他博学多才,且能从事正统学者不屑为之的戏曲创作,著有杂剧《龙舟会》。

龙舟会

话说唐德宗贞元年间,巴陵城中有一个殷实商人姓谢名皇恩,妻子早已病故,膝下只有一个女孩儿名叫小娥。父女二人相依为命,但却不能日日相守,因为谢皇恩常年外出经商。后来他去平江府做生意,遇到一个年轻人姓段名不降。皇恩见他为人忠厚老实,也以经商为生,心想何不将他招赘为女婿,一则女孩儿从此终身有托,二则自己年事渐高,出门在外凡事也有个帮手。于是他请人从中说合,段不降也很情愿,就跟随谢皇恩同船来到巴陵。

不降与小娥成婚后,年轻夫妇你贪我爱,不知不觉过了三年。谢家以经商为生,不能坐吃山空,不降也静极思动,翁婿二人商议,如今冬尽春来,正是出门行商的大好时光。收拾了一些资本,购置了一批本地特产,无非是湖、湘的大米等等货物,准备运往苏、杭二州发卖。

货物已发上船,行期也订下。临行之日,小娥和老嬷嬷一直送到码头上,与老父和夫君洒泪而别。从此,巴陵家中只有老嬷嬷陪伴着谢小娥在家生活。

翁婿二人上船后,正值万里晴空,春水泛波,顺风舟轻,沿江而下。不日之间,到了苏州,经过浒墅关,交纳了关税,游览了虎丘、山塘,继续行船到了杭州。正是春光烂漫,西湖上桃红柳绿,翁婿二人尽情赏玩了人间天堂的山光水色。

他们也没有忘记本务,在苏、杭二州,卖出了湘湖大米,购进了江浙的丝绵、绫、罗、绸、缎,这些,都是巴陵一带走俏的货物,可以发个大利市,赚得好大一笔银两。

进了货,没有再多逗留,翁婿二人一个思念女儿,一个牵挂妻子,即日溯江而上,赶回巴陵。沿江多少码头,他们都没有停靠,只有到江州时,他们才把船拢了岸,因为谢皇恩往年在江州做生意,还有一些客账未曾收得,想乘此机会催讨。为了不让小娥悬望,段不降把他们这次外出经商的过程,详详细细地写了一封信,托过路的客船先行捎回巴陵,转送给小娥。信中说,他们在江州办完事就回巴陵。

小娥收到此信时已是春末夏初的四月底,从此,她每天都到巴陵码头上去等待。从早到晚,数不尽的白帆驶过江面,然而总没有她谢家的货船。她每日都在悬念、失望交织的情绪中度过。眼见秋尽冬又来,全无消息。她依然每天凭楼远眺,然而过尽千帆总不是,流水东奔去不还,杳无音讯。她想,定然是凶多吉少了。

事情也确实如她想象的那样。谢皇恩和段不降翁婿二人在江州拢了船,上了岸,进了城,找到了客商,讨回了银两,并未耽搁,就喜滋滋地回到船上。此时暮云四合,夜色渐浓。段不降打开从城里买来的一坛酒,收拾了几碗下酒菜,与岳丈同在船中小酌。几杯下肚,翁婿两个兴致高涨,一会说,前去没有几多水程就到家了,可以放心歇息几天；一会说，这次出来既讨回了旧账又新赚了钱，可谓利市百倍。

俗话说大道上讲话草丛中有人。翁婿二人的闲谈，却被紧傍着他们货船边上的一只小船中的人听得个一清二楚。这小船中坐着的两个人可不是善良之辈，他们一贯做着无本生意。在这江州水面，不知坏了多少无辜。今日不幸，谢家翁婿二人撞在这两个歹徒手中，是无生理了！

不久夜深人静，江面点点火光渐次熄灭。谢皇恩、段不降两个也有了几分醉意，斜歪在舱里，口里有一搭没一搭地闲话。这时小船上伸出一只搭钩，轻轻钩住他们的货船，渐渐两船并拢。忽地一先一后跳上两个强徒，四只贼眼瞪得有铜铃般大，每人腰中横插着一把板斧，手中执定一把明晃晃的利刀，直把这翁婿两个吓得一佛出世、二佛升天，大气不敢出、小气不敢吐。

年纪大些的那个强徒，用刀威逼着他们两个。年轻的那个强徒，大步上前，把谢皇恩和段不降两人腰中的丝绦一手扯了下来，将翁婿两个反背着双手，缚定在舱中，丝毫动弹不得；口中也被塞进一团丝绵，嚷也嚷不出。翁婿两个眼睁睁地看着这两个强徒，把他们从苏、杭采进的绫罗绸缎，尽数扔到那条贼船上。谢皇恩心想：货物搬尽了，也该饶他们一命了。不料那年长的一个向他们喝道："呔，你们这两个行商，快快把金条、银块拿将出来，饶你们不死！"

商人总归是商人。谢皇恩吃尽千辛万苦赚得的金银,怎肯轻易捧给人用?他不断哀告道:"大王,货物尽大王取用。只是没有金银!"年轻的那个强徒,性子十分暴躁,听见皇恩只是讨饶而不拿出银两,一时性起,拔出板斧,对翁婿二人排头斩去,顺手绾着两颗头颅,抛入江中,两个尸体踢翻在船舱上,头腔直喷鲜血。他们两个强人,眼见货船上已无一人,翻箱倒柜地寻觅金银财宝,倒被这两个贼兄贼弟搜得不少金银。此时五更将尽,眼见天色渐渐发亮,这两个歹徒将尸体推入江中,呼啸一声,跳下船去,顷刻就不见踪迹了。

谢皇恩、段不降虽被强人杀害,他们满腔的怒气却聚集不散,两具尸体随着江水浮沉飘荡。江州附近的江面中有一座突兀而出的山峰,这就是有名的小孤山。山顶一座庙宇,供奉着小孤山神女娘娘。来往客商无不到此烧香祈福。有求子息的,有保风波的,种种祈求,不一而足,真是烟火缭绕,终年不熄。这两个冤魂也飘飘荡荡晃到庙里,向小孤山神女娘娘哭诉。

"你那二人的冤情,我尽知道了!"

"娘娘,为我们两人伸冤报屈。"

"谢皇恩,这桩事何劳我神亲自下降?你有一个好女儿,能为你二人雪冤报仇。"

"娘娘,拙荆乃是一个弱女子,怎能做成此事?"段不降的冤魂疑惑地问道。

"你可不知道,你的老岳丈生下的这个好女儿,可不像大唐国的那伙骗个乌纱帽的乞丐儿,一任他们的贞元皇帝投奔无路。你的妻室谢小娥,是一贞烈女子,必定能为你和老父报仇,不须疑虑!"

"我们两个远离家乡被强人杀害,小娥孩儿又怎能得知?请娘娘明示。"谢皇恩俯首祈问。

"今儿你两个回乡托梦给她,告诉她杀老父的贼人叫'车中猴、门东草',杀丈夫的贼人叫'田中走、一日夫',她必然知道。"神女娘娘吩咐道。

谢皇恩年事已高,未免唠叨,"娘娘啊,这不是哑谜儿,叫小女怎的猜透?望娘娘直说。"

"这是天机,哪能泄漏?我假若直说与你听,你们两个冤魂定去寻那贼人,这就让那几个凶徒死得不明不白,不能明正典刑;不若让你女孩儿去报仇,让你那女儿的孝烈正气昭布天下,也替大唐国存留一点生人之气——你两个冤魂尽管前去,普天之下不会没有一个能识透字谜的秀才的!"

翁婿两个冤魂见神女娘娘坚持如此,定有道理。随即拜谢了娘娘,辞别出来,向巴陵家乡飘去。只见江面上雾涌云腾,近水处芦汀渔唱,岸那边荒丘磷火,一派寂静荒凉景象。飘过马当口、散花洲,又来到黄鹄矶、华容道。此际天色未曙,渐渐来到巴陵,越过城垣,飘到自家门前,不用敲门,就闯进屋内。只见一盏残灯闪烁不定,一张孤榻上斜卧着小娥。原来她从江楼伫望归来,疲累万分,靠在榻上歇息,不觉迷迷糊糊入睡了。

"小娥儿呀!"

"娘子呀!"

两个屈死的冤魂见了亲人,扑向前去号啕痛哭起来。

小娥被哭声惊醒,猛然见到老父和夫君披头散发、满脸血污地站在榻前,骇得一身冷汗,战战兢兢地问道:"爹爹,段郎!你们两个脸孔好怕人呀!怎的弄成这般模样?"

"儿呀!我们翁婿两个已尸抛江中,是小孤娘娘让我们来托梦给你的。"皇恩的冤魂泣不成声。段不降的冤魂接着把他们二人如何被害,小孤娘娘如何吩咐,一一向小娥诉说。

"小娥儿呀!你可把'车中猴、门东草','田中走、一日夫'这两个仇人的名字紧紧记住,替我们报仇。"谢皇恩叮咛着,又咬破手指儿,洒了几点血在榻旁,对小娥说道:"儿呀,你不要疑惑此事不真,洒下几点血让你做过记认。"

忽然窗外传来一记钟声,远处又有鸡啼,残星西坠,东方渐晓,两个冤魂不敢久留,段不降忍着攒心的痛苦,哭泣着说道:"娘子,我如今要去了,你多多保重。"说着扶持着岳丈的冤魂又飘飘忽忽地不知去向了。

谢小娥直到此际才完全清醒过来,眼前已没有老父及段郎的影踪,耳边还响着两人反复叮嘱的话儿。说要相信么,连个人影也没有;若待不信吧,两个仇人的姓名又记得分明。对了,老父说洒下几滴血作个真凭实据,何不寻找寻找看?

她从卧榻上起来,点亮了已经熄灭的灯火,举到榻前。果然,原先黑漆晶亮的榻条上,点点滴滴的鲜红血迹,特别显眼地呈现出来。她不由不相信梦中之事。心中痛苦万分,放下灯来,就跌坐在榻上哭一阵,想一阵。自己是老父从小抚养成人的,养育之恩怎敢忘？夫君段郎与自家成婚三年,体贴万分,夫妇之情又怎能忘？此仇不报,也枉为人了!

天色已明,她也睡不成了。老嬷嬷已经在那里烧茶煮水安排早饭。小娥哪有心思吃饭？再有山珍海味也咽不下半点。她把家计全部托付给老嬷嬷,让她代为掌管。老嬷嬷也不敢多问,答允她在此过活,照看门户。一切安排就绪,小娥带了十来两银子,去码头上那些行江走海的船家上,购得一把锋利无比的匕首,揣在怀中。好在她自幼由老父带在身边长大,船家中尽多熟人。搭上一只熟人的江船,沿江而下寻那两个强徒去了。

不日之间,船到汉阳,拢了码头。小娥心想汉阳扼长江中游,南北重镇,商旅云集,市面繁荣。四方来此交易的人,不计其数。这两个贼人要寻觅财路,此地不正是个大好地面？再说,汉阳城中人文荟萃,那字谜儿中暗藏的仇人姓名,也可能寻得一博学秀才解出来。经过这番考虑,她就告谢了船家,携着自己那个小小的包裹上岸进城去了。

汉阳城里人烟稠密,热闹非凡,要想寻一个人来客往既多而地面又较清净的寓处安歇,实在还不容易。过于冷僻,有谁来替她解开谜语？太趋热闹,一个妇道人家又不相宜。大街小巷寻遍,总未能找到一个称心如意的住处。

不知不觉走到晴川阁附近。这是汉阳一大名胜去处。登阁远眺，一派大好风光，黄鹄矶峙立东面，漫漫汉水西来，隔岸烟树葱茏，苍苍茫茫，不禁令人发古今幽思之想。再绕阁闲步，碧瓦粉墙，修葺一新。小娥心中有所触动，如能借寓此处，白天尽多骚人墨客前来游玩，说不定有人能解开字谜；夜晚游人散尽，倒也清静非常。想定主意，她又绕到阁前一带平房前，找到看守阁子的一个老汉，与他相商。这老汉就是汉阳本城人，名叫张搬古。膝下没有子女，与老伴儿两口厮守过活。张搬古老儿为人仔细稳重，晴川阁重修以后，他被乡绅推举来此处看守屋宇，清扫庭院，倒也自在。谢小娥向他说明来意，老两口可怜她身影孤单，腾出一间平房让她暂时借住。自然，小娥除了付给房租以外，还送了不少礼物，老两口对她更是关切了。

谢小娥住定以后，就把梦中得来的谜语儿十二个字，写在一张纸上，高高地黏在阁中的柱子上，希望有人猜中。冬去春来，小娥寄寓此处也有几个月了。尽管游人如织，其中也不乏饱学之士，却从未有一个人猜中这字谜儿。小娥报仇心切，眼见光阴白白度过，痛苦异常，每天半夜三更，啼哭吞声，挨过整夜，又到天明。

这一日，大风一夜不停，码头上停泊了不少船只。张搬古老儿绝早起来清扫庭院。凭往日的经验，因公羁留的旅客，必来阁中闲游，不能不预做准备。

果然，不到一盏茶工夫，仕宦文士，商贾旅客，各色人等，齐来此处闲走。就中有一位官人姓李名公佐，现任观察判官，正奉命督发兵马钱粮，接济关中。从汉水而下，刚出大江,遇上顶头风紧,只得淹留此处。早闻知晴川阁是一绝好去处,就趁此机会登阁闲游。

这官儿李公佐是淮南王的后裔,与当今圣上多少沾点边儿。先世也曾住在京师长安,因天宝之乱,侨居四川。眼见贞元皇帝被逆贼逼得在京师安身不得,避走梁州,四海之内,无一块安靖之地。平素感慨满腹,如今登楼眺望,极目中原,更是伤感不已。远眺半日,离开窗前,欣赏四壁题诗。转过一边,忽见阁柱上黏住一张纸儿,走近一看,原来是十二个字,没有落款。心想:这十二字儿是灯谜儿还是白头帖子?谜语倒不难猜,但可不能造次,随即传来张搬古老儿,问道:

"这字儿是谁人黏在上面的?"

"禀知老爷,这个字儿是巴陵来的一个妇人黏在上面的,请过往官人帮助解谜——这妇人就借住在阁子下面。"

"你与我传唤那个妇人来见。"

张搬古老儿连忙下了阁,边走边叫道:"干女儿,干女儿!有位老爷看了你的字,唤你上去问话哩。"小娥住在此地几个月了,从来没人传唤,陡然听见有位老爷喊去问话,心中不禁怦怦乱跳,一边走一边想:大概这位官人解开此谜了。真是天网恢恢!

谢小娥上了阁楼,见了观察判官深深拜过。只听见李判官问道:"那妇人,你写这几句话是什么意思?是不是要知道这两个人的名字?"小娥一听此话,心想这官儿真是个万分聪敏的人,一看字儿就知道是两个人的名字。

遇到如此明察的官老爷,她只有从实说道:"老爷,小妇人确是要知道这两个人的名字,请老爷明示。"

"这不难。申属猴,'車'字去了上下两横,中间是个'申'字;'門'柬'草'字,上加'草'头,是个'蘭',这人名叫申兰。'田'字中间一竖,走上走下,也是个'申'字;'一'字加'夫'字,又加'日'字,则是个'春'字,这人名叫申春。那妇人,名字咱替你解出了。我问你,你要知道这两人姓名却又是为何?是不是与你有婚约,找他们完婚?"

"不是,老爷。"

"那敢情是他们取了你的金银珠宝,向他们索讨?"

"老爷,也不是。"

"那又是为了什么?在人烟稠密的城池中寻觅这两个人,总有些缘故吧?"李判官倒有些奇异了。

小娥被追问详情,自己也想求得这位老爷的协助,就上前又拜了一拜,说道:"请老爷退下左右从人,待小妇人细细诉来。"李判官挥了挥手,从人随即退出。小娥这才把老父与丈夫被害经过,自己到处寻找强人报仇的决心,一一说给李判官听。

观察判官李公佐听了这番诉说,极为钦佩小娥,一个裙钗女子,却有如此决心,真是难得!但又替小娥担忧,这报仇的愿望怕难实现。一则是四海之大,向何处去寻求仇人;二则是一个妇道人家,又怎是两个强徒的敌手。思虑再三,他开口说道:"你若访求出这两个强人的消息,千万不要轻举妄动,务向当地衙门首告,请求公断。"

谢小娥颇不以为然,说道:"老爷,这却使不得!"

"为何不能去衙门告状?"

"老爷,现今当官的,有几个像老爷这般清正?他们平素只拣那些有油水没干系的案子去推究。像奴家这样没头的冤案,他们怎会去受理?何况奴家单身一个弱女子,一旦经官,走漏风声,那两个强徒不前来断送奴家的性命?——我死倒不要紧,只是无人替我父亲与丈夫报仇了!"说到此处,十分伤心,抽泣不止。

李判官听了谢小娥这番言辞,想到自己也大小是个官儿,却不能做些替民除害、为朝廷分忧的事;而今那些做官的也确确实实有不少如眼前这小妇人所说的,只知敛聚钱财,哪管百姓死活。他感慨良久,遂对小娥说道:"你既然立志如此,待下官替你想个万全之计。"说罢,立起身来,来回徘徊,拈着髭须,慢慢说道:"你一身长裙,行走不便;满头发髻,见人含羞。不如剪去青丝,换上男妆,各处去得;一旦见到仇人,出击也便利。如何?"

谢小娥觉得这位老爷考虑得十分周到,便遵计而行。她找张搬古老儿商量,寻了两件男子衣服和一顶头巾换戴起来,又携了一把雨伞,背了一个青布包袱,俨然是一个佣工模样,准备沿江去寻访仇人。

临行前,她向李公佐辞别。公佐祝愿她如愿以偿,能为老父和丈夫报仇,除了强人。小娥正待别去,公佐突然又喊道:"且住!"小娥止住脚步,回过身来。公佐继续说道:"还有一件事,下官几乎忘了。你若杀了贼人,恐无凭据。地方官员要难为你。"说着顺手取过笔来,"下官批一纸凭据给你,到那时送给地方官看。"真是下笔如有神,刷刷几笔，一纸凭据写就，小娥接过来看，只见上面写道：

> 杀谢皇恩者申兰、杀段不降者申春。谢小娥乃报父仇夫仇，杀此两贼。
>
> 贞元十二年二月判江南军事李公佐批。

"你拿着这凭据前去，千万仔细。将来下官也许有机会与你重新见面，到那时再把详情告诉我。"

谢小娥见这位老爷如此关心民间疾苦，怜惜自家，感激不尽，再三拜谢，方辞别而行。出了晴川阁，谢小娥思忖先到何处去寻，段郎来信说起过他们要去江州催讨旧账，会不会就在那里出了事？她决定先去江州再说。巴陵到江州也有一段路程，她找了一只顺水船搭了上去。既然改换了男妆，也就把个女孩儿的名字谢小娥改为李小乙，对人只说出外做佣工谋生。船家对她也不客气，一应活计都叫她出力相帮。她自然不能推脱。风里来雨里去，江水浸日头晒，细嫩嫩的脸孔、白条条的双手，都脱了一层皮，变得又黑又粗、又皱又老了，看起来更像是个干苦力活的佣工了。

读者记住！此时谢小娥已更名为李小乙了。这天，船到了江州码头，李小乙谢过船家上了岸。走不多远，就近了西门。只见一水护城，与江相通。水上人家大多聚居在这一带。李小乙就沿着河岸一家一家寻问，探听二申消息。一个老住户告诉小乙："那申兰住在河尽头一条僻巷里，申春不住在这里。"

"老大爷,申春究竟住在哪儿?"李小乙见这位老大爷为人热心,索性打听明白。

"说起申春,他也不知怎的发了。有了钱就不安分,包了个烟花女子,住在江对面。"

"老大爷,申春还常过江来么?"

"有时也过来,总看他吃得醉醺醺地回去。"李小乙打听清楚,谢过老人家,朝小巷中走去。

巷子不深,倒有几户人家。究竟哪是申兰的住处,小乙正在踌躇,巷中也没个人影,问都没有问处。她放眼看去,只见巷中间一溜几间青砖瓦房,虽说不上堂皇富丽,倒也整齐轩敞,大门上也黏着一张白纸帖儿。小乙心想,何不先去这家看看。走到白纸帖儿面前,见上面几行字,原来是招雇一名佣工,落了"申"姓的款。李小乙暗地祷告苍天,这无疑是仇人申兰的家了。他敲了敲门,一个粗野凶狠模样的汉子开了门:"你有什么事? 找谁?"毫不客气地查问。"我找主人——我来应雇的。"小乙见了这恶狠狠的汉子,心中也未免怦怦乱跳。那汉子把他从头看到脚,问了名儿,就雇用了他。

这个贼窝倒也怪,也没有什么男女亲属,平素怪冷清的,只有主人申兰在家。李小乙只要伺候他吃好喝好,就算尽到责啦。有时申兰一出去就是十天半月,小乙倒清闲无事;有时一下子来了十几条汉子,吃酒赌博,要闹上三五天方才散去,这就够小乙忙上一阵。

小乙摸清了贼窝的生活规律,小心应付,把酒、食准备得足足的,从不断了供应;主人不许他与邻里交往,他就等闲不与外人接触,渐渐取得了申兰的信任。有一次申兰酒醉失言,漏了一件杀人劫财的勾当,他只是听着,从不插话,也不追问。因此,申兰对小乙更是放心了。从此出外行凶,劫财归来,就不遮遮掩掩地瞒着小乙了。

李小乙心细过人。他想,不拿到真凭实据是无法致仇人于死地的。因而只是冷眼观察,从不多言。就这样,他来到申兰家整整三个年头了。三年的小心谨慎,赢得了强徒申兰的欢心,劫掠来的金银财宝,也交给他掌管。李小乙经手的钱财,账目十分清楚。申兰更把橱柜的钥匙都交了李小乙。小乙每每趁申兰外出时,关上大门,开了橱柜,仔细翻检搜索。那些金银珠宝都是没有印记的,做不得凭证,小乙一件不取,依旧锁好。功夫不负有心人,一天清扫厢房,发现墙角落里有一堆破衣烂裳。他一扫帚扫到门外亮处,破衣堆中露出两件十分讲究的汗衫,他感到十分眼熟,又很奇怪,这两件汗衫是上等货物,怎的当作破烂扔在一边?拾起一看,呀!这分明是老父和段郎的贴身衣衫,上面还有自己的针工。睹物思人,好不伤心,眼泪就像断了线似的风筝,唰唰直落;几乎要放声痛哭,但怕左邻右舍听见,走漏消息,只得强行忍住,暗暗抽泣。手中拿着亲人的汗衫揉来搓去,不忍丢下,忽然发现当胸处几行血迹,更加知道申兰必是凶手无疑,这血渍汗衫正是老大一个凭证。他又仔细翻检这堆破烂,兜底是一块包货的粗布,上面印有"谢皇恩"的戳记,这更是一个铁证。李小乙趁申兰还未归来,把它们收到一个隐秘之处,藏得严严实实。

李小乙找到了仇人,几次忍不住冲动,要手刃申兰报仇。但申春不在场,杀了这一个,那一个远走高飞,更难寻找了。因而,他一直在等待机会,好一网打尽。

　　机会终于来了。端午节前一天,申兰一早就拿了几两银子交给小乙,让他采办酒食。端午赛船后,他要和申春兄弟一伙人聚会过节。小乙买了两个大猪头,四只肥鹅,十来斤鱼,一一收拾好。特别是酒,小乙更是认真选购。连走了几家店铺,他闻闻酒味,都未购买。直到一家北方客人开的酒铺中,见到有堆花干烧酒,闻着便醉人,足足沽了三十斤掮了回来,好认真对付这伙强徒。

　　端午清晨,申兰就出门去了。李小乙关上大门,寻出血衣、布包袱,这些凭证可不能丢;又从强人抢劫来的衣服中找出两件女子衣服和一方搭头首帕,出首告官时仍要换上女妆。这些东西,他点检清楚后放在床上褥下,可顺手取出。此时又见血衣,他不禁再次悲伤起来,向空祷告:"爹爹、段郎英魂,小娥要为你们报仇了!"他又在庭院中跪下,祷告小孤娘娘,求她助自己一臂之力。

　　忽然,江面上龙船鼓声大作,又传来了划船号子。小乙知道赛船已到紧要关头,贼人就要回来了。他抽出怀中的匕首,掂了一掂,拭了又拭,总觉得它太短小,用它刺几个强徒怕不中用。沉吟一会,对呀,强盗窝里还寻不出利刃?他走进偏房,拣了一把锋利无比的佩刀,在庭院中试了试刀刃,举了起来,喃喃自语道:"刀呵!你被贼徒用去杀害了无数善良百姓;今朝呵,我要用你斩除暴徒,也算是替你洗去污垢!望你到时节不要卷了口,折了腰,替我——削除强人。"

江面锣鼓声已歇,李小乙料来赛船已经结束,赶紧铺开桌面,大碗肉大碗鱼摆满了一桌,也不用酒杯,直把海碗斟满酒,一心只等申兰一伙贼子归来。

"龙舟队队逞英豪,擂鼓摇旗莽叫号。咱若有这些闲气力,定教李官家穿不稳黄龙袍!"这七高八低的吼叫声从门外传了进来。小乙知道强人回来了,赶去打开大门,为首的正是申兰、申春两个贼首,后面还有四五个小贼簇拥着。

"李小乙!叫你买办的酒菜,可齐备了?"

"小乙准备定当,专等主人享用。"

"好呀,小乙,替咱把大门关关紧,别让邻里看破咱们行径。"

"知道啦。"小乙顺手关上大门,紧了门闩。

一伙强人哪讲什么礼数,见席面已经铺开,杯筷已经放好,一个个蜂拥而上,端起海碗酒来,你比我赛似的咕噜咕噜灌了个碗底朝天。申兰心中也高兴,招呼着:"好兄弟们,放开怀吃酒,今朝吃个痛快!"

小乙赔小心地问道:"这酒,还吃得么?我也不知好歹就买了来。"申兰又灌了一碗,连声赞道:"好酒,好酒,劲头大哩。"放下酒碗,朝席中看了看,咂咂舌头,惋惜地说道:"只可惜没叫个女子来唱曲助兴。"

"好呀,还是大哥想得周到。快去叫!"一伙贼徒乱糟糟地附和着。李小乙心想,等会要报仇,叫个唱曲的女子来碍手碍脚,误了大事如何是好?此刻只得含羞应付了:

"这是什么时候了？那些唱曲的女子，还不都被大户人家叫了去！到哪儿去叫？爷们如不嫌弃，小乙早年倒学过唱，只是侉腔侉调不中听。爷们如爱听，我就胡乱编几支曲儿唱给大家听，只是爷们不要取笑。"

"好呀，小乙快唱！"

"小乙哥，你倒真有两下子。啊哟，你如不拿刀提棒的，也真活脱脱是个女娘儿嘛！"

李小乙暗地咬牙，等会儿让你们这伙贼人知道刀棒的厉害。但眼前他依然笑容满面地应酬着，从架上取了一副三叉板，刮里刮拉地打了一阵子，放开喉咙唱了一支曲子：榴花儿红似火，菖蒲儿抽新翠。蜈蚣蛇龟相吞制，龙舟锣鼓争胜利。鲸吞一吸猛烧刀，如今不饮何时醉。

"唱得好，唱得好！"申兰高兴地叫道："小乙，替咱们斟满酒，让弟兄们一齐干！"李小乙难道还怕他们吃酒？听见贼头儿这样吩咐，自然更是格外巴结，见哪个碗中酒浅了就朝哪个碗中倒。这伙贼徒吃得满脸汗污，吆三喝四地叫嚷着。申兰对小乙说："难得今朝弟兄们齐来过节，你再把咱们聚义的事儿唱唱。"

李小乙三年的贼窝生活，对这班匪徒的习性哪有不知晓！顺口就编出几支曲儿，边打叉板边吟唱。每当唱完一支曲儿时，申兰、申春这两个贼头儿总是带头叫好，又叫那几个强徒畅饮，一会流水杯，一会连三杯，换着名目让大伙吃酒。

> 官兵们,是我小喽啰,
> 捕盗官,是我亲翁婿。
> 黄白米,送到他们家里去,
> 再剩些儿零星米,
> 地邻保长躬腰寻。

"对呀!那些衙门里的大小官儿,平日收到咱们的好处还少?怎敢拿咱们!"申兰连声称赞唱得有理,一时心花怒放,吩咐李小乙赶快烫好酒来。

小乙到厨房中晃了一晃酒缸,三十斤烧酒去了大半,索性把剩下的十来斤一齐烫好端上来,不怕你们这伙强人不个个烂醉如泥。他先把每个贼人面前的碗中斟满,"爷们,再请干一碗。"申兰端起碗来咕噜噜倒进口中,倒有一半从嘴角淌了下来,眼睛也睁不开了,还在叽叽咕咕地劝酒:"弟兄们吃呀,喝呀……"

小乙心想再唱个曲儿刺刺他们,看看这伙贼人是否真的醉了。他又把三叉板敲打响,这伙贼人不但听不明白曲中的讥刺,还乱糟糟地喝彩。申兰更是强撑着站起来,但只说得一个"好"字,便歪倒椅上呼呼入睡。那些贼人一个个也跟着趴在席面上,跌倒在地上,七倒八歪地醉了。小乙还不放心,挨个儿挖耳朵捏鼻子,喊着:"醒来,醒来!"却没有一个答应,有的哼哼唧唧翻了个身儿又鼾声如雷。李小乙自言自语道:"真个醉了!此时不动手更待何时!"

李小乙快步走进卧室,从褥子底下取出佩刀,回到客堂上,先奔向申兰,当头一刀将他结果了。小乙毕竟是女流,接着杀申春,臂力不够,连砍两刀,方才杀死。申春挨了第一刀后,还哼哼唧唧地叫了几声,惊动了另外几个贼徒,强睁开醉眼,发现好像李小乙在杀人,一个个惊得全身颤抖,想要站起身来却又爬不起,满地乱滚。小乙心想:斩草要除根,除恶务须尽。奋力追赶这几个贼人,一个个地把他们刺杀。顿时感到全身软瘫下来,跌坐在一张空着的椅子上。

申兰住房是个独家院,左邻右舍又忙着过节,院里发生的这场变故,居然没有人知晓。小乙休息了半晌,方才恢复了体力。他还有不少事要做哩。先去厢房中洗净头面血污,又去卧室中换了女妆,李小乙从此又恢复为谢小娥了。

她将申兰、申春两个贼人的脑袋绾在一起,放在庭院空处,拿了席面上的一壶酒,四周浇了一遍,对空跪拜下去,祭祷老父和丈夫的亡灵,一时悲从中来,不禁痛哭失声:"啊呀,爹爹呀,段郎,小娥为你们杀贼报仇了。你们知道不知道?"哭一会,祭告一会。

天色不早了,她从卧室中取出藏好的老父和丈夫的血衣,还有布包袱这些凭证,揣了李判官的字据,提了这两颗仇人的脑袋,开了大门,走到街心,高声叫道:"街坊保甲,我是巴陵谢小娥。千里寻贼到此,如今杀了仇人。惊动各位高邻,我如今去官府首告。"

街坊邻里听见声音,都涌了出来,猛然见到两颗血淋淋的人头,又吓得止住脚步。几个胆大的走近一些,有的说:"那妇人怎么好像是申家的李小乙?"有的说:"这两颗人头又是谁?"七嘴八舌、惊惊诧诧地叫嚷着。保长也被人叫了来,问道:"你是谁?这杀的又是什么人?"

"奴家本名谢小娥,改换男妆更名李小乙,在此三年才杀得仇人申兰、申春!"

"啊呀,作孽呀!这申大郎人又和气,手脚又大方,他怎能是贼?"有个邻居也不知是自说自话,还是向谁提问。

保长到底识见较多,对申兰独自一个住了一家院子有些疑惑,后者平常的行径也有些令他捉摸不定,此时正好说道:"你怎么能断定和气、大方的人,就一定不是贼呢?"

"这倒也是。"有的邻里附和着说。

"好吧,我们先去见官去!"保长押着谢小娥向衙门走去,后面跟着一帮子看热闹的人。

这江州刺史姓钱,大名叫为宝,平生以银钱最为宝贵。他总认为自己是:十年寒窗苦钻营,辛勤博得腰带金。读书也识清廉好,待不贪来痒不禁。如今好不容易做到江州刺史,俗话说得好"三年清知府,十万雪花银"。过手钱财不捞几文,心里怎不痒痒的?今日端阳佳节,钱刺史正在内衙饮酒作乐,却未曾料到衙门外一片击鼓声、喧闹声,接着又有堂役进来禀报,说有个什么妇人,杀贼报仇。这桩人命案件,大概不会有什么油水。可是杀人血案,刺史不问也不成。他极不耐烦地换上公服,出来升堂就座。早有役吏把一干人等押上公堂。

"啪!"的一声惊堂木,钱刺史喝道:"那妇人,如今清平世界,荡荡乾坤,怎敢杀人?一一供来!"

"小妇人冤枉呵!小妇人是为老父、丈夫报仇,不是无故杀人。"

"啪!"又是一声惊堂木。"你姓甚名谁?你老爹、你丈夫又是谁?又向谁人报仇?"

"小妇人谢小娥,请大人听妇人细说详情。"接着,小娥把老父、丈夫如何被害、自己如何改装报仇的经过,详详细细地诉说了一番。

"谢小娥,你这是一面之词,你有什么凭证?"谢小娥呈上血衣、包袱。"既然如此,你为什么不向本衙门告发?"

"回大人话,小妇人怕那几个贼人用钱财运动官府,小的不落了空?"

这钱为宝被小娥无心话触了痛处,不禁恼羞成怒,堂上吏役大声呵责道:"那妇人大胆!怎敢如此胡说?"

钱刺史心想这刁妇如此可恶,倒要为难她一番:"我且问你,人命关天,你有什么凭据说凶手就是申兰、申春?"

"告大人,小的得高人指点。"说着,从怀中取出李公佐的字据,早有公人接过呈上。钱刺史取过一看,脸色顿时和缓了。心想:一来这妇人骨头硬,不好招惹;二来李公佐是上司衙门里的观察判官,有些来头;三来申兰、申春两个贼人的家产定然可观,也可入官,不如做个顺水人情。这钱刺史真也机灵,口气马上变软,向谢小娥说道:

"谢小娥,难得你这番孝心。本官为你表奏朝廷,说你孝烈行为,请讨旌表,如何?"

"谢老爷费心,我倒不要这虚名儿,不如放我归去吧。"

"好吧,保长!这妇人不要羁管她,任她自行回乡。贼人尸首抛入江中,还有那贼人赃产,一丝不能少,本官派差人收查入官。左右,退堂!"说罢,他从公座上站了起来,背着双手,一摇一摆地回内衙去了。

又是三年过去了。

当年在江南任观察判官的李公佐因为不肯陷身在逆党之中,就告病回乡。他的家乡在四川,从江南出发,船行数日方才到了江陵地面,准备换船西上。不料,西北风紧,彤云密布,先是飘了几点雪花,顷刻间鹅毛大雪纷纷扬扬,直下得白茫茫一片。船行不得,李公佐只得暂栖旅舍,独居无聊,听说城外江边有座瓦官寺,最宜赏雪,就雇了匹毛驴前往。

到了瓦官寺大门,自有知客僧迎进。李公佐说出赏雪之意,就被引着登上澄江楼。居高望远,只见江天一色,飞雪覆船,白雁孤飞,寒梅香浅。他感到分外孤寒,这孤寒不仅是严冬飞雪所由致,更是时势艰危所浸润。公佐想道:如今乾坤之内何处不起烽烟,哪处村落不被朝廷税吏诛求净尽?想到这里,他更感到自己倦鸟归林是明智之举了。

且不说李公佐倚着栏杆凝思,那西堂妙寂师傅正奉外出的本师湛定大师之命,暂时管领这座寺院。今日听知客僧说有香客登澄江楼赏雪,忽然心头一动,要前去会会。上得楼来,见那香客十分面熟。对了,这不是恩人李判官么? 只是白了几茎须发了。回过身来,对知客说:"你去问问那位客人可是姓李讳公佐,曾任江南观察判官的?"知客僧奉命询问之后,回复妙寂师傅:"正是李判官。"

"恩官,妙寂稽首。"李公佐未免有些惊诧,"我与师傅素昧平生,何劳如此行礼?"

"恩官,您认不得我了。我就是晴川阁上请您猜字谜的谢小娥。"

"呀,是你? 你几时披剃为尼的?"李公佐十分意外地问道。

谢小娥细细向他诉说报仇经过,李公佐这才清楚,又问道:"仇已报了,为何又遁入空门?"

小娥回答道:"仇报了,但恩未报,恩人就是李大人。"她告诉李判官说,自己发愿为恩人诵念《大藏金刚般若经》,祝恩人福慧双增。至今还有一卷未完,如今重逢,完了这一卷,恩仇双清,便可了此一生了。

李公佐听了谢小娥的述说,十分感激地说道:"唉,如今乾坤中,只有你这样一个女英雄。大唐家的皇子皇孙就如同卖笑的烟花女子那般低贱,怎能与你相比?"叹息良久,心情极为沉重地别去了。

【说明】

此剧为王夫之所作。王夫之是明末清初著名的学者,生于明万历四十七年(1619年),卒于清康熙三十一年(1692年)。字而农,号姜斋,又号夕堂,湖南衡阳人。晚年隐居石船山,称船山先生。王夫之与其兄介之同时考取明崇祯十五年(1642年)壬午科举人。曾参加抗清义军。清顺治四年(1647年),清兵下湖广后,王夫之入桂林,依靠大学士瞿式耜。瞿式耜殉国后,王夫之归隐石船山,刻苦著述数十年,对天文、历法、数学、地理等学科都有研究,尤精于经学、史学、文学,著作极为宏富,有《船山遗书》324卷。

王夫之可谓一代鸿儒,而能从事为正统学者所鄙视的戏曲创作,虽然仅有《龙舟会》一本杂剧,也属难能可贵。此剧未见于清人戏曲书目,仅近人吴梅《曲录》著录。除《船山遗书》本外,有清同治四年(1865年)湘乡曾氏金陵刻本,郑振铎据曾氏刻本影印收入《清人杂集二集》。

谢小娥杀贼雪仇事,《新唐书》卷二百零五《烈女列传》中有记载。唐人李公佐写有《谢小娥传》(《太平广记》卷四百九十一)。李复言《续玄怪录》中则记有尼妙寂杀贼雪仇事,情节与《谢小娥传》相类,惟谢小娥易为叶姓尼妙寂(《太平广记》卷一百二十八)。这个故事还见于其他笔记,不一一列出。

略早于王夫之的明末作家凌濛初曾以这件事写有小说《李公佐巧解梦中言,谢小娥智擒船上盗》,收入初刻《拍案惊奇》中。明亡以后,王夫之用杂剧形式,重新改写了这个故事。凌濛初的小说,全据李公佐的《谢小娥传》而改制,王夫之的杂剧却糅和了《续玄怪录》中"尼妙寂"

等故事而写成。例如凌濛初小说中谢小娥出家后法号仍用旧名,便是重复李公佐《谢小娥传》的提法;而王夫之剧本中,谢小娥出家后法名为妙寂,正表明王夫之在创作此剧时,显然还吸收了《续玄怪录》等记载。两个作品中的人物多少也不相同。如凌濛初笔下的申兰有妻室蘭氏,而王夫之的剧本中则没有这个人物。这是由于戏剧艺术的性质所决定的,可有可无的人物尽量不出现在舞台上;也正表明王夫之深谙戏剧创作的特点。此外,在李公佐、凌濛初笔下,申兰、申春两个贼首,一个为谢小娥所杀,一个为邻里所捉;而王夫之的剧作中两个贼首都是谢小娥所杀,从而突出了谢小娥雪仇的决心和除贼的勇敢。

尤其值得注意的是,王夫之在剧本中借谢小娥之口,斥责了封建官吏的贪赃枉法,也揭露了官府与强盗勾结的黑幕,把江州刺史取名为钱为宝,更是这种抨击的点睛之笔。而在李公佐和凌濛初的作品中,对浔阳太守张公并无任何讥讽,是将他当作一个比较清正的官员来描写的。因此,在暴露封建统治阶级的罪恶上,也就不如王夫之的剧作深刻了。此外,由于王夫之是在明亡之后创作此剧的,他本人也曾从事抗清活动,终生坚持民族气节,在《龙舟会》中,有着极为浓郁的遗民悲思、亡国之恨,对于负国之责的明王朝宗室,以及缅颜降清的臣僚,他有着极为愤怒的斥责。当然,流露这种遗民悲思、亡国之恨的作品,不仅戏曲中有,在诗词、散文、小说中也都有。但在清初戏剧中表现得如此强烈愤激的作品,当首推王夫之的《龙舟会》杂剧了。

正因为此,尽管这一故事已被改写成短篇小说,但王夫之用杂剧形式将它表现出来,仍然有着它自身的价值;而从思想内容看,杂剧《龙舟会》比小说《李公佐巧解梦中言,谢小娥智擒船上盗》更具有现实意义;加之两者故事情节的安排和组织也不尽相同,所以将《龙舟会》再改写成故事小说,也不是没有意义的。

张

源

张源,字来宗,里籍不详,约顺治朝人,清代早期文学家、剧作家。现存杂剧作品仅《樱桃宴》1种。

樱桃宴

唐代德宗朝,河南汴州(今开封市)有一州使的属官名叫窦良。他就是本地人,妻子韩氏不幸早年病故,目今身边只有一个女儿桂娘。因为没有儿子,所以自幼就把她当作男孩儿一般教导,读书作文,样样严格要求。随着岁月的消逝,她写得一笔好字,能诗善赋,聪明伶俐。如今正是十六年华,容貌非凡,举止端庄娴丽,出落得一表人才,楚楚动人。远亲近邻没有不疼爱、不称赞的,使得那些只生女不生男的人家,看到桂娘也不再叹惜。真是"生男何足喜,养女不须悲"。桂娘已到了婚嫁之年了,只因为她立志颇高,父亲窦良为她多次择人,总是高不成低不就,便迁延下来。

近来天下多事,大唐江山遭到严重威胁,各路节度使拥兵作乱,中原流血,生灵涂炭。建中三年(782年),原卢龙节度使朱泚的老弟朱滔叛乱。朝廷将朱泚的节度使免职,改任太尉,留在京师长安,怕他与乃弟勾结。哪知朱泚也是个心怀叵测的家伙,乘京城地区兵乱,德宗皇帝出奔奉天(陕西乾县)之际,索性自立为汉元天皇,与乃弟朱滔彼此呼应。正当其时,淮宁节度使李希烈,奉德宗之命去讨伐叛乱的藩镇李纳,他却与叛将李纳通谋交结,又勾连朱滔、田悦等叛军,起而反叛大唐王朝,率领叛兵乱将向汴州进攻,眼见就要逼迫城垣。汴州内城外乡,一时谣言四起,人心惶惶。窦良心想,自己原是佐贰属官,只身一人,倒也没有什么惧怕,只是放心不下女孩儿桂娘,她从未出过家门,又缠得一双小脚,兵荒马乱之际,教她如何行走逃难呢?这些忧虑,他不忍心告诉女儿,好在船到桥头自然直,到时候再看着办吧。

此时正值岁暮,天寒地冻。窦良在书房中独自忧虑时,顺手拿起铁箸,将渐熄的炉火拨旺;又撩起窗帘,只见纷纷扬扬,飘着弥天大雪。他想此刻桂娘必定仍在闺房中呵融冻笔,手不停辍地披阅经史哩,何不唤她前来歇息歇息,观赏眼前雪景,也聊可消遣愁怀。桂娘平素十分体贴老父,听见父亲呼唤,立即收拾好书籍,前来书房陪老父闲谈。

"儿呀!你看这场大雪,只不过飘了一两个时辰,却把所有的景物都迷了哩。"

"正是,空中飞舞的雪花正好似柳絮,也像是梨花,劲松修竹,全都撒遍了;千山踪影都成了一幅幅的图画!"

且不说这父女两人乱中苟安、忙里偷闲地观赏雪景。那犯上作乱的李希烈叛军,正趁天寒地冻的时刻,攻破了汴州城池。乱军入城,烧毁民房,杀害无辜,劫人财物,掠索美女,城中百姓顿时陷入水深火热之中。自称天下都元帅、建兴王的李希烈,进了汴州城,又滋长了作皇帝的念头。左右心腹揣摩到他的心思,在外不断制造舆论,在内再三向他劝说什么大唐皇帝昏庸无道,信任奸邪,杀害忠良,几年之间就把一座大好的锦绣江山,弄得七颠八倒,山河破碎,不成模样等等。有的又说,天下者天下人之天下,别人做得皇帝,你就不能做皇帝?这些话语正合李希烈的心愿。这一天他召集心腹说道:"咱们已夺得汴州,周围几座城池不日可下。俺要大大做个皇帝,何必苦苦守着这劳什子的节度使!待俺做了皇帝,自然大大封赏各位,不会让你们吃亏。你们思谋思谋。"

"这个主意妙得紧!好得很!"顿时吵嚷叫好之声起伏不停,有的索性跪拜下去,口称"叩见我皇万岁、万岁、万万岁!",一出黄袍加身的登基大典就这般匆匆促促、潦潦草草地完成啦。

隔了几天,这个自称楚帝的李希烈,又想尝尝皇帝三宫六妃的滋味,将他的两个心腹孙广、李清虚传进宫来,对他们说:"爱卿,俺目今虽是坐了龙位,可是后宫空虚,不要说什么三千粉黛、六百娇娥,就是要封东西两宫娘娘,也找不出个像样的娘儿们。两位爱卿,朕想如今攻占了汴州,这个城池素称繁华,哪会没有美人!俺要你们两个传下话去,派些军士给朕排门检查,不论何等人家,只要有二八年纪上下的美貌标致女子,都给俺送到帐前来,让寡人点选妃嫔。如敢隐匿不报的,替朕拿去斩首示众!"

孙广、李清虚这两个叛贼不愧是李希烈的心腹,他们入城之初,就派人四出察查汴州城乡的青年少女。如今见主子提起这桩事,孙广立刻上前一步,弓着身子奏道:"主公大人,咱不说主公也不知道。咱已打听得城中有个女子姓窦,名桂娘,年方二八,有倾国倾城之貌,且又精通翰墨，内才外秀，堪中陛下后宫之选。"

"爱卿真是有心人——就派你两个去宣读谕旨，召取窦桂娘。"李希烈下了命令，就心花怒放地回到后宫厮混去了。这两个歹徒狐假虎威，奉着伪皇帝的圣旨，一路吆喝着向窦良宅中行去。

再说窦良在城破之际，匆匆逃出衙门，急急赶回家中。他告知女儿桂娘，叛军已破城垣，乱兵正在热闹坊市掠劫，让她暂时躲藏一下。他匆匆交代过，又出外打听消息去了。

幸亏窦良的房宅在汴城的僻静角落，乱兵还未来得及到这一带骚乱。父亲走后，桂娘独自坐在闺房中思潮起伏：一会想到女孩儿家遭逢乱世，唯有一死而已，只是满头白发的老父放心不下；一会又责怪官军无能，朝廷任命李勉为招讨使，赐他紫绶金章，拨给他大批军马，令他剿灭乱军，他却望风而逃，连汴梁一州都不能保全，真令人痛恨；一会又希图幸免这场劫难，自己从不出家门，乱兵也不知道这儿藏着我一个女孩儿。她祈祷上天保佑，逃脱这次兵乱。

正当桂娘忐忑不安、想前思后之际，忽听得一派鼓乐之声和人马嘈杂之声，从大街趸进小巷。未容她凝神细听，一支人马已到了门前。来者又是何人？原来孙广、李清虚这两个伪帝心腹，深深懂得"射人先射马、擒贼先擒王"的道理，要想桂娘顺从，得先抓住她的父亲；再者给皇帝选贵妃，总得女方长辈做主，不然场面太难堪了。他们两个出了宫门，不偏不巧，恰恰迎面撞见窦良。他们不容窦良分说,就令手下人将他拿了,挟持着去他家中强娶桂娘。到了门前,这批强盗般的伪官儿,吩咐从人撞开窦家大门,粗声粗气地高呼道:"窦桂娘人呢?窦桂娘出来,快快接旨!"

桂娘闻声急忙从闺房中迎了出来,一眼看见老父被两个官差紧紧看守在一边,便不顾一切地向老父扑去。众军士赶紧从中拦截。老父见了自己爱女,心疼不已,不断哽咽,竟说不出半句话来。李清虚高声吆喝着:"窦桂娘赶紧跪下听旨!"孙广捧出一纸诏书上前一步喝道:"窦桂娘不得哭闹,圣上要封你做娘娘哩!"桂娘先是大吃一惊,继而又想到难免此难,便紧张地思谋着对策。

"窦桂娘怎的还不跪下听旨?"李清虚怒气冲冲地斥责道。桂娘镇静下来,胸有成竹地反问道:"请问使臣,何日从京师起程赶来此处的?大人动身时,皇上在京城还是已驾幸奉天?"

这个意想不到的明知故问,倒令两个贼人噎住,半晌说不出话来,只是你望着我,我看着你。僵持了一会,李清虚不得不硬着头皮叫嚷道:"哎!胡说什么?好大胆!俺两个老爷是本城楚皇帝驾下的!"桂娘鄙夷地冷笑道:"啊,我以为是当今皇上的使臣。呸,你两个原来是反贼李希烈的部下!"孙广见桂娘越说越激愤,生怕她再骂出不中听的话来,连忙上前捂住她的口。桂娘趁机夺下孙广手中的所谓圣旨,一撕两半。李清虚赶紧上前从桂娘手中夺回圣旨,顿时三人扭作一团。桂娘虽是女流,毕竟年轻,又激于义愤,浑身有劲,居然一头将孙广撞倒。李清虚眼见桂娘拼命，也不敢十成用武，怕伤了她不好回复楚皇帝，心生毒计，对着窦良劈头一掌，口中还责骂不停："打死你这个老畜生，养下这个忤逆的泼妇！"

孙广爬起来后，心想不能过分打坏了窦良，万一桂娘做了娘娘，后果不堪设想，就歪歪斜斜地走上前去，一面拦住李清虚，一面作好作歹地劝说窦良让女儿从了吧。桂娘脱了身，见老父挨打，怒从脚底起，从身旁一个看得发呆的军士身上，抽出他的佩剑来，举剑就向李清虚刺去。李清虚吓得面无人色，一转身躲到窦良的背后。桂娘无计可想。孙广假仁假义地劝她不要动武，进宫去安享荣华富贵为好。

桂娘不敢再刺，怕误伤了老父。两个伪官眼见明晃晃的一把利剑在桂娘手中，也不敢向前，双方就这样对峙着。桂娘丝毫听不进孙广的花言巧语，只是切齿痛骂。李清虚不像孙广那样老谋深算，也没有他那份水磨工夫，忍不住对孙广说道："老兄，咱两个还是硬朗些，别让她得意。"说罢，从窦良身后站了起来，狠声恶气地对桂娘嚷道："窦桂娘，你胆大妄为！你抗逆圣上，撕坏圣旨，殴打皇差，这弥天大罪，怎能轻饶过你？"

窦桂娘毫无惧色，冷冷地反击道："咱窦桂娘准备一死，决不从贼！"用力将佩剑拍了几拍。李清虚吓得抖作一团，以为桂娘又要刺他，其实，窦桂娘想的是只要自己一死，老父也就无事了。"两个伪官听着，咱桂娘不是贪生怕死之徒，今日就死在你两个反贼面前！"她举起了佩剑，擦拭干净，准备自刎。窦良见状，冲上前去双手抱住她举剑的臂膀,痛哭失声地号叫道:"孩儿,你不要如此性急,要死,咱父女俩死在一处。"桂娘被老父抱住,动弹不得,只得断断续续地抽泣着。

李清虚见桂娘手中的佩剑没有放下,不敢靠近桂娘,只得从旁边蹭上前去揪住窦良,恐吓道:"你女儿若有个山高水低,就找你老头儿算账,不怕你插翅飞了去!"

桂娘挣脱老父,挥起剑来,指着两个伪官痛骂道:"你两个贼人,再敢前来逼俺,先吃俺一剑!"

孙广狡猾异常,讨好卖乖地说:"小奶奶,这是上命所使,实在不干咱两个的事。"

"哼,你说是什么圣上旨意,俺却认为是狗嘴里的象牙,不是人说的话!俺拼着一死,了此残生,也不去伺候你那个伪皇帝!"

孙广一头作揖,一头劝道:"小奶奶,小夫人,你骂了这半晌,也该骂够了,还是梳洗梳洗,跟咱们进宫吧。改日提携咱两个做个大官,也是你的阴德。"说罢,又拉着李清虚一同向桂娘不停地作揖。桂娘却不为所动,只是举起剑来说:"你们问问它,只要它肯,咱便依从你们。"李清虚此刻已揣摩到孙广的用心,硬逼不如软磨,死乞白赖地纠缠道:"奶奶,不要开玩笑,这不是戏弄咱两个!"

桂娘心知来者不善,善者不来,今日难逃此劫了。趁老父不留心,转身快步奔进闺室,哭喊道:"父亲啊!女孩儿顾不得你了。"说罢用剑自刎,一头栽倒在地。孙广、李清虚冲到闺房门前,伸头一看,只见桂娘身子歪倒地上,满脸血污,心中大惊,返身就朝门外奔去。窦良尽管悲苦万端,也未忘记为儿女报仇,双手拖住这两个歹徒的衣袖,高声喊道:"拿杀人贼!各位高邻,来捉凶手!"这两个伪官用力推倒窦良,夺门奔走。窦良跌坐在地,号啕大哭起来。

桂娘生死如何,暂且按下不表。只说叛贼李希烈称帝前,他的帐下有一个侍卫军官,就是都虞侯陈仙奇。此人虽是个赳赳武夫,倒也辨得忠奸邪正。他身在李希烈部伍中,却看不惯李希烈所作所为,每常见李希烈叛逆行为,十分愤懑,早有除此反贼,以报大唐天子的心思。只因时机尚未成熟,又未寻得好帮手,才不得不隐忍以待来日。陈仙奇的妻子窦氏,崇敬佛法,与仙姑僧婆来往频繁,相处投机,尤其是附近庵内的上清姑姑,与窦氏十分相契。这日清晨起身,她略事梳洗,就去庵中赴斋。一路上只听得老百姓议论纷纷,说什么李希烈强讨窦桂娘,桂娘被逼自刎;又有的说幸亏女孩儿手软,没有刺中要害。窦氏心中老大不忍,又非常痛恨歹贼的丑行,决心救下桂娘。到了庵中,也没有心思作斋拜佛,与姑姑上清密话一番后立刻返回宅中。

陈仙奇见妻子今日极早返回,脸色十分严峻,不知发生了什么事,正待开口相问,窦氏却把街上的传闻,一五一十地说给丈夫听,并请他设法救下此女。仙奇听后愤怒异常,爽快地应允了,并且立即更衣外出。陈仙奇先去找他的八拜之交的兄长。此人是个道士,也姓陈,名山甫,早年在洛阳市上,曾遇异人传授了方外奇术、金疮秘药,能起死回生,因而被人称为陈半仙。仙奇找到半仙后,两人叽叽咕咕说了一番,半仙携了个背袋,就随着仙奇同去庵中找到姑姑上清;然后又一同出了庵门,穿大街过小巷,前去窦良家。

窦良正跌坐在地上哭泣哩。左邻右舍都惧怕伪皇帝淫威,不敢前来相助。忽地"豁朗"一声,大门洞开。窦良吃惊地抬头,只见一个武官、一个道士、一个尼姑,这三个往常走不到一起的男女齐臻臻地并排站在门前。他以为又来了贼人,失声大叫:"救命、救命!"仙奇忙不迭地上前掩住他的嘴,低低说道:"住口!切勿惊慌,不要乱叫,俺三个不是歹人,是来救你女儿的。"

窦良见这三人说话规规矩矩,也放下心来,用手指指闺房。三人会意,仙奇守住大门;上清进了闺房,扶起桂娘,又向外招招手。半仙弓着身子跨进房门,伸出手指放在桂娘鼻孔外,见她还有鼻息,尚可救得,就从背袋中取出药末,沿着疮口撒了一遍。上清姑姑又用巾帕揩去桂娘脸上血污。血立刻就住了,不一会桂娘渐渐苏醒过来。这三个人才低声说道:"啊呀!好险,幸亏救活过来。"听得三人的话声,桂娘慢慢睁开眼皮,见身前站着这三个身份不同的陌生人,十分诧异。窦良见女儿活转过来,意外高兴,连忙说道:"女儿呀,这三个都是活佛神仙,把你救活转来,可不是那般凶神强盗。"

"小娘子,如今不碍事了。你好好保重吧!"仙奇、半仙、上清一个接一个地叮嘱她。

桂娘听罢,才明白眼前发生的事,硬撑着身子要起来拜谢救命恩人。他们三个一齐拦住。陈仙奇开口说道:

"俺陈仙奇前来不是要你感谢的,俺只是为义气所激,担着血海干系,才约同这位哥哥来救你的。""贫道陈山甫,早已脱离凡尘。俺的兄弟邀我前来救你,且幸这药方有验,救活了你,倒也不负所托。"上清姑姑等这两个结义兄弟讲完后,也挨到前面来,对窦良父女说:"老尼上清,受了仙奇将军窦夫人的请托,要俺伺候小娘子醒转过来,同去小庵中躲避一时,免得他们再生歹心。"

窦良父女被他们三人救人的行事所感动,再三表示终生难忘大恩。桂娘也表示愿去庵中暂避。仙奇、半仙就请她立刻同行,以免夜长梦多,再生事端。上清姑姑则对窦良说:"老员外暂时仍住此地看守房屋,令爱今日就去小庵,改日让她再来看望员外。"窦良明知这是上策,但离开女儿,总有些悲伤。桂娘劝慰老父一番,也就随他们三个离开了自己家门。

窦桂娘避居尼姑庵中以后,足不出庵门,外人也没有知晓的。她平时无事,只与上清姑姑闲谈古今。日脚过得飞快,不觉又是一年,这已是唐兴元元年(784年)了。那伪皇帝李希烈先后掠得不少美儿少女,纳入后宫,早把桂娘忘得一干二净。

三月阳春,天气晴朗。陈仙奇夫人窦氏闲极思动,心想自去年丈夫救了窦桂娘,为了避人耳目,一年来也从未去看望过。目今风头已过,天气又好,何妨去庵中走走?想罢,随即吩咐门下备轿,也不带丫鬟,径去尼姑庵了。

上清姑姑闻知窦夫人来到,迎进佛堂坐下闲话。恰巧桂娘也从后院小屋出来,准备与上清姑姑闲聊。听得佛堂中有人声,仔细听听又像是女客声音,不免好奇地从门缝中偷觑。哪知恰恰与窦夫人四目相视,拔脚就朝后院躲去。上清姑姑呵呵笑道:"小娘子,不须躲避,这位便是救你的陈将军夫人。"桂娘收住脚步,趋步向前,拜倒在窦夫人面前:"恩人,这大恩大德,小女子粉身难报。"

窦夫人扶起桂娘说道:"小娘子为保持节操,宁死不从,真使人钦敬!那些七尺男子也要愧死的!"说着,让桂娘坐在自己身边,两人絮语不休。桂娘见夫人与自己同姓,自己有父无母,又无兄弟姊妹,十分孤单,便想拜夫人为姊,结为姊妹。窦夫人也很愿意,但还谦让。上清姑姑心直口快,说道:"夫人,你做姐姐也不为过,不要再谦了。今日就在小庵中结拜,俺与二位同在佛前立愿吧。"上清姑姑上了香,撞了撞钟,二窦就在佛前拜了起来。上清姑姑正在请菩萨赐福作证时,一个小男孩突然哭着闯了进来,扑向上清,嚷道:"姑奶奶,俺好苦呀!"

窦夫人与窦桂娘二人大惊失色。上清姑姑倒还不慌张:"孩儿,谁欺负你?俺与你做主。"说着,又向二窦解释说:"这孩儿是俺的侄儿,现住在小庵不远的安善里,不幸父母双亡,如今也十三岁了。"

这孩儿一头把一角公文模样的纸片递给姑姑,一头仍在掉泪。上清姑姑接过纸片看过,立即愁容满面。窦桂娘忙向前问道:"姑姑,出了啥事啦?""唉!这些作孽的!"长叹了一声,把事情原委讲给桂娘听。原来李希烈做了伪皇帝后,处处要效法大唐天子。最近他见樱桃就要熟了,准备不久开个樱桃宴,赏赐反叛的文武百官。盛宴在宫中举行,需要一千个太监侍候。因此他下令孙广、李清虚这两个狼狈为奸的歹徒,各处搜罗男子,净身后成为太监送进宫去。上清的侄儿吕打孩也在净身名单之内。说到此处,上清姑姑悲不自禁:"这孩儿啊,虽然长得粗笨,毕竟也是吕门的一点骨血,假若捉去净了身,俺吕门不就成了绝户?"她伤心地歪在椅背上抽抽搭搭地哭个不停。

窦夫人只是劝慰,却拿不出一个主意来。桂娘沉吟了好一阵,说道:"姑姑,切不要先悲伤,俺倒有一计策,不知可否?"

上清姑姑顿时止住泪水:"你说来听听。"

"俺自幼粗通文墨,也能应付——感谢姑姑救护之恩,俺情愿女扮男装,顶替小哥入宫。"桂娘胸有成竹地说道。

这个吕打孩到底是小孩儿,听说有人替了自己,高兴得蹦跳了起来。窦夫人与上清姑姑思谋一阵,也都同意这个办法。计议一定,就叫吕打孩脱下衣服让桂娘穿戴起来。她们三个还未及细细商量,忽然庵门响了起来。姑姑上清迎了出去,原来是陈仙奇和陈半仙两个结义兄弟前来探望。进了佛堂,陈仙奇一眼看见窦桂娘穿着一身男孩子的服装,十分诧异。上清姑姑把刚才发生的事情讲了一遍,陈仙奇还未及答话,那陈半仙倒赞不绝口:"真是千古奇侠! 不然也做不出上次那样杀身成仁的事来!"上清姑姑情绪也好了起来,"还有一件稀奇的事儿哩。"

"快说！快说。"陈仙奇急着问道。

"夫人与小娘子认了结义姊妹啦。"陈仙奇听了,向陈半仙笑着说:"呵呵,这倒像俺和哥哥一般。"取笑一番后,他们商量起正事来。陈半仙说,根据目今各种征兆,反贼命运不长了。桂娘方才说出心底话:"咱所以要乔装打扮,代替小哥哥进宫,正是为了趁机行事！"半仙听罢,又称赞不绝,并且提出今后宫里宫外如何联络。陈仙奇说:"今后就用帛丸传递书信吧！"二人没有异议,桂娘准备应召前往了。窦夫人放心不下,又千叮咛万嘱咐的。仙奇、半仙和桂娘一齐离了庵堂。上了大街,三人就分道而行。桂娘独自来到汴梁府衙门,只见人头攒动,有的悲切,有的呔喝。那抽泣的是前来净身的,那叫骂的是衙门吏役。

不一会衙门大开,里面传出话来,要净身的逐个进去点验。挨了半晌,才听见里面唤道:"吕打孩,吕志强！"桂娘闻声,随堂差上了公堂。坐在堂上的原来就是孙广、李清虚这两个叛贼,桂娘早就把他们的模样记在心头。这两个伪官,拿着文书,一个叫"吕打孩",一个叫"吕志强",也不等应答又查看容貌。他们见这个吕志强长得十分清秀,容貌也动人,李清虚忍不住先嚷着:"哥哥啊,这小家伙长得不赖,不要放他进宫去,留下来替咱们兄俩做个跟随。"孙广极有心计,也不答话,只觉得这张面孔十分熟悉,走下堂来,细细察查,心头一惊:活见鬼！这小厮怎的长得与窦桂娘一般无二？得要仔细盘问盘问,别弄出个纰漏来,不好收拾,他走近桂娘,突然高喝一声:"吕打孩！"

"在,大人!"

"吕打孩就是吕打孩,怎的又叫吕志强?"

桂娘早料到有此一问,沉着地应道:"吕志强是学名。"

"你倒说说,为啥取这个学名?"孙广紧追不舍地问道。

"大人,汉朝有个贤内官叫吕强,小的今日前来净身,日后就是个内监,决意以他为榜样。"桂娘毫不惧怕地答道。

李清虚笑嘻嘻地横插一句:"啊哟,倒看不出你这小家伙,这么会卖弄。你看见过吕强不成?"孙广阻止李清虚这些无关紧要的话,一味地查问桂娘:"你倒说说看,吕强有哪些好处?"

"他节操高,人品好,不畏强权邪恶!"桂娘语含讥刺地冲口而出。孙广暗暗有些吃惊,人真不可貌相:"照你所讲,这吕强倒也是个好人。只是汉朝到如今,也有几百年了,是谁与你讲起的?"心细的桂娘知道孙广虽然含笑而语,但这句话中显然藏着杀机,不可大意,"大人,孩儿自幼就读了些史书,从书上看来的。"

李清虚不了解孙广用心险毒,嫌他太啰唆,不耐烦地喝道:"只有你会看书!难道俺两个就不会看?这些闲话也不要再说,你既然识字,写几行诗拿来咱们瞧瞧。"

这时自有堂差拿过纸、笔。她细细思索一番,写了一首诗送了上去。其实李清虚一个大字也不识,装模作样、颠来倒去地看了一会,"好呀,还说得过去。你先下去!"

她到底初次上堂,又被这两个伪官查问了半天,心中有些慌张,听见"下去"二字,如同放赦一样,未免走得急了些。一向气豪心粗的李清虚觉得有点异样:"吕志强站住!"又转过头对孙广说:"哥呀,这小家伙太伶俐了,是否作弊?让左右仔细搜查搜查。"话声才落地,早有公差上前,在桂娘身上乱摸乱掏。桂娘左右躲闪,又急又气地痛斥这两个贼人,不料假装的嗓音露了馅儿。

"好呀!"李清虚喝道:"这娇滴滴的声音倒像个女的!"又仔细察看她的步履,走起路来袅袅婷婷,可不真是个女孩儿!孙广揪住不放,李清虚又不断地在追问桂娘。

正在这紧急关头,陈仙奇意气飞扬地走上公堂了。孙、李两个官儿见皇帝帐下的都虞侯到了,不敢怠慢,慌忙下座揖见。陈仙奇也不理会,高声喝道:"吕志强何在?"窦桂娘心中有数,连忙应道:"小人在。""主公刚刚看了你的字儿,十分欢喜。任你做随侍近员,兼管军马。特赐你蟒衣玉带,快谢恩!"桂娘机灵,赶紧谢恩。陈仙奇也不与她搭话,向孙、李二人一拱手,回朝复命去了。

堂上大小官差,眼见这形同阶下囚的小角色,陡然成了皇帝老儿身边的要人,十分惊诧。但多年的宦海经验告诉他们,眼前还是趋奉新贵要紧。立时有伺候更衣的,有作揖打躬的。孙广、李清虚两个歹徒更是谦恭,在桂娘下堂时,齐臻臻地跪在堂下相送。桂娘也不理睬他们,出得府门,早被人拥上马背,急速进宫去了。这两个伪官听说人已走远,才叫左右随从把他们扶了起来,互相看看对方,同是一副狼狈相。孙广没趣地说:"咱发个誓,今后再不管这些闲账了!""哥儿说的是,想来真吓人……"李清虚话未说完,孙广就举手作别回府去了。

窦桂娘进宫以后,虽然十分仇恨伪皇帝李希烈,一时却没有时机下手,只得小心伺候。她从小精细惯了的,伪皇帝见她容颜姣好,十分驯顺,倒也满意,两个多月没出什么岔儿。

宫外的事情,窦桂娘并不清楚。入宫前她与陈仙奇将军约定,宫外的事儿由他统一谋划,她只要做个内应就成。

这日她绝早起身。因为眼下樱桃已十分成熟,伪皇帝决定今日举行樱桃宴,昨日已吩咐光禄寺安排宴席,赏赐百官。这一天宫内宫外进进出出的人员较平常大大增多。陈仙奇将军派了心腹的人趁机混进宫来,觑个没人的空档,将一份帛书暗地交给了桂娘。

看了帛书,桂娘才知道最近两个月来,外面形势发生了很大的变化。伪皇帝李希烈不断吃败仗,在汴州立足不住,樱桃宴后就要逃奔蔡州。大唐朝廷任命韩浩做招讨使,统兵十万前来征讨。桂娘心中十分欣喜,原来这韩浩不是别人,正是桂娘嫡亲舅舅。她想:舅舅率领大兵压境,陈仙奇将军布置的任务——樱桃宴上结果伪皇帝,也就有了取胜的后援了。不过,这叛贼十分狡诈,仍要小心谨慎,不可粗心失算。正当桂娘反复思谋时,远处已传来警戒吆喝之声,伪皇帝出来了。她赶紧收神,应付眼前场面。

李希烈上殿,坐定龙座。都虞侯陈仙奇率领文武百官鱼贯入殿,跪拜在地,听候伪皇帝的谕宣。

伪皇帝临死逞强,故作镇静地开口道:"众位爱卿,今日宣召你们别无大事。眼下宫中樱桃熟透,众爱卿鞍马辛苦,案牍费神,特命光禄寺摆下宴席,酬谢你们为寡人开创天下之功。今日须尽兴痛饮!"又向立在一边的吕志强——窦桂娘点点头说:"吕志强!你今日与寡人做半个主儿,替咱向众爱卿敬酒。"

"小人遵命!"窦桂娘闻得此言,正中下怀,心想乘机把这些逆从灌醉,便中好行事。她提起酒壶,走向殿下两排文武官员,依次替每人满满斟上一大盏。不论会不会饮酒,这是皇上所赐,谁人敢不咽下?这一大盏烈酒下肚,谁不有了几分酒意?

"谢恩!"窦桂娘高喝一声,两排文武又跪拜在地,酒力上涌,口中仍乱嘈嘈地嚷道:"愿主公千岁,千千岁!"

伪皇帝在窦桂娘向百官斟酒时,自有内监递上酒来,百官饮下第一盏时,他已六七盏下了肚,早已六神无主,如今听得一片"千千岁"的呼声,更是乐不可支,吩咐赶快开宴,把准备的樱桃全都赐给文武百官。

窦桂娘心细胆大,眼见伪皇帝虽已醉意甚浓,但殿下那批从逆有的虽有几分醉意,有的还很清醒。于是她又向伪皇帝李希烈进言:

"陛下,如此盛会,可谓空前,不可无诗,以记盛事!"

"对呀!小吕子,还是你有理!"

"那就请主公先赐珠玉。"

伪皇帝可未料到这一着,"小吕子,你可难为寡人啦!

就是朕有七步成诗之才,一时可也想不起呀!"

"皇上不先赐珠玉,文武百官哪一个敢争先?"窦桂娘把个叛贼堵得无法开口。

"那好,寡人就先来几句:一盘樱桃子,半青半似黄……"下面就难以为继了。靠在近前的孙广、李清虚专惯逢迎,连连拍手叫好。李希烈盯了他们两个一眼,倒触动了灵机,接下去又哼了两句:"一半与百官,一半与你两个!"五言诗最后一句倒成了六言,但哪个敢说不好?孙、李两个贼人,听皇帝老儿说一半与了自家,更是踌躇满志,一声高一声低地谀媚道:"主公说得真妙,妙妙妙!"

窦桂娘依斟酒次序,先请都虞侯吟诗:"陈将军,请您吟诵新作!"陈仙奇哼了几声,故意作出一副念不出来的模样,告饶道,"俺忘了。"

李清虚凑趣道:"将军说得好自在!这可要现炒现卖,赊欠不得的。快念,快念。"

"俺是个武夫,只懂得长枪大剑,吟诗这个道道,俺可不熟悉。情愿让二位占光。"陈仙奇故意恭维这两个贼人。他们立刻骨头酥痒起来,十分得意,孙广要卖弄一番,扭扭捏捏地说:"咱两个倒真记得不少。咱是有名的孙武库,他是有名的李书仓。只是两杯老酒下肚,记性差些,情愿认罚,吃樱桃吧!"

"两位大人,说得好乖巧!"窦桂娘走到他们面前,为他们两个又斟了满满一盏酒,"吃樱桃不成,要罚就罚酒!"好在这两个家伙也是贪杯之徒,罚酒就罚酒,端起来一饮而尽。

正当伪皇朝这批君臣开怀痛饮之际,突然一个道士闯上殿来,"贫道稽首了!"醉醺醺的皇帝老儿十分恼怒:"这野道人,好生无礼!怎敢闯进寡人殿上?"

这道人是谁?他就是陈半仙。原来陈仙奇入宫时,就将他带了进来,让他先立在殿下。陈将军见楚皇帝发了怒,赶紧趋前半步说道:"圣上,小臣忘了奏上。这个道人是终南山上全真教主,他炼有长生不老之药,闻知主公大宴宾客,特来献药给主公添寿的。"

李希烈一向贪生怕死,听说如此,转怒为喜,连声说道:"道主休怪!难得你有这番好心,索性多给寡人几颗,让寡人早些上天成仙。"陈半仙遵旨,立时献上十来颗药丸子。窦桂娘接过来,将它一齐投入酒盏中拌匀,捧给楚皇帝。这个妄想成仙的伪皇帝迫不及待地举起酒盏一饮而尽。不一会,只见他咂嘴舐舌,满口胡话。围在身边的孙广、李清虚以为主子醉酒,不会过问他们,各自带了一大筐樱桃溜下殿寻快活去了。众逆从见为首的两个大官先自溜走,一霎时也作鸟兽散了。大殿上只剩下桂娘、陈仙奇、陈半仙几个。

陈半仙走近李希烈,翻翻他的眼皮,对陈仙奇眨眨眼:"那话儿发作了。"说罢,歪在宝座上的李希烈突然跌了下来,窦桂娘连忙吩咐几个小内监将他扶进寝宫去。窦桂娘对陈仙奇和陈半仙说道:"伪皇帝已死,从逆贼子要赶快诛尽,请二位拿主意。"这两个结义兄弟商量一番,急忙出宫去了。窦桂娘见身边已无他人,在殿上漫步一阵,偶然低头,回顾自身,颇有触动,心想娘舅韩浩率军就要进城,这身打扮如何与他相见?想来想去,就在殿上更衣,换成女装。

不到半晌工夫,宫门外传来厮杀之声。又隔了一会,陈仙奇将军押着李希烈的长子,陈半仙领着一帮士兵紧跟在后面,一齐涌进宫门。

这伪皇子眼睛倒十分尖利,远远看见殿上的窦桂娘,分明是内宫吕志强,如今怎的变成一个女郎?他不顾死到临头,还要问高问低。

陈仙奇将军不理会他的查问,将刀架在他的颈子上,要他供出全家老小藏在何处?这个贪生怕死之徒,吓得向偏殿努努嘴。陈半仙率着一队士卒迅急冲进偏殿,不一会就将叛贼全家男女一齐绑了出来,在殿前当众处死。

宫中发生的这场平贼事变,很快传扬出去,汴州城里尽人皆知。那河南道招讨使韩浩领着十万雄兵、千员战将已逼近城池,安营下寨,刚刚布置就绪,就有探子来报,说宫中有个内官叫作吕志强的,在樱桃宴上用计擒住了伪皇帝。韩将军得报后,立即亲自率领了一支精兵冲进城中,卷风一般地闯进伪皇宫。早有宫门守监传报:"招讨大人到啦!"宫中一应士众,连忙出来跪迎,一身女装的窦桂娘此刻不便出场,赶紧闪身一边。不想被韩浩一眼认出来,脱口问道:"呀!这下去的女人,倒像俺的甥女窦桂娘,她怎的来到此地?"

陈仙奇将军回答道:"回报大人得知,她就是灭贼的吕志强哩。"

"快叫来相见!"

窦桂娘听见娘舅的呼声，立刻来到韩浩面前拜了下去："舅舅，别来无恙！"

韩浩哪有心思回答她的问候，倒是催她把如何入宫、如何灭贼的缘故详详细细说出来。桂娘遵命从头至尾说了一遍，又指着陈仙奇、陈半仙两位说道："舅舅，这二位是大功臣哩。"

"天下有这等奇事！偌大的功劳，都亏了二位和俺的外甥女。"韩浩闻说后赞不绝口。

此刻韩浩率领而来的大唐士兵正在搜索宫内外，十来个士兵抬出李希烈的尸体来。韩浩不无惋惜地说道："皇上要活的，如今死了，怎的回话？"

"大人，此事不难，逆贼只是昏死过去，贫道能让他醒过来。"陈半仙说着，掏出一颗药丸塞进李希烈嘴中，不一会这伪皇帝就醒过来了。这个死囚，对眼前发生的这一切全然不知，也同他的儿子一样，还在查问吕志强怎么变成女的哩。众人也不搭理他，将他捆绑起来，丢在一边。

陈仙奇将军继续向韩招讨汇报剿贼经过："伪宰相孙广、伪府尹李清虚已被斩首，叛贼李希烈亲属一十七口也全都杀了。"韩浩点头称善。那伪皇帝听得此言，号啕痛哭。韩招讨被他嚎叫得不耐烦，吩咐士兵将他打入囚车，拖过一边，明日押回京师。

次日凌晨，韩招讨准备返京复命，并要窦桂娘同去面见圣上。正待上路，上清姑姑携了侄儿前来致谢送行。桂娘将上清姑姑和陈仙奇将军夫人窦氏当时如何相救的经过，细细说了一遍。韩浩大人谢过他们救护外甥女的情谊,又表示要将详情奏知圣上。说罢,他不敢久停,率领士众赶路回京去了。

此时,朝廷已打败各处叛军,收复了京城长安。韩招讨携着外甥女到了长安,圣上立即召见,闻知窦桂娘这一女子,不用国家一人一马,不费宫中寸丝半粟,建立了偌大功绩,十分高兴,当即封窦桂娘为豫国夫人,陈仙奇将军为淮西节度使,陈将军夫人窦氏为一品夫人,陈半仙为鸿胪寺正卿,赐号玄妙真人,桂娘父亲窦良为汴州刺史,上清姑姑为汴州都观主。还将窦桂娘的事迹,刻成碑文,传于后世。当她辞京返乡之日,又赏赐大量金银财物,并在渭河渡口设宴相送,请朝中大臣相陪,真个荣耀万分。

【说明】

此剧为张源所作。张源字来宗,里籍不详,生平事迹也待考,大约清顺治朝在世。现存杂剧仅此一种,《重订曲海目》《曲考》《今乐考证》均有著录,现存《杂剧新编》本。

李希烈叛唐称帝事,有关史籍都有记载,如《唐书·李希烈传》说其"进攻汴州,入之……僭即皇帝位,国号楚……亲将陈仙奇,阴令医毒之以死……帝以仙奇忠,即拜淮西节度使。"而记载窦桂娘事迹的则有杜牧的《窦烈女传》。

张源根据有关记载,创作了这本杂剧,歌颂了不肯从贼的青年女子窦桂娘,描写了她的疾恶如仇的刚烈性格。

她不羡慕荣华富贵,不肯做伪皇帝的后妃,奋力向强逼自己的贼人作拼死斗争。后来她为了成全上清姑姑,又改换男装,顶替她的侄儿入宫。在陈仙奇和陈半仙的配合下,终于趁机消灭了这伙乱臣贼子。这些描写表现了她的精细和机智。当然在现实斗争中,她究竟起了多大作用,尚需研究;但是在《樱桃宴》这一出剧中,她显然是主角。让一个普通的少女形象占据舞台的中心,充分体现了作者张源的进步世界观。

剧本中的陈仙奇,是一个能辨别正邪的忠义人物。他虽然身为伪皇帝的都虞侯,却不随他叛逆朝廷,相反,还积极地组织力量,协助桂娘灭了叛贼。以窦桂娘为代表的普通群众反对伪皇帝的斗争得到妇女(窦氏)、尼姑(上清)和道士(陈半仙)的积极支持,伪皇帝的属官也反戈一击,参加了灭叛的斗争。这种题材的剧作出现在明清易代之际的舞台上,显然有着不同一般的意义。

此外,杂剧发展到清代,一般说来情节趋向简单,有时一本杂剧只有一个角色自始至终在抒发某种感情,演出的效果每每不佳,甚至不能演出。《樱桃宴》一剧不同,它情节比较复杂,又富于变化。自然,这与历史事件本身就很复杂是有关系的。原剧开始,对于历史事件的交代并不多。为了便于读者阅读,笔者在改写时略有增补。剧本最后一折,全是写桂娘面圣,圣上又如何封赏的经过,其间还插进几个与主题不相干的人物,成为全剧累赘,改写时不得不有所删除。

南山逸史

南山逸史,真名陈于鼎,又名啸斋,江苏省宜兴市人,清代初期杂剧作家,代表作《京兆眉》等。

京兆眉

话说汉宣帝时,河东平阳地方有一儒生张敞,字子高,出身于世代读书人家。他自幼接受儒家思想,继承忠厚家风,及至长大成人,更留心仕途经济,习学吏治刑法,因而通晓政务,颇有干才。仕宦以来,政绩显著,受到皇帝的重视。

几年来,京城地区偷盗横行,臣民不得安生,怨声四起,龙颜大怒。对于至关京城治安之紧要的官职京兆尹,虽然屡更换人员,但都治绩平平,未能肃清盗贼、安靖地方。汉宣帝闻知张敞才能超众,特破格重用,任命为京兆尹,让他负责京城治安的重任。

张敞从长期仕宦经历中深知,为人存心要忠厚,待人要宽容,但从政要严、治法要重,才能政通人和,吏治可清。到任以后,他为了摸清京城的治安情况,多方了解,甚至乔装打扮深入到社会下层,密查暗访,终于探明偷盗不绝的原因何在。他立即采用迅雷不及掩耳的手段,暗地捕获自称老偷的贼首,逼迫他交代出京城地区穿门入户、偷鸡摸狗之徒的名字。然后按名搜索,逐个收捕归案。经过这番打击,那些分散作案的小偷小摸之徒,也吓得屏踪绝迹,不敢露面。京城地区治安情况显著改善,士农工商得以乐业,人民各得其所,无不称颂。

张敞眼见京城治安已有好转，刑事案件日渐减少，平素政务不繁，也就颇有闲暇。公务之余，不时与夫人闺房取乐，或去友朋同僚座中闲谈。一日早朝散得极早，他心想夫人此刻定当春眠未起，不必急着回府，就与同僚好友、现任光禄勋杨恽一同离了宫门。两人意气相投，经常晤面。杨恽邀他去家中小坐一会，张敞欣然从命。不一会，到了杨府，进了客厅，两人分宾主坐了下来。海阔天空、中外古今地谈了起来。两人谈兴极浓，不知不觉过了半晌工夫，天色大亮，张敞方才起身告辞回府。

且说夫人自从嫁与张敞以来，夫君对她体贴入微，关心备至，因而琴瑟和谐，相得甚欢。唯一令她担心的是，夫君尽管心地宽厚，但却秉性刚强，因而得罪的人不少，嫉妒的、怨恨的，各色不一。近日总算公务清闲，在家中陪伴自己的工夫颇多。今晨她也不贪睡，怕夫君罢朝后即归来，就早早起来梳洗打扮。两个贴身侍女嫣然、羽衣也在一旁服侍。她拣了一件紫色的罗裙穿上，这是她生平最喜欢的颜色；又对着菱花宝镜细细整理发髻，从羽衣刚刚携进来的鲜花中拣了一朵插在髻中。嫣然又捧出画眉用的犀管笔和螺子黛，请她画眉。她却笑而不语。嫣然见她不使用犀管笔，也不取用那青黑色形如螺状的颜料——黛，不免有些诧异。夫人何等聪明，不待嫣然开口，便说道："嫣然！你不用说，我已知道你的意思——你哪知道，人面、春风两相匹，姿容、情绪两相衬。蛾眉画的长短、黛色用的深浅，与姿容是否相称，这都要相公称许。"

"啊哟！夫人,老爷怎能这么早就下朝回府？——片刻不见老爷,夫人就有些不安罗!"嫣然含有几分调侃地作了个鬼脸。

这边夫人和嫣然、羽衣两个丫鬟正在闲谈,那边张敞已从杨恽府中出来,急速赶往京兆府大衙。衙前人声鼎沸,进了公堂,又见案牍堆积。正是能者不难,难者不能。张敞取了公牍阅过,传唤诉讼者上堂,片刻审问明白,一一处置停当,当值的书案、衙役无不钦佩。

府尹见公事已毕,下了公堂,吩咐左右公人散去,独自回到私衙。进了府门,上了客堂,换下官服,悄悄向后房走去。早有丫鬟趋前报告夫人。张夫人移动莲步,迎出闺房。张敞见了,连忙三步并作两步地迎上前去,"夫人!"

"相公!"夫人也忙不迭地回答道。张敞仔细地端详着夫人脸面,不禁说道:"夫人！今朝风和日丽,正好与夫人同饮作乐,何以蛾眉不施螺黛？"

"哎呀！相公,并非我不施朱涂黛,你难道不知道,有谁批风抹月的手段超过你？妾身正待相公回来画眉哩!"

张敞眼见夫人的娇态,心花怒放,从嫣然手中接过犀管笔便要去夫人眉上画去,突然握笔的手停在半空中,沉吟片刻,对夫人说道:"夫人,眉的模样,要天天变、日日新,要能增加夫人的娇媚之姿,切不可草草。待我设计一番,定要画出世上独一无二的秀眉来。"思索一会,张敞终于描描点点,三下两下地画好了夫人的蛾眉。站在一旁的嫣红脱口而出:"啊呀！夫人,今朝的眉儿又与昨日不同了,曲曲弯弯,纤纤秀秀,不浓不淡,深浅得宜,真个妩媚得很!"

夫人知道丈夫手段,听见丫鬟如此称赞,定然不差,未及对镜自照,便低低说道:"多谢相公!"说着缓缓立起,整整衣妆,向夫君拜谢下去。张敞连忙搀起,口中答道:"夫妇恩情宜当如此,何足言谢!"

"妾已备下水酒一樽,与相公赏花共饮!"说罢,她扶着张敞肩膊,缓步走出闺房,来到小园中坐下。自有羽衣、嫣然铺席斟酒,夫妇两人慢慢细啜。

园中百花齐放,春光融和,黄鹂啼树,紫燕栖梁,令人神清气爽。张敞沉浸在夫妇之乐中,回想数年来案牍劳神,一年之中有几回享此清福? 不禁感叹地对夫人说:"夫人,近年来我也累够了,总算京城安靖,盗息民安,我的任期也将满了。如果能换一任闲职,也可常常与你共享今日这般清福了!"

"如此甚好!"夫人也愿有此一日。这时院子送来一本邸报,说是吏部派人送来的。张敞接过一看,只见上面载着一条消息:吏部奏上一本说,京兆尹张敞虽已到了任期,但为官称职。圣上有旨:京城要地,须有能员充任府尹,将张敞提升一级,再任三年。张敞看到此处,不禁锁起双眉,脱口而出:"如此怎了?"心中愀然不乐。

夫人边劝慰边询问地说道:"虽然不能安享清福,但却有升级之荣,两者也可抵销,不知相公为何不开心?"

张敞平素在家从不谈论公事,所以夫人并不知道处事之难、为宦之不易。事已至此,张敞也不得不把素日积闷,向爱妻诉说:"夫人呀! 你哪里知道,京师地面,五方杂处,朝中贵戚,官场显要,倚仗权势,为非作歹者,大有人在。我一任三年,为肃清京师,执法不得不严,得罪的人也不少,怨恨我的人又极多。连任下去,还不知今后会出现什么变故,产生什么祸端! 夫人呀,我先前说谋一闲职,也是不得已的! 如今旨意已下,怎不令我忧心如焚!"

夫人听了这一席话,方才有所领悟,但也知晓圣上旨意是不可改变的,只得安慰夫君,开怀再饮数杯。一旁侍候的嫣然、羽衣,善解人意,也配合夫人的劝慰,缓缓起舞,放声歌唱。尽管羽裳飘飘,歌声绕梁,张敞的兴致竟提不起来,向夫人说道:"我已醉了! 今朝小饮就此停下罢——唉! 此后难免受到更多的憎恨与诽谤!"

张氏见夫君确实没有兴致,也有了几分醉意,便不再勉强,由丫鬟扶持慢步回到闺房,伺候他上床安歇。

张夫人眉毛之美,已传遍京师闺中仕女。朝中贵妇更是无人不晓,个个钦羡,人人效法。凡能与张夫人攀上关系的都想与她谋见一面,彼此争奇斗妍,比个高低。

张敞的好友杨恽夫人赵氏,原也出自名门,不但身段苗条,姿容秀美,而且多才多艺,月下调筝,花间鼓瑟,无所不能。加之性格娴雅,气量宽宏,与人相处极是融洽。

日闲来无事,她与夫君絮话时,忽然问道:"相公,闻说近日京师宦家富室,都崇尚画眉。我就不十分明白:女人的容颜千娇百媚,难道只在这两道眉上?"

杨恽与张敞知交,平素闲谈时难免不涉及这一话题,见夫人谈到这个话题,顺口回答道:"夫人,眉要画才美,也是有道理的！眉之位置在双眸上方，有如两峰相对，初月升映，涂上奇妍之色，画上秀丽之姿，更显得百般风流，千种旖旎——只是，这眉可不是轻易画得好的！——如今只有一家画得极美。"

"谁家？"夫人不禁好奇地问道。

"外面人传说京兆眉妩美异常。"杨恽不假思索地回答。从此，赵氏记住了京兆眉美，只是不知美到何程度，是怎生一个画法？又未曾亲自见过、问过，好在自己的容颜也是秀美异常的，也就不去多想它了。

岂知隔不了几日，遇上一个机会，终于邀请张夫人来舍间彼此一会。原来当今朝中魏相国的夫人也闻知京兆夫人眉毛秀美。尽管这位贵妇穿戴得极其雍容华贵，只可惜一副身段令人不敢称赞，腆着一个大肚皮，顶着一个大脑袋，容貌粗丑，那对眉毛尤其不争气，又粗又浓，极难描画。偏偏她又生性好胜，常要与人比个高低。她知道杨夫人与张夫人两家夫君为至交好友，硬是缠着杨夫人出面，务必邀请张夫人前来杨家，彼此比赛比赛。杨夫人拗她不过，自己也想见见张夫人，也就订下日期，邀请张夫人过府小聚闲话。

到了这一天，东道主杨夫人自然早早梳洗打扮，准备迎接客人。尚未出闺房，已有丫鬟前来通报，说魏夫人驾到。她赶紧将魏夫人迎进后客堂，两位拜过，分宾主坐下。相国夫人倚着丈夫权势，不免老大自居，毫无掩饰地审视起杨夫人的容貌来，又带着几分戏谑的口气说道："啊哟，杨夫人！你的眉今朝画得太淡了。待会儿张夫人来看见,要笑你家没有作料哩。"

杨夫人对她这种既不礼貌又极粗俗的话,并不计较,无所谓地回答道:"古人说得好:眉宜淡扫。何况奴家姿色平平,经不得浓描,随它去吧——魏夫人,你今日的眉画得着实有工夫,可爱得很哩。"

魏夫人不知话中也含有讽刺,虽然连连摇手,心中竟洋洋自得,大声说道:"啊呀呀,可不要说起。今朝的眉,可说是一日用了三日的作料。只不过,待会儿张夫人来,她用的作料怕还要大大超过我。"

"张夫人究竟如何个画法,等她到来,便见分晓。"杨夫人显然不十分同意魏夫人对张夫人的估量。可是,魏相国夫人哪里知道他人话中的含意,一味自说自话,"不要管她怎的画,反正我和你两个人的眉,一浓一淡。她若是浓的,我可以赛得过她;她若是淡的,你可以比得过她!"杨夫人听了这番话更觉不中听,不能不明说了:"魏夫人,何必说什么比赛不比赛!人与人的不同,有如各人的面孔,怎能尽然相似?各有各的好处,各有各的优点,是不必羡慕他人的!"说到这里,杨夫人又回过头来交代侍女,"你们去前厅上伺候着,张夫人一到,即刻请她进后厅中来!"

两个侍女赶忙来到前厅,恰巧张夫人的轿子已到,随即被迎往后厅。张夫人首先歉疚地说:"未曾先请两位夫人到舍间,倒劳杨夫人先赐请。"杨夫人诚心实意地说:"张夫人,不必客气。奴家平素十分钦仰夫人闺范,早就想求见夫人。夫人肯驾临舍间,已是十分赏光了!"

且不说张、杨两位夫人寒暄不已。那魏夫人却独自放肆地察看张夫人的容颜,特别是那双美丽俊俏不同寻常的秀眉,心中暗暗吃惊。她一把拉过杨夫人,毫无顾忌地说道:"名不虚传,果然画得好!"杨夫人经她一说,也不禁细细看了张夫人两眼,说道:"真是匀净得狠,愈淡愈妍。"这两位夫人哪里知道,在张夫人离家之前,张敞知道这些女堂客召请他夫人小聚,无非是欣赏她的秀眉,因此他又较平日多用了几分心思,着意设计了新的眉样,务求与众不同。他画好之后,又反复审视,再三描修,方才罢手。张夫人眼见这两位夫人在一边唧唧哝哝地说个不休,心中未免忐忑,不禁上前问道:"二位夫人,为什么只是看着奴家?是不是我的穿戴有什么不合适的地方,因此见笑?"

杨夫人经她这一问,不好意思,刚才的确有些失态,连忙解释说:"张夫人,哪里话!奴家不是和魏夫人议论您。只因倾城士女,都盛传夫人蛾眉堪画,黛色超凡;今日相见,得以亲睹,确然名不虚传,不胜钦羡,故而与魏夫人赞叹不已!"

张夫人听了这番说明,反倒觉得承受不起,只得不断谦虚地说:"夫人如此称赞,倒令奴家不胜惭愧。"相国魏夫人并不说什么客气话,直截了当地问道:"夫人!你这眉用什么东西画的?有这么许多彩色!——我的眉画好后,一旦出点汗,就要淌得满脸都是。夫人,你假若肯把你那画眉的法儿教给我,我从此拜你为师,终身是你门生。"

张夫人听罢,不禁哑然失笑:"奴家哪里会画?我不过自梳云鬓,另有画眉师代为画眉哩!"

"这才对呀!"魏夫人一把扯过杨夫人,在她耳边低低说道:"我说得对吧?定有人传授她的,她自家怎画得来?"又转过身来问张夫人道:"替你画眉的女师傅,如今在哪里?"

"说起这位师傅嘛,"张夫人调皮地说道:"他头戴乌纱,腰悬紫绶,铁面无情,黄堂高坐!"

"照你说,该是个男子汉、狠官人了?"杨夫人问道。

"他是个男子汉,怎的会画眉?"魏夫人更感到诧异。她自恃是相国夫人,大咧咧地说:"你实实对我说明,假若真是做官的,这桩事儿就好办了。我家丈夫是当朝宰相,哪个官儿不与他打交道?不怕他不来奉承,敢不把法儿传给我!喂,张夫人他究竟姓什么?叫什么名字?"

见相国夫人如此性急,张夫人更加慢条斯理地调侃道:"他做的官倒也不算小,为人更是生性高傲……"

"到底是谁?生就傲骨么?"魏夫人急着问。

"惭愧!我这个荆钗布裙恰恰为他举案。"张夫人这番话,逗得杨夫人笑个不止:

"啊哟!张夫人,你真能逗人。听你讲了这半晌,原来是张老爷替你画的。"

"他,他是个男子汉,怎的懂得画法?肯定有个谱儿,照着样子描画!"魏夫人抵死还不相信。

杨夫人倒是相信的,见到如此秀美的眉样,不禁向张夫人说道:"就拿张老爷为夫人画眉这桩事说,也可见夫人与张老爷感情深笃,极其恩爱了!"杨、张两位夫人当下谈得十分投机,絮絮叨叨说个不停,一时没有照顾到相国夫人,突然魏夫人怒吼起来:

"老乌龟!老不死!这等可恶!"

杨夫人大惊失色,以为自己这个主人有失礼仪,对客人招待不周,连连问道:"魏夫人,奴家有啥失礼之处,请好好指教——为何痛骂起来?"

原来魏夫人羡慕张夫人嫁了个好丈夫,不由不恨起自己的丈夫来,愤愤不平的怒气一发而不可忍,便失声痛骂出来。"我不是骂别人,你们二位夫人别多心。我是骂自家的丈夫——方才听了张夫人的话,她嫁的丈夫真好,多有恩情,替妻子争来多少风光!哪像我家那个老家伙,整日只想做高官,贪厚禄,你要他关心关心妻子,他就攒起眉头,说什么皇帝老爷难伺候,哪有工夫照管妻子。想到这一点,真叫人恨得牙痒痒的。两位夫人,请不要多心——我只是恨自家那个老贼,今后再不为他打扮了!"

杨、张两位夫人方才知道原来魏夫人是为这桩事儿大发脾气,虽然觉得有些好笑,但却不便笑出来,只是一味劝解,请她入席小饮。几杯下肚,魏夫人又想起个主意来,说道:"二位夫人,我和你们虽是妇人家,对丈夫可也要有个赏罚,让他们尽心尽意照顾我们。今朝回去,赏的要赏,罚的要罚。"

杨夫人故意先问她:"这么说,夫人今晚回去怎样发落魏老爷?"

"这好办!我只抓破他的脸皮,叫他上不得朝!"

"这未免太厉害了!"两位夫人不由得惊呼道。

"用法须严!杨夫人,你今日如何发落杨老爷?"

杨夫人未曾想到魏夫人突然把矛头转向自己,亏她平素反应灵敏,颇有几分机智,即口回答说:"奴家的丈夫,自己夸口会做文章,就罚他做一篇《眉赋》!"魏夫人听说此话,也只得罢了,又转向张夫人问道:

"张老爷自当受赏的。张夫人,你怎的奖赏张老爷?"张夫人老老实实地回答说:"夫妻相处,怎好说什么赏罚?"魏夫人偏偏不相信,自说自话地叫嚷道:"啊哟,我知道了,张夫人的赏赐不好明说,张老爷奉承夫人一对好眉,那张夫人免不得要如此这般地酬谢官人了!"边说边打手势,惹得这两位夫人笑成一团,咯咯作声。又饮了几杯,魏、张两位夫人见天色不早,双双起立,谢过杨夫人,告辞各自回府。

几位夫人比试眉毛的美丑高下,原是闺中琐事,不想几天之后就传遍了京城。更有那好事之徒,添油加醋,大加渲染,特别是独占鳌头的张夫人的京兆眉,更被他们编成故事到处宣扬。这一来,各种议论自然都要涉及她的夫君、现任京兆尹的张敞了。

张敞任了三年京兆尹,开罪了不少达官显宦。至于偷盗之徒,更是对他恨之入骨。偏偏他又极擅画眉,所以恨他的人多,嫉他的人也不少。如今圣眷正隆,又命他续任三年。嫉恨他的人,更是如芒刺在背,必欲除之而后快了。一些宵小之徒不断聚集在一起,密谋策划,蠢蠢欲动。

京城积善坊住着两个积年老贼,一个叫张贝,一个叫李戎。他们专靠劫掠营生,多年以来累积了不少赃物,家什也渐渐丰饶,添置了田地房产,使用起僮仆丫鬟。自己也不再外出亲自偷盗了,而是广招门徒,教会一批后生小子,四处行窃。这两个贼首只是坐在家中安享徒子徒孙的贡献。闲时,出入衙门,结交官府,用赃款赃物贿赂当道。因而那些捕盗的公人,反替他们做向导,本应审问贼盗的官府,倒成了他们的护身符,真是官贼一气,猫鼠同眠。倒霉的只是平民百姓,扰得京城士农工商,无不切齿。幸亏新任京兆尹张敞,微服便装,出入赌场妓院,访问确实,捉住张贝、李戎,迫他们交出徒子徒孙,一网打尽,才肃清了地面,保障了安宁。张贝、李戎并不甘心,原想暂时洗手三年,待张敞任满后再重操旧业。如今见圣命下来,令张敞再续任三年,实在憋不住这口气,一心想害了张敞,早日出头。苦于一时想不出什么计策来。

这一天,他们早先手下的一个小偷,名叫钱智的前来拜望。这个小贼十分狡猾,见风向不对,暂时也收敛了手脚。前后几次搜捕,都侥幸漏网。他前来拜见两个头头,也是"无事不登三宝殿"。近日他虽然未去偷盗,却没有闲着,钻头觅缝到处刺探官场消息。原来自从张敞肃清了地面,设在京师的一些衙门也就失去了偷儿盗首的孝敬,张敞无形中断了他们的财路。这些大大小小的昏官贪吏无不暗中诅咒张敞;而那些科、道、厂、卫专司监察、刑讯的衙门,素来是捕风捉影、张网捕鱼的,拿到一些闲是闲非,就大作文章。钱智这家伙对这般老爷的脾性,摸得一清二楚。他知道张敞已开罪了这班老爷,正好落井下石,推波助澜,除去这个压在头顶上的硬石头。但他只是张贝、李戎门下的一条走狗,上不得正经台面;结交官府,行贿当道,一向是他们两个头儿出面。因而今朝拜见贼首来了。

两个贼首正在搜肠刮肚,想方设法思谋害人,一见钱智,不禁脱口而出:"你来得正好!"便一五一十地把他们的心思和盘托出,让钱智出主意。

"这个好办!不过用上几两银子!"

两个贼头儿听说要花费银子,出自本能地反对起来:"正因为没银子用才去偷,怎的反倒贴起银子来?"

钱智笑着说:"常言道小钱不去,大钱不来。你不用几个小钱,运动一下当道,怎能把这个狗官除掉?不除掉狗官,又怎能在京师地面大掠一番?"

"这话倒也不错。好了,银子么,我们准备花上一些,但总得找上几件有凭有据的事,才能哄走他。"张、李两头儿异口同声地说。

"这也好办——第一桩,他时常嫖赌宿娼,有碍官箴;第二桩,整日为夫人画眉,不理政事,又败坏了风气。这两条,不就够他吃两记了么?"钱智阴险地冷笑道。

张贝喜欢得拍手叫好,李戎连声不断地说道:"有理!有理!"当下,他们三个贼头攒在一起,窃窃私议一番,就各自去当年受过他们奉献的大小官儿们家活动了。

张敞还被蒙在鼓中,除了处理公务,整日只与夫人在后厅中逍遥度日。有司弹劾他的奏章很快送到圣上面前。宣帝览过奏章,心中好不纳闷:京师地区长年以来偷盗不绝,民怨四起,幸亏前几年用了张敞为京兆尹,数年以来政绩显著,宵小不法之徒,已然绝迹。因此令他再任三年,就中继续考察,如果不负所望,将提升他为丞相。怎的近日忽有弹劾之章?说什么张敞此人,经常出入秦楼楚馆,有玷官箴;终日闺阁画眉,荒废政务?这两桩事到底虚实如何,实在委决不下。于是就召见丞相萧望之、光禄勋杨恽询问。

早朝已罢,宣帝留下萧、杨二臣,让他们上殿问话,说:"二位爱卿,寡人见京兆尹张敞才品俱优,正想重用,升为丞相。近日却有奏章,说他走马章台(妓院所在),为妻画眉,这两桩事,朕不知信其有还是信其无?二卿有否闻知,希如实说来。"

萧丞相听皇上说准备提拔张敞为相,深恐自己相位摇动,因此抢先奏道:"说张敞章台走马,臣未知悉;至于闺房画眉,更属暧昧,难以详察——这两桩事不敢妄言。只是张敞虽有才干,但器量不大,恐难任丞相之职。"汉宣帝听罢,未置可否,又问杨恽。杨恽奏道:"张敞能不能担任丞相之职,臣不敢妄言。只是说他走马章台,闺阁画眉,臣估量必无此事。"杨恽对萧望之的奏答颇不满意,不得不替自己的挚友张敞辩护几句。

"何以见得?"宣帝追根究底地问道。

"皇上,京师向来盗贼横行。自从张敞出任京兆尹,群盗绝迹,政绩卓著。张敞怎敢走马章台,自扫威严?更何况皇都重地,公务繁杂,张敞日夕处理,犹恐不及,哪有工夫替妻子画眉？以此,臣料其必无此事。"杨恽侃侃而谈,汉宣帝也不能不承认这番话有些道理,沉吟片刻,挥手令两位大臣退下;又令内侍传张敞上殿问话。

张敞身为京兆尹,知道皇上随时要召见,尽管退了早朝,也未敢即时离开宫殿,正在宫门外伺候。忽听内侍传呼,迅即整顿衣冠,随同内侍进宫,上殿行罢大礼,口称:"臣张敞陛见。"

"张敞！你知道自己过失么？"汉宣帝劈头一问,倒真使张敞丈二金刚——摸不着头脑啦,只得诚惶诚恐地说道:"微臣愚昧无知,且力不胜任。历年以来,所犯过失,多如山积。但不知近日又有什么新的过失？望皇上示下。"

"大胆！"汉宣帝不禁动了几分怒,右手握拳击着左手掌心,"好呀！京兆尹身负重任,不是卑官闲职,你怎敢在任期间,章台走马,有失观瞻！为妻画眉,荒废政事！这两桩事,可是真的？"

张敞听罢,举起双手轻轻除下乌纱帽,叩头不断,回奏道:"皇上,这两桩事,倒的确是真的！不敢欺君瞒上。"

张敞如此坦率承认,倒大大出乎宣帝意料之外,"好呀！张敞！朕待你不薄,你如此行径,岂不辜负朕的重用？"

张敞此时反倒镇静下来,没有丝毫惊慌之色,缓缓回奏道:"皇上,请息天威,容臣详奏！"

"你且说来！"

"皇上当初用臣,无非是要臣缉捕宵小,肃清京畿。

从来盗贼大都混迹赌场妓院,臣要亲身巡缉,如带随从仪仗,盗贼闻知早已远遁,到何处去捕拿? 只能微装便服,走马而过章台。这是为了报答皇上重用之恩,不想为此获咎!"

宣帝听得这番言语,方才恍然大悟:"是朕错怪了你。那么,为妻画眉一事,又怎生说?"

"此事确有,但夫妇人伦,私情隐曲,多有流露,何止于画眉一端? ——且臣从未敢以夫妇之情有误政事,皇上明察!"汉宣帝听到此际,也觉得夫妇之间的事,怎能深究,也就点头不语。张敞心中明白,今日有此一番诘问,定是有人中伤。他原就有改任闲职的念头,此时趁机向汉宣帝恳求道:"皇上,这两桩事虽是小过,若不从实招供,就是欺君大罪。如今臣已供认,请皇上念臣微劳,放臣回归故园,与农夫共耕,终老此身,也免得那些小人制造事端,任意加罪于臣。"

汉宣帝终于明白了真相,但却不急于当即宣示处置办法,只是吩咐张敞回府听旨。张敞无奈,惴惴不安地离开宫廷,回到私衙。

且说张夫人今朝梳妆已罢,专等夫君归来画眉,左等右等,迟迟方见夫君下朝归来,连忙问道:"今朝圣上有何话说,怎的迟至此刻方始归来?"张敞就将皇上诘问的详情一一相告。张夫人不禁担忧起来:"过无大小,看来总要罢官了,——何况画眉之事,你如何开得口? 这只怪我不贤,惹得夫君招祸,倒不如那些浓眉丑妇,反倒安稳做个诰命夫人!"

张敞倒还达观，反劝夫人道："你何必忧虑？我如不照实回奏，岂不犯了欺君大罪！我不但承认画眉之事确实有，而且还说夫妇恩爱之情不只限于画眉这一桩哩。"

"圣上不动怒么？"

"倒看不出皇上的喜怒，只吩咐我回家候旨。"

"这可如何是好？"夫人总有些焦虑。张敞倒一再劝慰道："我想皇上圣明过人，也许他倒认为我为人直戆，并不责怪。即使怪罪下来，也不过罢官而已。我原来宦情就淡薄，早想丢了这官职，终日与你画眉，精心钻研，倒定能画得更加出奇精致——这岂不是圣上所赐？"说罢，倒不由得笑了起来。

正当其时，内侍捧诏前来宣旨，皇上对他所作所为，并无责怪，反升他一级任用，又赐给犀笔十支、螺黛一升，专供他画眉之用。

送走了内侍，夫妇两人进了闺房，喜笑颜开。嫣然、羽衣早已安排了酒点、茶食以表庆贺。张敞却喜滋滋地吩咐她们把席面上的茶点暂时收过一边。他自己按住夫人肩头，让她端端正正地坐在雕花椅上，叫两个丫鬟快快将螺黛研磨起来，他提起皇上赐的犀管笔，一边细细替夫人画眉，一面调侃夫人说道："夫人，你今朝的眉毛可不比寻常，是皇上敕封过的，卜的徽号叫'京兆眉'，真是尊贵已极！"这番话逗得夫人咧开樱桃小口，两个丫鬟也笑做一团。这一对恩爱夫妇倒因此祸得福，共享人伦之乐。

这桩奇事不久就盛传开来，街头巷尾议论纷纷，有钦羡的，有赞叹的，当然也有怨怼的，腹诽的。一些通晓世故的人都认为张敞画眉之举,切不可学,因为正直的臣子遇着仁厚的皇帝,也不是世代都有的。张敞侥幸遇上汉宣帝,才免被谗言所中伤。

【说明】

此剧为南山逸史所作。南山逸史为宜兴人陈于鼎,又名啸斋,清代初期杂剧作家。邹式金《杂剧新编》中收其杂剧5种,即《半臂寒》《长公妹》《中郎女》《翠钿缘》和《京兆眉》。在《半臂寒》一剧的眉评中,说他创作的戏曲作品"有十种",但"仅梓其半",还说他"精解音律,亲教红儿",因而所作"备极神韵""其妙如此"。

《京兆眉》取材于《汉书·张敞传》。传中涉及走马章台、为妇画眉二事时,笔墨极简,寥寥数十字而已。而南山逸史却将其敷衍成一本四折的杂剧,塑造了几个栩栩如生的形象,赋予这个故事以现实的内容。张敞夫妇恩爱,闺阁私情,原无可厚非,也不应赘议;却偏偏有宵小之徒借此制造事端,夸大事实,肆意渲染,以迫使张敞去官。他们所以嫉恨张敞,是因为张敞为官正直,敢作敢为,并作出了显著的成绩,从而得到皇帝信任,既升级又连任。因此他们必欲去之而后快。诚然,章台走马、为妻画眉这两个罪名是被张敞肃清的盗贼制造的,但如没有张敞的同僚作为奥援,是不会上奏皇帝的。可见,张敞几乎获谴,主要是同僚的嫉害;他们抓不住张敞公务中的把柄,竟从生活问题上滋生事端。这个剧本形象而深刻地暴露了封建官场的重重矛盾。封建官僚为了维护自己的利益,不惜陷害他人,落井下石。丞相萧望之为了保住相位,不惜在宣帝面前中伤张敞,就是明显的例子。总之,《京兆眉》写的似乎是儿女之情,却反映了封建社会的黑暗现实,有一定的认识意义。

剧本结局皆大欢喜,十分美满。这在一定程度上也起到了粉饰封建统治阶级的作用。在现实生活中,张敞遭到如此的攻击,是很难解脱的。《汉书·张敞传》中就说"上(指皇帝)爱其能,弗备责也,然终不得大位",哪能有剧本中所描写的那样美满的结局?

碧蕉轩主人

碧蕉轩主人,清初剧作家,姓字、里籍均不可考,传世作品也仅存《不了缘》1种。

不了缘

唐朝德宗时,河南洛阳有个书生姓张名珙,字君瑞,时年二十二岁,长得一表人才,甚是风流倜傥,在与朋友宴游集会时,颇有鹤立鸡群的气概。

他生性极喜游览名山大川,有一次去河中府蒲关游览。此处有九曲黄河环绕,正当秦、晋、幽、燕四地要冲,景色壮丽,形势险要,境内名山胜迹,随处皆有。蒲关东面十余里山中,有一座普救寺,殿宇盖得美轮美奂,庄严宏伟,寺内一座浮屠高耸云表,铁马叮咚,声闻数里,煞是有名。张珙在蒲关闻知有此福地宝坊,自然要前往一游了。

百闻不如一见,到了山脚下,只见一座层层叠叠的寺院雄踞在半山腰的万绿丛中。张珙绕寺一周,不禁叹道:"好一座轩敞的宝刹!"入了山门,自有迎客的僧众招呼,上殿随喜后,坐下小憩,寺僧捧上茶来,与张生絮絮闲话。张珙心想,考期尚远,此寺十分幽静,何不在此小住,一则可以尽情畅游附近名胜,二则也可潜心温习经史以备应试。想罢,就向和尚提出能否借一间厢房读书,房金照纳。和尚禀过长老法本,就将后院中一间西厢房借给张珙暂住。

从此,张生不是在寺院中温习经史,就是早出晚归游览附近景致。不多时,驻扎在蒲关的军队,因主将不善带兵,起了内讧,乱兵四出,抢劫掠杀,无所不为。张珙只身一人在此倒也不甚惊惶。可是寺院长老却有些惊恐不安。原来普救寺后院还住了一位孀妇郑氏,她携着一子一女,携着丰饶的家产,路过蒲关,借住于此,已有多时。如今闻知驻兵作乱,不能返乡,迫于无奈,求救于长老法本。法本转问于张珙。真是无巧不成书,张珙恰恰与驻军中一个将领颇有交谊,乃请他发兵护卫寺院,保全妇人一家。半个月后,朝廷派了杜确将军前来平乱,此地才转危为安。

这位富孀十分感激张珙对她们全家的救命之恩,在乱平之日,特设宴致谢。席间彼此相叙,方知两家原来有些远亲,论起辈分来郑氏还是张珙的从母哩。认了亲,关系自是不同,席间更为欢洽。郑夫人不但唤出十余岁的儿子欢郎来拜见张珙,又再三传命,让她的闺女莺莺出来拜谢兄长的救命之恩。

张珙从未见过像莺莺这般绝色的美貌少女,神情气度,又是那样的温顺娴静,低着头,坐在一旁,含羞不语。张生不能自持,无话找话,"小姐今年几岁?"她勉强回答说:"十七岁。"张珙又接着问话,她就不再回答了,坐了一会即先行告退进去。

散席后,张珙回到西厢,就此害起了相思,日夜思念莺莺不已,终于一病不起。莺莺有个侍女叫红娘,生性豪爽,乐于助人,既广有智谋,又敢于承担。张珙不断向她求助,她慨然应允。在红娘的促进之下,张珙和莺莺终于成就好事,彼此暗中往来,一时男欢女爱,缱绻难分。

日月荏苒,一年容易又秋风。明月有圆有缺,繁花有开有谢。张珙自与莺莺通好以后,渴望之情一时虽然得到满足,可是随着时间的推移,爱恋之情也就日渐淡薄。加之年来密约幽期不断,风声渐露,郑夫人已微有所知,乃催促张珙赴京应试。他也就顺水推舟,不管莺莺心意如何,借此离开已经逗留了一年多的普救寺,径自赴京去了。

赶到京城时考期已近。他匆匆应试,之后在京专等好消息。哪知发榜之日,遍寻姓名不得,方知名落孙山了。他一时无颜回到莺莺身边,只是在长安城中厮混,意图明年再试。皇都之中,人烟稠密、市井繁华,他结交了三朋四友,你来我往,倒也不觉得寂寞,把个莺莺小姐早已忘到九霄云外去了。自然更不会有书信给她。

日换星移,一年岁月如弹指般疾逝而去。他又参加了考试,但再次铩羽而归。结交的友人,有的考中了,升了官;有的失败了,回了乡。直到此时此刻,他才感觉到孤寂,功名之途十分狭窄,高官利禄,并非唾手可取。在落寞无聊之际,他不免又想起莺莺来了。他知道郑夫人虽然狠毒,常使他难堪,但莺莺对他却是痴情一片,何不就此离开京城,前往蒲东普救寺再续前缘、重温旧梦呢?想罢,他当晚草草收拾行李,次日绝早起身,吩咐书童担了行李,主仆二人离了京城寓所,扬长而去。

张珙心情迫切,出了城门,自顾自地鞭马赶路,担着行李的书童越走越觉肩头担子沉重,脚步儿也就越走越慢,渐渐与主人拉开了距离。张生赶了一程,回头一看,连书童的影子也见不到了,只得放下缰绳,跳下马来,在路边歇息等候。等了好大一阵子,才见书童担着行李喘着粗气,吃力地赶了上来,见到张珙,不免有些埋怨:"相公,你真是出门不知行路难!反正行李由我担着!下次切不可快鞭着马,不顾人地赶路,不然,我怎能紧紧追随相公身旁?"

"童儿,你说得有理,此后咱主仆两人慢慢行路吧——好在路程也不远了。"书童放下行李,坐在张珙身边休息。好一会,书童见主人不曾开口,就找了个话题,说:"相公,你看,我们一路行来,只见秋风飒飒,黄叶飘飘,正好像向年离开蒲东前往京城的情景。"

张珙听得此言,不禁站了起来,喟然长叹:"唉!童儿,你不见一马平川,疏林萧瑟,金风残照,北雁南飞,秋水长天,伊人何处?这景象怎不令人伤感!"

"哟,相公,你说的也是!"接着他也站了起来,放眼四看,"呀,相公,你看远处一丛丛红的、白的,煞是好看。"

"那一派红白相间,乃是野花点点,你看,这一边黄花疏篱,汀风白苹,童儿,这景色依旧,可俺又添了岁数,时光催人,故人怕也添岁了。"说罢,不禁摸了摸下巴上露出的胡髭,不胜惆怅。在原地漫步走了几个来回,眼见暮色渐起,乃停住脚步,对童儿说道:"这天色已晚,你看看,前面不远处该是普救寺了吧?"

书童应声答道:"刚刚听见钟响,想必是寺里晚钟了。——我们也该赶路了!"主仆二人,各自整理了一阵马鞍行李,一骑一担地向普救寺行去。

快一阵,慢一阵,闲谈之中已赶了不少路,转了山脚,猛然见到寺院殿宇,正耸立在苍茫暮色之中。紧赶几步,已来到山门前。张珙跳下马来,交与书童拴好。"你先去报与长老知道,说俺洛阳故人前来拜望。我先到老夫人处问安!"书童奉命去寻法本长老去了。

张珙急急走进山门,绕过大殿,来到后院,只见院门半闭,寂无人声,小径上积满落叶,长久无人打扫了!心头突突跳将起来,如同小鹿撞怀,惴惴不安地悄悄走进西厢,轻轻推开半掩的室门,只见满屋挂满蛛丝,一阵微风吹过,那蛛丝便晃漾起来。张珙不禁揉了揉双眼,定睛再瞧,这分明是当年旧居处:在这里,莺莺曾来问病床头;在这里,我也曾去墙边待月;在这里呵,有多少偷期密约,倾诉了无数甜言蜜语!而今人在何处?心里如同油煎,只在屋前房后兜圈子:欲待进屋,室内不能停留;欲待离去,感情又难割舍。难道故人如同朝云归去?难道自己虚此一行?张珙此刻被俄延、沉吟、怨恨、盼望的感情轮番袭击,正不知如何是好。

却说书童前去方丈寻访长老。长老未曾见到,只在香积厨下寻得一个香火道人,一同来到后院。

"相公,贫道稽首了。"

"道人!长老在家么?"张珙迫不及待地问道。

"相公,长老赴斋去了。众师父也都不在寺中——贫道初来乍到,为时不久,不知相公高姓大名。"

"小生姓张,字君瑞,是你长老故交,访亲到此——我想问你几句话,不知你知道不知道?"

香火道人听说是长老故交,不敢怠慢,连声相请,"相公,请先到客房中坐下用茶,坐定再说。"

张珙就在道人导引下,进到客房中坐下。道人捧上香茶,张珙呷了一口,放下杯子,迫不及待地问道:

"道人,我向你打听一件事。年前有位相国夫人,带着儿子、闺女,还有使唤的丫鬟,曾住在此处多时。这几口子如今去了何处?你可知道?如果知晓,盼能详详细细告诉我,切不要遮遮掩掩。"

"贫道来投此寺时,这几口儿还住在此地,"香火道人慢慢吞吞地说,"相公问他们几口子,俺倒略有所知——那莺莺小姐嫁给郑尚书的公子……"

"啊呀!嫁去了!——这话可真?"张珙情不自禁地惊呼起来。

"怎么不真?"香火道人对张珙的反常神态不免感到有些诧异。

"那么,还有个侍女红娘呢?"

"也跟着嫁去了。"

"老夫人还在?"

"老夫人在此没有依靠,也随着小姐住到郑府去了。"

至此,张珙无话再问了,也用不着再问了。霎时之间他感到天旋地转,几乎把握不住自己,一手扶住椅背,一手掩住面孔,不断抽泣。他想起先前彼此恩爱的情景,如今再也不可能重现,顿时伤心万分,抑制不住心中的愁苦,泪水如断了线的珍珠唰唰直落。这悲伤的神态倒叫香火道人吃了一惊,无可奈何地劝慰道:"相公,请千万不要悲伤!"又回过头来吩咐书童去西厢收拾一下,好让主人歇息。他安排停当后,就告辞回香积厨中去了。

书童先行清理房间,安排床铺去了。张珙独自一个伫立在后院中沉思。只见这座寺院到处显出荒凉的景象,墙垣多有颓圮。他不由得想起,当年他初游此寺时,正是"木兰花发院新修"。他寄寓西厢时,曾借琴弦诉说自己情思,莺莺小姐在红娘扶持下,来到书斋欢会。此情此景,今生能否再现? 遥想莺莺当年的美丽容貌和娴雅气质,他心中不由得充满了失落感。

"相公,天色全黑了,请进来安歇吧!"书童的呼喊,把他从遐想中惊醒过来,周围景物已一片模糊了,他只得进屋小憩。

屋里豆大的灯光映得人影幢幢,不很分明。他上床后,万种愁思钻心,辗转反侧,不能入眠,便索性披衣而起,坐在窗前,回忆着从前的欢快情景,如今床、台、桌、椅依旧,只是佳人不知何处去了? 此时此刻,他倒有些怨恨起莺莺来,当年你也曾立下海誓山盟,却怎的与他人扬长而去?

且不说张珙在西厢旧屋中怨天尤人,一夜不曾闭眼。他哪里知道,莺莺小姐自从嫁了郑公子以后,何尝称心舒畅过一日? 那郑恒费了许多周折,才娶得莺莺为妻室,好不心满意足。成婚半年来,他终日沉醉在温柔乡中,守定个莺莺寸步不离。可莺莺却是迫于情势,不得不嫁给郑恒,她哪愿嫁给这样一个琐碎粗俗的富贵子弟? 自从嫁到郑府以后,她双眉紧皱,心事满腹,感情压抑,终日怏怏不乐,懒得梳洗打扮。红娘私下问她:"小姐,因何不快?"莺莺怪嗔地回答说:"呀,红娘,别人不知道我的心思,你怎的也毫不知晓?每当我登楼卷帘,眺望远方,就好似回到过去辰光,不由人不愁脉脉、思依依。我的满腹衷情,叫我向谁诉说?"说罢,掩面长叹。

莺莺愀然不乐的神情,起初郑恒未曾留意。时间长了,他发现莺莺梳妆前、绣花后和饭前茶后,或怏怏若有所思,或忽忽若有所失。他反顾自身,自从迎娶莺莺后,对她十分爱重,关怀无微不至,山珍海味尽她享用,绫罗绸缎任她穿着;为什么她老是丧魂落魄似的紧锁双眉,毫无笑容,甚至消瘦得不成模样,总是独自一人倚着栏杆怔怔地出神呢?他实在禁捺不住,就向莺莺问道:"夫人,俺自从迎娶你来家,从无亏待失礼之处,终日与你相厮相守,倚红偎翠,俺只图朝欢暮乐,再也不羡慕天上神仙——只是啊,夫人,俺见你整日不曾开怀,不知有何愁苦的事儿?"

莺莺蓦然听得此问,一时招架不及,不禁脸上涌起一阵红潮。她稍稍镇定后,敷衍道:"咳,郑郎,这是我妇道人家的心性,你哪来这许多猜疑?"

郑恒见她依然支吾其词,追根究底地问道:"你住华屋衣重裘,还有什么不满足?茶余饭后,又有丫鬟吹弹歌唱,也不算落寞了!"

莺莺有些动气,但自幼接受闺训,不愿顶撞郑恒,只是委婉地向他表白,自己不喜欢住在重楼深阁之中,也不喜欢听那些令人心碎的丝竹之声。郑恒明知是遁词,还是讨好地说道:"夫人,如今秋色渐浓,正好消遣闷怀。"他吩咐红娘去后客厅备酒,自己则扶着莺莺离开闺房,边走边说:"夫人,自古道'芙蓉不及美人妆',此话诚属有理。"来到后客厅,他指着厅前的一泓池水说:"你看,秋塘上那一片芙蓉,相互掩映,虽颇有几分颜色,但怎能比上夫人这般艳丽美质?——待我敬夫人美酒一杯,愿我们夫妻岁岁年年比翼齐飞!"他从桌上取了一杯葡萄酒,高擎在手。

莺莺却不冷不热地答道:"谢谢郑郎将妾称赞夸美,只是妾身乃蒲柳之姿,望秋先凋,不足以侍奉郎君。"

这夫妇二人一头热一头冷地闲话。红娘立在一旁伺候,见小姐满面愁容,丝毫不感到点滴欢乐,不禁喃喃自语:"这桩姻缘令人心碎,小姐眷恋的仍是旧情,但那故人又不知现在何处?唉,真是红颜薄命,自古皆然!"

正当这夫妇二人各怀一心强颜作欢时,那主仆二人却已风尘仆仆地从普救寺赶来。书童奉命前去叩门,半响方听见门内有声音:"门外是哪位?"

"烦院公通报一声,说有相公张解元前来拜访,他与府上小夫人为中表至亲。"院公听说夫人有亲眷来访,赶忙去后院传话与红娘。红娘转向小姐请示,莺莺怒气、怨气一齐涌上心头,脱口而出:"我没有什么中表!"

红娘见小姐如此冲动,有意提醒她:"啊呀呀,莫非是张家哥哥么?"莺莺低垂了头,不言不语。坐在一旁的郑恒,未免疑心顿起:"方才小姐说,从没有什么中表,如今又怎么跳出个张家哥哥来？好不令人奇怪！"

这时莺莺装作醒悟的样子，缓缓说道："郎君，我倒忘了。奴家母亲正是他的从母，后来中断了往来。向年先后寄寓在普救寺中，曾会过几次面，叙起族谱来，认作中表。"

郑恒听了这番解释，仍然将信将疑的。红娘见状，赶紧拍着手，补充小姐的话说："啊哟，相公，你还不知道哩。往年蒲东兵变，乱军围住寺院，指名索要小姐，当时若不是张相公搬来救兵解围，你相公和小姐哪有今日？"这一番锋利的言辞倒说得郑恒发作不得，转倨为恭地对红娘说："原来如此——这不正是我们夫妇的大恩人吗，快，快快请进来。"

莺莺见郑恒邀请张珙，也不问她意下如何，于是立起身来，离开席面，向闺房缓缓走去。郑恒见她有意回避，不禁发话道："夫人，既然张相公与你为至亲，见见又有何妨？"莺莺此刻又怎能明言？只得推托身体不舒服，暂时不见为好，依然回到后面的闺房去了。

张珙急于见到莺莺，才等了一会儿就埋怨相国人家架子大，轻易不肯会客。正当他口出怨言时，院公已前来迎请。他过了影壁，穿过大客厅，来到后客厅，郑恒早已迎出厅外，两人相见，深深一揖，张珙恭维郑恒是"朱门名流"，郑恒称赞张珙是"文章巨手"。彼此寒暄一过，分宾主坐下，自有伺候的人捧上茶来。用过茶，张珙清了清喉咙，理了理衣襟，用他那朗读经书的腔调说道："小弟与尊夫人亲为表兄妹，近年有失问候。向年弟赴京赶考，台兄及时成了从母的乘龙佳婿。今趁归里之便,前来祝贺贤伉俪,自然,也想看看久别的表妹,谅台兄不会怪我唐突。"这番话说得堂堂正正,郑恒只得吩咐伺候的人去后室传话,请小姐出来相见。

"夫人说身体不适,不出来拜见了。"片刻之后,传话的人就出来回复主人。张珙当堂听得一清二楚。郑恒不免有些尴尬,再次吩咐贴身仆人去告诉夫人,说来客不是外人,乃是中表至亲,不须回避。张珙也自嘲自解地插话说:"想来夫人不知是我到此相拜;若是知道是我前来,自然要出来相见的。"此话刚刚落地,红娘已从里面迎了上来,对仆人说道:"夫人吩咐,请向张家哥哥多多表示歉意、谢意。小姐近日偶染小病,不能出来拜见。"此刻,郑恒即使再糊涂不过,也明知莺莺不肯与张珙见面,就顺口敷衍着张珙:"令妹近来倒真是有些小病痛,不能出来拜见,请多海涵。"

张珙远远瞥见红娘,也不听郑恒辩白,急急向红娘招手,红娘回避不了,只能走上前来。张珙也顾不得还有郑恒在场,脱口而出:"呀,红娘!我千里赶来,就为的是见小姐一面。今日却怎生地拒不见面?这又是为的什么?"

红娘眼见张珙情急如火,但郑恒坐在一边,又怎能道破小姐的隐曲?只得含糊其词地说:"我家小姐这个病呵,也不是一天就得的。自从你离开普救寺以后,她就生了此病,一天比一天憔悴,终日懒恹恹的,有时连梳妆也打不起精神来。"

张珙只是渴望见到莺莺,没有细细品味红娘的话语,只是一味地强求:"我千里迢迢来到此地,怎能不会上一面就此离去?既然小姐有病,那我就到里面见她一面也好。"

"不成!"红娘不得不挑明说,"小姐说了,怕你难为情,还是不见面的好!"接着,红娘又指着张珙一身行装,委婉地说:"你先换了这一身行头,再去席上吃些酒食吧!"说罢,不再理会张珙,掉头而去。张珙一时怔住,愣愣发呆,喃喃自语:"当年说什么风月提携,彼此与共,谁知道她究竟是什么心肠,真令人难以理解。"

郑恒眼见这种场面只有自己来收拾了。他向立在一边的仆人努努嘴,那仆人一向善解主人之意,趋前几步走到张珙面前打了一躬,恭恭敬敬地说道:"相公,酒席已备好,请上席吧。"张珙这才收神,感到自己已经失态,想就此告辞,但经不住郑恒再三挽留,只得入席。

张珙心中愁苦万端,几杯闷酒下肚,已有几分醉意,便作出十分醉态,被左右扶进后花园的客房中歇息去了。

红娘虽然奉了小姐之命,谢绝了张珙拜见的要求,心中却十分纳闷。她知道,小姐心中还是惦念着他。夜深无人时,她常常点上一炉香,默默祷祝上天保佑他。何以今日张珙不辞辛劳赶来会面,她却拿腔作势,借口身体不适,拒不出见?却又奇怪的是,那边一主一客在客厅中饮酒,这里小姐却独坐闺房窗下长吁短叹,真不知她葫芦里卖的什么药。

莺莺不睡,红娘也不能歇息。不一会小姐忽地走到台前,抽出一页诗笺,提取狼毫,龙飞凤舞地写了几行字,反复折好,这才回过身招手道:"红娘,你悄悄给我送与他!"

红娘深知莺莺与张珙以往的情事,自然不敢声张,将诗笺紧紧揣在怀中。直到全院安歇、寂无人声时,她才轻轻开了园门,悄悄往客房走去。

张珙被扶进园门时,一阵凉风扑面而过,顿时酒意全消。仆人退出后,他掩上房门,全无睡意,独自伫立窗前,透过窗格,向外眺望,只见树上一片月色,窗前闪烁星光;凝神细听,偶有一声两声孤雁哀鸣,衬托出长夜寂静。他想到半生际遇,分外感到凄凉;今朝满怀热望前来,却不料空遭冷遇。不禁又想到:今生情缘已断,欢梦难续!一念及此,他感到万箭钻心,悲痛异常。他近日来鞍马劳神,疲倦难支,只得和衣歪在床边,暂作休息。不料,一躺上床,睡意袭来,竟然不由自主地呼呼大睡。

红娘来到门前,轻轻叩了几下门扉,半响也无声息;又重重拍了几下,方才惊醒了张珙,骨碌碌地从床上跳起:"啊呀呀,是谁在外边叩门?"

"你倒猜猜是谁人?"

这调皮的声音,分明是小姐的贴心丫鬟红娘,他兴奋地脱口而出:"可是红娘姐姐?"

"正是红娘,特来探望你这个失意的秀才。"张珙想到往年就是红娘陪同莺莺小姐前来西厢欢会的,难道今夜又如法炮制?他迅即拔了门闩,开了房门,跨出门槛,也不理会红娘,只是探头舒脑,四面张望。

"喂哟,你寻什么——找哪个?"红娘倒有些诧异。

"小姐可曾出来?"

"呸!你这个傻角,还在做梦哩!她如今锁在重楼深院中,怎能像从前寺院栖身那样,举步就到西厢?"一顿当头棒,张珙才清醒了几分。

"啊,原来如此。那么,这次看我,只是出自红娘姐姐的美意了。"

"那倒不然。"

"难道是小姐让你前来的?"

"也可这么说。"

"小姐着你前来,又有何吩咐?"张珙的情绪又波动起来,不知是凶是吉,急着问个究竟。

红娘看他这副模样,不能不原原本本地传达小姐的话语了,"小姐交代的话儿,可不十分中听——她怪你当年太无情,说走就走,把她抛闪在一边。"说着,红娘又将诗笺递给张珙,"这是小姐送给你的,拿去。"

张珙赶紧拆开一看,只见是一首诗:

自从别后减容光,万转千回懒下床。
不为旁人羞不起,为郎憔悴却羞郎。

这分明是小姐自诉相思之苦,责怪他无情抛弃,又表明了小姐对他的鄙视。莺莺指责得有理,张珙无言可辩,只能低头长叹。红娘见他半晌无语,不禁问道:"张家哥哥,小姐诗中说些什么?"

"咳,不必提了,无非是说从前恩爱,不堪回首,今后分手,情缘已绝——我哪曾想到当初万般恩爱,如今落得这般下场!"

红娘见他苦恼万端,倒勾起了往昔的同情之心,半责怪半劝慰地说道:"不是小姐无情义,只怪你当年走得太绝情。你到了皇都之后,长年不来一信,以致造成今日局面。小姐为你没有少流过泪水,嫁给郑恒实出万般无奈。如今金屋深锁,她又能怎样?"说到此际,红娘发觉责怪太多了,连忙压低声音,柔和地劝慰道:"张家哥哥,现今烦恼也无益了,你难道没有别的意中人么?"

"除了小姐,我哪有什么意中人!从今以后,还有谁来怜爱我?我只能自甘潦倒,蹉跎一生罢了!"说罢,再三抽泣。忽然园外传来四更鼓声,红娘惊呼道:"已四更天了,张家哥哥,就此告别!"说着,泪水也就不由自主地淌了下来,径自回小楼去了。

红娘走后,张珙再也不能入眠了。他坐在窗前等待天晓,眼见天边的牵牛、织女星遥遥相望,园中的红槿花依稀可辨;回想过去的许多欢乐,如今全同梦幻一般,消逝得无影无踪。他不禁发生奇思遐想:宁可为天上的牵牛、织女星,还能一年一度一相见;且不可为人间的木槿花,一任东风四散吹落。往昔的恩情虽然无法割舍,但也不能继续。尽管他感情的波潮难以平复,但此处不可停留,决意清晨离去。

天色渐明,他唤起书童,草草梳洗,正好郑府仆人前来请用早餐。他就在席间向主人郑恒告辞,也不再提起要与莺莺话别,由着书童担了一卷行李,离开了郑府大门。

行了数里大道,渐渐又近普救寺的山路。张珙心想,反正一身萧条,又无要事相缠,上次未曾见着长老法本,今日何不顺道去拜望?想罢,就与书童岔进山路,朝宝山走去。

法本长老正在方丈内打坐,闻得故人张珙来访,不住声地叫请,健步走出方丈相迎。两人携手进来。张珙像是见到亲人一般,迫不及待地把满腹苦恼倾泻出来,还要法本回答他,莺莺小姐为何如此绝情?

法本长老见张珙如狂似醉的神态,决心向他猛击一掌,高声喝道:"张解元,你可知道什么叫佳人,什么叫才子?什么叫钟情?如今世上有几个钟情的妻室,又有几个矢志的汉子?少年时的荒唐,又有什么值得悲伤?"一连串的喝问顿时击醒了张珙,猛然觉悟过来,居然要拜法本长老为师,从此皈依佛祖。法本哑然失笑:"好一个张解元,才从男女情爱中挣脱出来,便要长皈佛门,你能证道参禅?"

"请长老费心指教。"张珙恭恭敬敬地请求。

"好嘛,我先问你几问:什么是空,如何是色,什么是色即是空,如何空即是色?给我一一道来。"张珙毕竟是个秀才,当年寄寓普救寺时,常与长老谈禅说法,近年的切身际遇也增长了几分识见,他一时性起,侃侃而谈,也还切中肯綮。法本长老听罢,呵呵大笑道:"张解元,算你聪明。你能随问随答,可见已具慧识——唉……"沉吟片刻,又说道:"可惜你情根未断,将来还会坠入情海。此是后话,也不必说它。反正今日老僧与你证了这段不了缘,也是你我缘法。"

张珙见法本如此说,只得谢过长老,彼此闲话一会,各自安歇去了。

【说明】

此剧作者为碧蕉轩主人,其姓字、里籍不可考,仅知其为清初剧作家,传世的作品也仅有《不了缘》一种,《重订曲海目》《今乐考证》等均有著录,现存《杂剧新编》本,原藏国家图书馆,有影印本行世。张珙、莺莺的爱情故事,自从元代剧作家王实甫用杂剧形式表现以后,产生了极大的社会影响,几乎家喻户晓。但是,除了文学学习者和研究者以外,一般读者很少知道王实甫《西厢记》杂剧乃是根据唐代作家元稹的《莺莺传》和李绅的《莺莺歌》敷衍而成。只是,从宋人赵令畤的《商调蝶恋花鼓子词》开始,中经金人董解元的《诸宫调西厢记》的发展,逐步改变了这一恋爱故事的结局,由悲剧转变为喜剧。元人王实甫更加丰富了这一故事的喜剧成分,使之成为一部反映当时青年男女渴求美满婚姻愿望的杰出作品。王实甫所塑造的张珙、莺莺,特别是红娘这三个青年男女的形象,一直活跃在后世舞台上。明、清以来,有一些剧作家继续以这个故事进行创作,或将其改编为南曲传奇,或写成北曲杂剧,在思想倾向上,或继承王作向前发展,或翻王作之成案,自创新局。

碧蕉轩主人的杂剧《不了缘》就是一部翻案之作。但它只是翻王实甫《西厢记》之案,而与唐人小说《莺莺传》

和诗作《莺莺歌》的倾向基本上是一致的。剧中莺莺写给张珙的四句诗,即元稹原作中所有。《不了缘》中的莺莺、张珙恋爱故事虽然以悲剧结局,倒也在一定程度上反映了唐代妇女的悲惨命运。《唐律疏议》卷十四中,就列举了无子、淫佚、不事舅姑、口舌、盗窃、妒忌、恶疾所谓的七出之条,任何妇女只要犯了其中一条,即可被休弃。其实,即使不犯七出之条,只要丈夫不满意,随时可以逐去。如《旧唐书·崔颢传》中记崔颢"娶妻择有貌者,稍不惬意,即去之,前后数四"。明媒正娶的妇女,其遭遇尚且如此,可见没有"以礼定情",只是听信男方"没身之誓"而"自献"的少女,遭到"始乱之、终弃之"的悲惨下场也就不足为怪了。《莺莺传》正反映了唐代妇女低下的社会地位和追求爱情的惨痛结局。《不了缘》也是沿着《莺莺传》这一倾向而推演成杂剧的。此剧四折一本,在分量上大大少于二十折的王实甫《西厢记》,在主要人物的结局上,也一反王实甫的安排,由喜剧复原为悲剧。但是也如同《莺莺传》存在着宣扬张珙"善补过"的缺陷一样,《不了缘》也存在着由谈色谈空以证"不了缘"的不足。改写时,当然有必要进行压缩和删削。此外,《不了缘》的剧情是从张珙自京城长安返回普救寺探访莺莺开始的,在这之前的情节没有交待,对于不熟悉这个故事演变的读者来说,会产生一些困难。作者改写时,对原来的情节作了一些必要的补叙,其根据是元稹的《莺莺传》和王实甫的《西厢记》,因为《不了缘》一剧是糅合这两者情节而创作的。

蒲松龄

蒲松龄(1640—1715),字留仙,一字剑臣,别号柳泉居士,世称聊斋先生。济南府淄川(山东省淄博市)人。清代杰出文学家,优秀短篇小说家。他除了通俗俚曲之外,还著有杂剧3种。

闹　馆

话说清王朝建立时,继承了明王朝许多统治经验,科举考试就是其中一项重要制度。大凡读书人自幼念四书五经,学写八股文章,先参加县里考、府里考,优胜者称为童生;然后参加学院大人主持的院试,优胜者称为生员,也就是世俗所说的秀才。以后,全国几十万秀才参加三年一次的省级考试——乡试,但录取的不过一千余人。一旦考中,就成为举人,从此具备了做官的资格,人们就得尊称他为"老爷"。不过,要想得到一官半职,仅仅依靠举人身份还不成,得要参加三年一次的全国性考试——会试。每次会试,录取者二三百人,或三四百人,考中的就称作进士。读书人成了进士,功名算是到了顶,就能够不拘大小,立即谋得个官职;若是考不取进士,当了多年的举人,经过一些考察和考试,多少也能做个小官儿。唯有既不是进士,又不是举人的秀才,除非家有良田,资财饶富,才能不愁吃不愁穿。一般穷苦人家子弟,假若仅仅考取一名秀才,那就成了个肩不能挑手不能提的人,生活的清苦、处境的困窘,真是笔墨难以形容。他们只能教几个孩童,糊口饭吃;万一被东家不满,辞退了馆,连安身之处也都寻不着,真所谓:

君子受艰难，
斯文不值钱；
有人成书馆，
便是救命仙。

邵阳县同地村就有这样一个秀才。他姓和（在百家姓中是见不到的），大名叫为贵。和为贵先生还取了个字号，叫作由之，和为贵就是和由之。从他的名字看，大概生性随和，极易相处。说来也可怜，他这种随处而安，遇人随和的性格也不是天生的，而是一生的坎坷磨炼出来的。

和家本是村中贫困乡农。和为贵先生幼时聪明伶俐。父母指望他改换门楣，摆脱贫困，熬油般地节俭了几串铜钱，送他去私塾中读书。他没有辜负双亲的期望，先后考取了童生、秀才。可惜捷报传来时，父母先后亡故，从此孑然一身。要自个儿谋求衣食，哪有工夫再去攻读？考举人、进士的念头也就渐渐地淡薄乃至幻灭了。

幸亏他有个秀才身份，就在四乡八镇随处找个私塾坐坐，教几个孩童，弄口蔬菜淡饭混混肚皮。今年去这乡，下年到那乡；这个私塾馆辞了，还有那个馆可坐。可是不曾料到近年旱情严重，遍地饥荒，还有什么农家小孩能读书？和为贵先生教私塾，原就有一顿无一顿的，如今学生也不来馆读书了，更有谁人给他送饭！真是"屋漏更遭连夜雨，船迟又遇打头风"。

总不能坐以待毙！和为贵秀才不得不另寻生路。他家贫如洗,只身一人,拔脚就离开故乡,沿路寻找馆地。走了几天几夜,一直走到洛川地面,也寻不着一个私塾可以安身。眼见身上连买个饼儿充饥的钱也没有了,岂不要活活饿死?如何是了?他焦急得浑身发躁,到了这个地步,秀才也顾不得讲究斯文了,索性撕下脸皮,敲起手板,就像沿门乞讨的叫花子一样,吆喝道:"教书啦,教书呵!有谁人家要请教书先生?咱能教书呵!"

一路走,一路叫,直叫得喉哑舌干,也没个人应。为贵先生此刻真是走投无路、悔之晚矣!他怨恨当初打错了主意,当年为啥子要念这劳什子的书!要是学点手艺,倒还能挣口饭吃。俗话不是说"荒年饿不死手艺人"嘛!他想起左邻右舍的那儿家来,当年年龄相仿的孩童,只有自家一人念书,当时还认为高出他们一等。如今那些童年朋友,学皮匠的,替人补鞋补靴;学修碗的,替人锯盆锯碗;学木匠的,替人打箱打柜;学铁匠的,替人打锄头镰刀;学锡匠的,替人做灯台盘子;烧窑的,又烧碗又烧盆……这些手艺人,哪一个不是吃得肥肉打卤面?真是一技在身,天下行得。唉!只有自己这个念书的秀才,成了个拣不得轻挑不得重的废物,今朝饿得双眼昏花,又有谁可怜!懊恼也无用,抵不得穿,当不得吃,还是求生要紧。他向一户人家讨了碗水,润润直冒烟的喉咙,又高叫起来:"众位乡邻听清,有谁家子弟要读书?俺是个地地道道的秀才,多年有经验的教书先生!有谁人家要请教书的,请来找在下和为贵。"

也算他时来运转,他的吆喝声竟惊动了本地一个小康之家的主人。这家人家姓礼,在百家姓中怕也寻它不出,大名叫作之用。这个礼之用还取了字,叫作为美。看官记住,这礼为美就是礼之用。

从名字看,礼之用似乎肚中有点墨水,待人以礼。可是天下就有许多名实不符的人和事。这位礼为美先生也不例外。他自家一个大字不识,有几个钱拿它放高利贷,但文书钱票辨认不清,收讨算计本息时不免时时发生困难。因此他决心让自己两个儿子学点文化,将来也可成为自己发家的帮手。如今两个儿子大的已十三岁,小的也有十岁了,正是上学的年纪,可是却还未找到地方读书。这是什么缘故?原来此地教书先生都知道礼之用先生不怎么讲究礼数,哪曾以礼为美过!所以总不肯到他府上任教。他又想把两个儿子送到别人家馆中附读,却又舍不得出银钱,别人家自然不肯出钱教他的子弟。因此,他常常叹息:

> 上世里我未曾入过学馆,
> 看文书银钱票甚是为难。
> 目下里我的儿倒有两个,
> 爱念书请先生又怕花钱。
> 这几年收成好积累有限,
> 倒教我为此事左右两难。

正当他自怨自嗟时,突然听到那位和为贵先生的吆喝声,"谁家子弟念书啊,我是个教书的。"礼之用暗自高兴,看样子这个教书的已经"穷斯滥矣",不然怎的沿街叫喊兜揽学生?他正要开口招呼,却见这个教书的口中喃喃自语,心想何不先听他说些什么,再请他教书不更妥当?于是他紧紧跟定和为贵慢慢走着,只听见这个穷塾师嘟囔着什么孔夫子在陈国断粮七天,自家到了洛川地面也没了银钱,什么君子穷、小人穷;又叹息什么老天活活饿杀了我,絮絮叨叨地说个不停。他知道这个倒霉的塾师,正是自己要找的,说不定在他身上还可捡些便宜,便从旁紧走几步,绕到和为贵面前招呼:"先生,有礼了!"

蓦然听得有人称呼"先生",和为贵倒吓了一跳,连忙作揖还礼。

"先生口称自己是教书先生,大概还识得几个字吧?"礼为美出言就很尖刻,流露出明显的揶揄之意,大大挫伤了和为贵的自尊心。他尽管是个生性随和的穷私塾先生,一时也忍受不了。

"可恶!先生说的是什么话!小弟自幼饱读诗书,博学能文,怎么说是只认得几个字?太小觑人了!"

礼之用见私塾先生动怒,就见风转舵地问道:"请问先生哪里人氏?上姓高名?"和为贵见对方请教姓名,也就下了台阶,自报了家门,并且请教对方姓氏。彼此重新见过礼。礼之用说道:"我有两个儿子,正要学师念书,不知道先生怎么个教法?"

和为贵沿街吆喝了几天,礼之用是第一个向他请问教法的人,他不由地来了劲头,滔滔不绝地说道:"礼兄可算找到人了!要寻师,非要寻我这般的人不可。礼兄令郎虽然年幼,小弟却善于训蒙,必当尽心尽力教导,有如时雨润化,三年之后,学必有成。"

"和兄,你究竟怎么个教法?"

和为贵正讲在兴头上,被礼之用横插上这么一句问话,虽然有几分不高兴,但也还没有动气,干脆哼哼唧唧地唱着回答:

> 初上学三字经口教口念,
> 百家姓千字文随念随添,
> 上下论共两孟五经三传,
> 详训诂明句读作文三篇。
> 学写字手把手一撇一点,
> 一个字分八法回后回先。
> 字四音要念出平上去入,
> 开口呼合口呼也得学全,
> 平仄里必得是分外清楚,
> 久以后作诗句免得犯难。
> 三年功必进学六年中举,
> 七年上会进士连中三元,
> 一霎时就成了那富户乡宦,
> 翰林院效力满出印做官。

礼之用听他唱得有根有据,的确是个教书能手。入塾之初,自然要念念《三字经》《百家姓》《千字文》这些启蒙的读物;《论语》《孟子》《诗》《书》《易》《礼》《春秋》等"五经",以及解释《春秋》的《左传》《公羊传》《谷梁传》等所谓的"三传",都是科举考试的内容;至于一手好书法,能够区别字的平上去入四声,分清平仄,则是写诗的基本知识。学会了这些,才能通过逐级考试,成为童生、秀才、举人乃至进士,也才能谋得高官厚禄。礼之用见和为贵讲的都是在行的话,一心想请他教自己的儿子,可是口头上却偏偏装作不相信:

"先生,你这说法果然是真的?"

"怎么不真?你老兄不妨试试。"和为贵虽有几分不快,怎奈饥肠辘辘,只得忍气吞声,有气无力地说:"就请令郎入学吧!"

"好的,好的,就请和先生教这两个孩儿吧!——呵,不成,不成……"

礼之用话说到一半却煞有介事地跳着连连摆手。这倒叫和为贵大惑不解,连忙问道:"这却是何故?有什么缘故?"

"和先生有所不知,弟虽然一心想请和兄教训两个孩儿,可奈弟乃贫穷人家,一时招待不周,先生岂不见怪!这却如何是好?"

"唉呀呀,原来为这区区小事。弟乃读书之人,有什么事儿不能包容?怎会计较这些?礼兄,你还有啥话说!"

"和兄,承您大度包容,不过丑话倒要讲在前头,和兄来任教,可是:

> 清晨时不吃面小米干饭,
> 到晌午高粱面包些菜团;
> 到晚来不动火客从主便,
> 每一日两顿饭就算一天。

先生,听清楚,小弟只能维持这般供给。"

和为贵心里明知这可不是好东家,但又迂腐地认为"君子谋道不谋食",能教得几个好学生也是一种乐事,也不去计较他故意轻贱自己,依然和颜悦色地说道:"礼兄,这些话儿也不用再说了,就请令郎入学吧。"

"和先生,还有桩事体要说清楚。"

"究竟还有什么干碍,请礼兄直说吧!"

"吃饭没有什么好菜,先生万勿见怪,春天嘛,苜蓿芽尖总有一把……"

"这也好,多吃苜蓿对眼睛倒有益。"

"夏天只有盐渍的酸马踏菜……"

"也好,也好,吃了不生虫儿。"

"秋天有煮烂的蔓菁叶子……"

"吃了可补脾胃调理肺,也不坏。"

"冬天只有萝卜片……"

"这就更不错了,能清气化痰。礼兄,四季蔬菜,弟也不计较,请令郎就此入学吧!"

礼之用见和为贵越是急切,倒越是稳得住,先做低头沉思的模样,接着又双掌一拍,"啊呀呀,我真糊涂了!此事不成,此事不成!"

可怜和为贵此刻已被他折磨得头晕眼花,不知这个以礼为美的礼之用仁兄又要耍出什么花样精,慌里慌张地问道:"礼兄,还有什么话说。"

"和兄呀!你且莫怪老弟,只怪小弟家实在贫寒,家中没有多余铺盖,全家只盖一床既窄又短的破被,土炕上半截席条也没得,连枕头也是找的一块破砖头。和兄如能将就包涵,此事或许可成,那也算得是千里有缘来相会了。"

和为贵到了如此地步,也只能应允了:"贤弟既无铺盖、枕头,这也无妨。我也颇能将就。——请令郎快快入学吧。"两层肚皮饿得几乎要贴在一起的私塾先生,好不容易才赶上这么一个主顾,还能计较什么优厚条件,只希望尽快敲定这桩事情。

礼之用却偏偏不急不忙,"慢来,和兄切勿着急,薪水还未曾议过。"

"君子无所争,一随尊意吧!"

"不然不然,大不然!先明后不争,还是丑话讲在前头。"

"你到底是何主意?"和为贵也有些按捺不住了。

"贤兄甭急嘛,且听我道来:

薪水钱四千整七折八扣,
要白银有八分就算一钱,
要换银加二成银有市价,
九二钞底二十你要包涵;

一年整三百零五十四日,
你大便时在院内不许外抛,
有一天不上学也要折算过,
先小人后君子大家免心烦。"

"啊哟哟,贤弟真精细!罢了,咱也不计较多寡,快请入学吧!"

"好,快了,此事大致可定了,还有一桩事体,有些麻烦。"

和为贵先听说"好",以为此事成功有望,接着又听见"麻烦"二字,不免咯噔一下,心里凉了下来,"究竟还有什么麻烦?"

"书房不便。"

"怎么不便呢?"

"贤兄,不瞒老兄说,小弟实在没有一间空闲房屋可作书房。咱们村上倒有一座观音堂,目今尚无和尚,庙门封锁着,可以借作书房,但要与各位乡绅商量,还不知结果如何。今后若是来了和尚,先生就不能白白住在里面,少不得要帮帮忙,例如打扫庙宇啦,供奉香火啦,点灯关门啦,一应杂事,总要帮衬着做,不知先生意下如何?"

"老弟,别再啰唆了,我一总包揽,快快让令郎入学吧。"和为贵无可奈何地答应了。

"慢,慢!还有一件事——唉,实在难开口。"

"老弟爽快人,直说吧!"

"观音堂与舍下有些距离,既要爬山又要越岭,若是阴雨连绵,实在难走,学生年小,万一失了足,弄脏了衣衫如何是好?"

"一总别说了,我先生管接管送,背学生行走,这总该无话可说啦,快入学吧。"

"这大概可定了,只是还有一事也要讲讲清。"

"贤弟,到底还有啥事?"

"也不是什么大事——书房中你使用的笔墨纸砚,须你自己买。薪水嘛,教一天算一天,不能预支。"

听得礼之用如此刻薄,和为贵也心生厌恶,只是饥肠不饶人,才不得不低三下四地应允这桩事,但也禁不住口出怨言,"这些讨厌的问题甭提了,快入学吧!还有啥说的?"他实在太需要立即填补一下肚皮了。

"慢,先生。今日一准上学,只是家中无酒管待先生,如何是好?"

"没得酒,也就罢了!烟可有?"

"烟嘛,有有有,只是不太好!"

"啥烟?"

"一种苦菜花,一种芝麻叶,听任先生拣选。"

"罢了,今日也嫌弃不得了,取来将就享用吧。"

"好!和先生真随和!"

"教书的人处在这种世道,有啥好说,也顾不得别人笑我卑贱了。念书人照理要自尊自重,但失却馆地还有什么尊重可说!"他说到此处,十分伤心,但却不敢轻易失去这个主顾,又回过头来放低声音讨好地说:"贤东,既然教了令郎,咱们可算得一家人啦,一家可不必分成两院。

今后放了学,帮你烧茶煮饭;晚间有空还可替你挑几担水;大忙季节,看孩子烧火煮饭,我一总包了;牲口缺了料,我还可推推磨,什么扫天井,抱柴禾,拾猪粪,我也在行;你家中来了客,抹桌子上菜,我都来得。这样的教书先生,你哪里去找?"

礼之用听得这番话,倒乐开了怀,原想找个教书先生,不想倒找了个好帮工,连声称赞:"好好好,真是一个将将就就的和先生,你起的名字真不虚传,与我就像同胞兄弟一样,情愿与你订个十年的合同如何?"

"唉,总算寻了个顾主,今朝算有碗饭吃吃啦!"

"先生,这不是万般唯有读书好!"

"咳,只是教书先生不值钱。——贤弟,快甭闲磕牙了,快请令郎上学吧,我可要饿死了,只等你这顿请师饭哩。"

"那好,先生请吧。"

和为贵也顾不得什么礼数了,慌里慌张地跟着礼之用家去了。

【说明】

此剧为清初著名文学家蒲松龄所作。蒲松龄生于明崇祯十三年(1640年),卒于清康熙五十四年(1715年),有年76岁。字留仙,又字剑臣,别号柳泉居士,又称聊斋先生。山东淄博人。自幼颖悟,早年入学成秀才,文名大盛。但此后科试不利,屡困场屋。乃隐居山中,一心攻读经史，不再求仕进，设立私塾，以教书为生。他长期生活在农村，对人民的疾苦十分了解又深切同情，以毕生精力著成《聊斋志异》文言短篇小说一部，借花妖狐鬼的形迹，抨击了封建社会的黑暗，揭露了八股科举制度的腐朽。除名著《聊斋志异》而外，他一生著述极为丰富，有《聊斋文集》《农桑经》等等。至于戏曲作品，除通俗俚曲而外，还有杂剧3种。

《闹馆》虽未见于有关戏曲著录，但清人张元所撰《柳泉蒲先生墓表》碑阴著述目录中却有记述。现有路大荒整理的《蒲松龄集》本。此剧为一折短剧，人物也只有两个，但作者蒲松龄根据切身的痛苦经验，笔力饶健地做了层层深入的刻画。作者笔下的礼之用显是一个极刻薄、极吝啬的小地主。他向和为贵提出的一个较一个更使人难堪的要求，和为贵也只能委屈地一一接受。礼之用这种令人无法忍受的要求，和为贵居然应允，从这种描写中，作者极为深刻地反映了八股科举制度下读书人的苦难命运，抨击了封建统治阶级摧残人才的深重罪恶。

钟妹庆寿

唐玄宗朝奸相杨国忠当权，专一网罗奸邪，排斥正直。当时终南山有一位隐士姓钟名馗，极富才情，生性耿介。朝廷大选天下之士，他逐级参加考试，好不容易崭露头角，终于有机会参加最高一级的考试——殿试。只因他相貌十分丑陋，又不屑于趋炎附势，竟被奸相黜退。当时他还以为自己学问不济，因而回到山中更加精研。第二次再逐级参加考试，到了殿试时又落得同样下场，心中冤屈万分。三年之后，他第三次参加殿试，依然被刷落。满腔愤恨，无处可泄，抑压不住，一头向金阶之下撞去，当场身亡。

钟馗阴魂不散，飘飘荡荡地来到阴曹地府。上帝可怜他一生坎坷，屡遭冤屈，文章、道义当世无匹，就任用他为九幽三曹都判官。钟馗爽快地接受了这个任命。上任之后，他把生前的经历一一回忆，细细排察，终于明白：自己的坎坷遭遇，民间的贫贱愁苦，都是几个邪鬼作祟造成的。因此，他决心只要遇到魑、魅、魍、魉那些恶鬼，一定要将它们一齐吞下肚去。几年来，倒也吞下不少邪恶鬼怪，特别是有一个虚鬼，一个耗鬼，专门在人间作恶，钟馗毫不容情地将它两个几口活活吞下。一时玉宇澄清，天下太平。

钟馗吞鬼除害的故事终于被世人所知晓,因此家家户户都请高手画了钟馗的图像悬挂在门前屋后,作为驱逐邪鬼的护家符。

再说钟馗经常吞下鬼怪,养成了一副鬼脾胃,每顿饭都要吞几个邪鬼,不然就不过瘾。他这个嗜好,都判官衙门中的左右鬼判个个知晓。但钟馗一贯清白耿介,从不接受他人馈赠,所有下肚的邪鬼都是他亲手捉来。

钟馗别无亲人,只有一个嫡亲的妹子,也与他同在任地酆都城居住。由于都判官衙内来往鬼众嘈杂,钟妹生性爱好清净,就另外租了一处屋子独自过活。兄妹二人分居两处,却来往不绝,十分亲热。

不日之间,已是钟馗生辰。这个日子,他的妹子记得清清楚楚。她也知道哥哥的禀性,除了自己送的礼物之外,从不接受其他人的馈赠,因此,她及早准备。

钟妹在酆都住得久了,又惯常陪哥哥出去捉鬼,因此她也练得一手捉鬼的好本领。有时高兴起来,也把捉来的鬼儿煮了吃,还留下肋条下的一条长骨头,精心用意地打磨刻花,做成一副钗子插在头上哩。

为了准备哥哥的生日礼物,她考虑了几天,哥哥生性不爱穿戴,使用的器物也很粗笨,别无什么喜好,只是嗜鬼如命。因而她决心满足哥哥愿望,前几天就从城里转到城外,到处巡看,想猎取一百头肥硕大鬼,作为生日礼物,也好让哥哥美美地饱餐一顿,尽尽妹子的一片心意。

她却忘了一桩事,这就是酆都城内外,自从钟馗接任九幽三曹都判官之后,难得有什么肥鬼出没了,早被他一一捉来作了下饭小菜。想到这点,她不禁也好笑,怎的这般健忘糊涂!眼见明日就是哥哥生辰,她只得加紧搜索。一会翻山,一会越岭,上天入地,到处寻觅,终于在山坳背阴处见到一头小鬼缩着颈项拱在坑中。她大步上前,一手提了过来,拎起一看,真是小得可怜,鬼头连拳头大小也没有,只够哥哥填牙缝。但眼前别无所获,也就饶它不得,先捎带着再说。

她继续四处搜寻,到处查看,几乎把鬼城翻了个底,仍然一无所得。只得败兴而回。

明日拿什么送礼呢?她整整想了一夜,倒也被她想出个办法来。

哥哥寿辰这日清早,她寻出一瓶陈年老酒,拽出昨日捉到的小鬼头,写了一封贺信,把服侍她的叫作傻虫的鬼仆唤来。

这傻虫其实也是一头鬼。当日被钟妹捉来时本待煮了吃,只因它身体魁伟,肉肥力大,就留它做做苦力活计,今日正好派上用场。

"傻虫何在?"

这傻鬼听得主人传唤,立即趋前应承:"娘子,呼唤小鬼,有何吩咐?"

钟妹平常对它十分严峻,今日却一反常态,和颜悦色地说道:"傻虫,你在俺此地干活也有不少时日了,总是干的粗活重活,俺也有些过意不去。如今有一桩轻巧的美差,抬举你去。怎样?"

傻鬼听说"美差"二字,乐不可支地问道:"娘子,有啥美差使唤俺？"

"去你大老爷处送生日贺礼。"

傻鬼此刻倒不傻了,听得"大老爷"三个字,顿时吓得面色如土,那鬼脸儿本是土色,如今更是土上加土不成色啦,"小鬼不去！"

钟妹以为傻鬼猜到自己用意,不禁有些诧异："为什么不去？"

"啊哟喂,哪个不晓得大老爷馋得出奇,那张怕人的脸孔,见了鬼儿就一口吞下肚,谁敢见到他,又有谁敢靠近他？何况小的又长得胖乎乎的,这馋爷见了俺,口水怕不滴满衣裳？俺要是去,他见了俺,怕不一手捉将去,也等不及锅煮油煎,拿起一张大饼,就把俺卷了进去,几口就完事啦。俺不去,不去！"

钟妹见傻鬼吓得这般模样,不禁咯咯地笑了起来：

"傻虫,哪有这个道理,从来说'官不打送礼的人'。你这次去,绝无问题,除了招待你酒饭之外,说不定还有赏钱,不要顾虑。"

傻虫见主人说得也有几分道理,何况女主人脾气也大,不要敬酒不吃吃罚酒,只得答允了。

钟妹见傻鬼已被她糊弄得应承了,就取出酒、鬼,写了一封贺信,一一点付给傻鬼,让他担去。

这傻鬼难得拣着这桩轻松的活儿干,一瓶酒能有多重,那头瘦鬼又有几斤？它轻松自在,一路上想着酒食、赏钱,高兴得哼起山歌：

为奴仆只喜担磨肩,
重担子去时轻担子还。
酒食吃得饱膨膨,
还赏二十个大黄钱。

这傻鬼边走边唱,手舞足蹈,全不顾那撂在担中的小鬼头哭声哀哀。酆都城虽说是九幽三曹地府所在,也不过么丁点大的城市,傻虫甩开大步,不须半晌就到了都判官衙署。只见衙署大门上早已贴了告示:本都判今日华诞,不受庭参,不收嘉肴,不设华筵,俗情尽免。

傻鬼却不顾这些,张开血盆大口就向守门的汉子行了礼,说道:"小鬼是都判官大老爷姑奶奶差来上寿送礼的,有书在此,烦请通报大老爷。"

那守门的汉子早经本衙钟老爷吩咐过,所有前来祝寿的官民吏辈,一概挡驾,唯有姑奶奶处来人要及时通报。他哪敢稽迟延误,连忙招呼傻鬼放下担子暂时歇息,自己返身进门通报。

钟馗接过妹子来书,撕开信封,抖出信笺,疏疏落落的几行文字,一眼看完,不禁哈哈大笑起来,连声赞道:"妹子真能算计,持家本领真令人叫绝!"说罢,又兀自笑个不停。守门的汉子不知就里,问老爷为何这般高兴?钟馗也不搭理,只把妹子来书丢给汉子自看,只见上面写道:

酒一瓶,鬼一个,送来与兄做庆贺。兄若嫌鬼少,挑担的算两个。

汉子见到此信,感到钟妹此计实在毒辣,哪曾见收了书信却烹了传信的忠犬?她倒省事,替她做事的却怎的不寒心?

且不说这汉子自思自忖,那钟都判官发下话来:

"左右的,既承姑娘费心,我照单全收,连挑担的傻鬼一齐送到厨房去,叫厨子快快烹煮,好让俺老爷下酒。"

都判官一声令下,众鬼轰然应承,一齐拥到大门外,有提酒的,有拎小鬼的,还有两个上前用力拽住送礼的傻鬼,向厨房中横拖而去。傻鬼见这阵势有些不对头,慌慌张张地叫道:"众位哥们,老爷赐俺酒食,众位只要说一声,小鬼自家会去受领,何劳众位这么恶请?"

那几个鬼仆,有的呵责,有的失笑,其中一个老成些的鬼儿指着傻鬼的鼻子说道:"说你名叫傻虫倒真是傻,一点不假。你还做梦哩。姑奶奶礼单上写得明明白白,已把你这头肥鬼送与老爷下酒,你还妄想给你酒食?你甭黑夜发昏,白日做梦吧!"

傻虫听了这番语言,顿时号啕大哭,懊恼无比,果然被自己说中了,早知如此,怎肯听歹毒的钟妹一派胡言?口中连连呼苦不迭。

那被捉的小鬼,本就知道此命早晚了结,也不曾想到断送自己性命的帮凶也落得与自己同样的下场,不免嘲弄地说道:"大鬼哥,大鬼哥!我被你担到这里来,送与判官大老爷下酒,且不去说它。谁叫你揽这活儿干呢?还想吃酒食,得赏钱,竟落得与我一般下场!你真是何苦哩?"

这番话说得傻鬼开口不得。众鬼仆不理会它们之间争论,不由分说地一股脑儿推到衙后的厨房中去。

钟馗老爷在堂上正得意哩。他原先只见送来小鬼头一个,颇不满足;尔后又见信上说添上一个长得十分肥硕丰满的傻鬼头,顿时高兴起来,到底是同胞兄妹,知道俺做哥哥的嗜好,如果不全盘照收,岂不辜负了妹妹的一片心意?自然,他不再谦让推辞了。

他传来厨子吩咐道:"那头小鬼不必烹调,生吃正嫩;那大鬼头可切成细条肉,煮煮即可,也不须太烂。我老爷的牙齿倒钢硬,咬得动。但佐料不可少放,酸、甜、苦、辣,味味须全。"

厨子按照他的吩咐烹调了。这钟都判官生性急躁,等得不耐烦,先伸手拿过钟妹送来的酒,也不用酒盏,口对口儿咕嘟嘟喝了一大口,用那黑乎乎的五个肥大指头擦擦那片同样黑乎乎的胡须,高兴地连口赞道:"好酒,好酒!真是妹子一片好心!"

"禀老爷,鬼肉已到!"

"妙呵,妙呵,快快送上来!"

钟馗接过小鬼头,一口两口就狼吞虎咽下肚。这大鬼头骨头倒硬实,费了好大的劲儿,才把它嚼碎,一口酒吞一块肉地吃了个干干净净。他心满意足,浑身畅快,酒力上涌,不禁与众鬼边唱边舞了起来,直舞得天旋地转。此刻,就是天皇老爷下诏旨,钟馗也顾不得了,因为他早已酣酣地入了醉乡。

【说明】

此剧亦为蒲松龄所作。张元《柳泉蒲先生墓表》著录。据路大荒整理《蒲松龄集》本改写。

钟馗捉鬼吃鬼的故事,很早就有流传。在《岁时广记》卷四十中所引唐代卢肇的《逸史》中已有记载。《太平广记》卷二至四中引用后蜀耿涣的《野人闲话》中,还记叙了名画家吴道子、黄筌曾经画钟馗图像的故事。后世以钟馗为描写对象的文艺作品颇为不少,以小说而言,有《唐钟馗全传》(现藏日本内阁文库)、《钟馗斩鬼传》《唐钟馗平鬼传》;以戏曲而言,宋代官本杂剧中就有一本《钟馗爨》,《脉望馆抄校本古今杂剧》中,有一本无名氏的《庆丰年五鬼闹钟馗》杂剧,清初剧作家张大复写有传奇《天下乐》,也是演钟馗故事,可惜只留下《嫁妹》一出,至今仍活跃在昆曲、京剧舞台上。

蒲松龄素以小说创作闻名,但也写有一些戏曲作品,《钟妹庆寿》即其中一种。蒲氏所写的钟馗戏,颇有特色。过去一些笔记、创作,都写了钟馗如何为唐明皇驱逐邪鬼,而蒲氏此作未曾涉及,只是强调为民驱除邪鬼。

但是,此剧的主角并非钟馗,而是钟妹。在蒲松龄笔下,钟妹的性格发人深思。她十分工于心计,以花言巧语哄骗傻鬼去送贺礼,却让送礼的大鬼头自身成了礼品。

其次,小鬼头奚落傻鬼的一段对白,是对那些"帮凶"的当头棒喝:它们也同受害者一般,并没有好结果。总之,蒲氏所写的钟馗戏,与一般流传的有关钟馗的文艺作品颇为不同,有其特色。

张

韬

张韬,字权六,号紫微山人,浙江海宁人,生卒年不详,活动时代大约在清顺治、康熙两朝。诗文俱佳,还写有杂剧4种,总名《续四声猿》。

蓟州道

柴大官人被高唐州知府高廉捉拿后,消息传到梁山。及时雨宋江十分焦急,召集军师吴学究以及所有将领商议,因为柴大官人有恩于山寨,一定要救出他来。众将领十分心齐,个个摩拳擦掌,气愤交加地跟随着首领宋江下山,向高唐州进发。

大队人马浩浩荡荡,一路行来所向无敌,州县闻风丧胆,无不远避。不日之间,直抵高唐州城下,安下营寨。知府高廉自恃武力,拒不交出柴进,高唐州城高峻异常,急切里攻打不下。特别是高廉那家伙还会妖术,能呼风唤雨。宋江为此愁得饮食无心,坐卧不宁。军师吴学究亲临前线,观察了几场恶斗,熟稔了高廉的妖法,回营来向宋江建议道:"哥哥,不必担忧。高廉妖法,有一个人可以破得。"

宋江大喜过望,从座椅上跃起:"谁人?"

"入云龙公孙胜!"

"此人现在何处,一时哪里去寻他?就是寻着他,他又是否肯来?远水如何救得近火!"宋江有些失望地说道。

"哥哥,你忘了神行太保?他做起法来,一日可行八百里。闻得公孙胜就在蓟州城外山中学道,哥哥写封书信,请戴宗兄弟急去投递,他哪有不出山之理?"

宋江见军师吴学究分剖得有理,也转忧为喜,立即吩咐左右请神行太保戴宗兄弟来见。戴宗就在左营中安歇,闻得哥哥宋江传呼,拔脚起身,来到大营。宋江见了,直截了当地把请他去邀公孙胜前来破法,救出柴大官人的意思讲明,戴宗自然应允。正准备告辞赶路时,却跳出一个黑大汉子,大声吼道:"俺也要去!"戴宗抬头一看,原来是黑旋风李逵。

"哥哥,是俺连累了柴大官人,如今去搬救兵,俺也要去!"这黑大汉双手摸着腰间的一对板斧跳来跳去地叫嚷着。

"你这家伙,先问问戴宗兄弟,肯不肯携你同去。"宋江被他缠得没法可想,就推给神行太保拿主意。

戴宗见首领宋江并未拒绝,自己更不便阻挡,只是说:"李逵哥哥要去,也可以,但一路得听我吩咐,由我做主,方才去得。"不待宋江喝问,李逵拍着胸脯,跃到戴宗面前:"好兄弟,俺是粗人,一切由兄弟做主。"

戴宗见他这般急切,虽然怪他鲁莽,但也赞赏他的仗义精神,说道:"兄弟,咱们同去,你要听俺吩咐,第一,不能吃荤;第二,行止由我定夺。如能遵照,则可去得;如不能做到,还是不去的好。"

"俺能做到,一定做到。"李逵不加思索地保证道。

"哥哥既然能做到,那就同行吧!"戴宗不无担忧地应允了。

宋江见他们两个已经说定,就把军师吴学究写就的书信递给戴宗,一再叮嘱他们路上小心,早早请得公孙胜同来。

戴宗郑重其事地将书信藏好,装束停当,一马当先地离开大营,真是:

> 梁山太保旧知名,
> 手捧军书晓夜行,
> 踏遍九州烟水路,
> 一鞭直指蓟州城。

李逵也不甘落后,束紧腰带,斜插双斧,威风凛凛地跟定在神行太保身后,出了营寨。

哥俩离开大营,上了官道,当行即行,该止即止,一切由神行太保戴宗说了算,黑旋风李逵牢牢记住自己对宋江哥哥的保证,倒还没有撒野放泼,但行止要听别人做主,也憋了一肚子气。说起李逵,有谁不知道是一条血性汉子,只可惜行事莽撞,不考虑前因后果,又不听人劝说,真是:

> 板斧蘸钢锋,
> 梁山黑旋风,
> 杀人遍地血,
> 放火满天红。

说他杀人,倒也不假,但只杀坏人,从不杀好人。说他性情暴躁,却是真的,发起性来,连首领宋江也得让他三分;不过性子过后,也勇于认错。

他只相信一对板斧,眼见戴宗胡弄什么甲马法儿,把他拘管得定定的,老大不快。头一晚,住宿在客店中就赌气不理人,独自蒙头大睡。次日凌晨,正睡得浓,偏偏戴宗唤他起身赶路。他懒得搭理,歪过身子又睡了去。神行太宗遇上这么一个汉子,拿他奈何不得,好说歹说才劝动他下得地来,匆匆用过早餐,即行赶路。

神行太保戴宗时刻记挂着首领宋江的重托,一心赶路,中午也不歇息吃饭,只是掏出随身携带的干粮咽下几口了事。李逵自从上了山,终日离不开酒肉,哪能耐此清淡、胡乱充饥?心中不快又增加了几分。眼见日头偏西,他就闹嚷着要寻个客店歇脚。戴宗不理会,说道:"哥哥,日头虽是偏西,却是凉风习习,正好赶路。咱们且攒行一程,再找店家休息。"说罢,也不解开甲马,向前飞奔。李逵无法,尽管心中懊恼,也身不由己地紧紧跟上。

暮色渐浓,炊烟四起,官道上确也少有人迹,前方左首正有一家客店。戴宗收了甲马,与李逵住了脚,齐齐走进客店。店家见来了客人,连忙招呼,迎进店来,抹桌请坐,随后又搬上酒肉来。戴宗立即吩咐店家:"荤食请勿上桌,请拣几盘素食点心上来。"李逵听了此话,正待取酒的手也不得不缩了回来,嘴角直流涎水,戴宗只做不见。两人闷头吃了一顿馒头咸菜,塞饱饥肠,便去房中歇息。

进了客房,李逵一直坐立不安,半响,对戴宗说:"哥哥,你先上床,俺去方便,再来。"说罢,径自出了客房。戴宗知道他耐不住了,待他走到后房时,侧起身子凝神细听,只听见他与店小二叽叽咕咕说了一番话,明知他要捣什么鬼,也不理会他,看他能玩弄出什么手段来。隔了一顿饭工夫,只见李逵腆着个肚子进房来。戴宗只装睡着,眯起眼睛偷瞧他,见黑汉脸上绽开了笑容。戴宗心中已经了然,但此时并不去说破,明日路上再让他知道厉害。

到了第二天,李逵故态依然,迟迟不肯上路。戴宗正色说道:"军机大事,不可耽搁,咱们还是赶路要紧。"

李逵见神行太保发了话,心中老大不快,要想撒泼,但这可恶的戴宗却把宋江哥哥的文书、军师吴学究的将令搬了出来,才不得不懒洋洋地起床梳洗。

早餐后,两兄弟上了大道,戴宗作起甲马儿法来,顷刻之间,行走如飞,夹道两行榆柳不断后退,路上行商都看得发呆了。戴宗两眼紧盯前方,一心赶路。这李逵,生性好动,喜管闲事,两眼忙着左顾右盼,但两只脚儿却像脱了笼的马蹄,把他生拖活拽地死命朝前推去,不容他仔细闲瞧。

起初,性如旋风的李逵倒也觉得有趣,半日走了下来,可把他这黑大汉子累得发慌,直喘粗气,渐渐地实在体力不支了,粗声粗气地喊着:"哥哥,怎的这会儿奔得更急了,俺可是走不动了!"

神行太保并不收法儿,只是回头一顾:好呀!你这蠢货,两只脚儿就像吊了两只水桶,左右摇摆不定,满脸汗污,露出凶相,张着大口呼呼直喘。见了他这副模样,戴宗暗自发笑,却不搭理,依然向前赶路。

"哥哥,你怎么只顾赶路?"

"不是我急,而是捧着及时雨宋哥哥的调兵文书,我怎么不发慌?"神行太保不急不忙地回答道。

"咱可受不了啦,一定要歇歇。"李逵撒泼了。戴宗自是不理会,对后面摆摆手,说道:"你想休歇,那可要等入云龙公孙胜进了大营再说!"

神行太保不收甲马儿,李逵只能没命奔走。往昔,他何曾受过这般戏弄?要耍威风,却无处用力;要待不理,两脚却又收不拢。一路上又气又恼,嘟嘟囔囔地骂个不停。

戴宗仍不理会。暗中想:这家伙昨晚瞒着俺,在客店中斟了一壶酒,切了一盘牛肉吃得快活,今日要让你好受。想到这里,神行太保放慢了脚步,回过头来,调侃地对李逵说:"好兄弟,俺想你在山寨里大碗吃酒,大块吃肉,好不受用!"

"这倒说得不假。"李逵还不知道戴宗在寻他开心哩。

"对呀,当时你饮的酒,吃的肉,直可挖成海积成山了。想当时,一旦吃得不快活,你黑爷爷就拔出板斧,把人头劈来裹着馒头吃。——兄弟,这两天来吃的是清汤淡饭,几碗豆腐皮儿,你怎能熬得住?"

李逵还以为戴宗不知道他昨晚偷吃的事哩,装出一副无可奈何的模样说道:"这次与哥哥出来搬救兵,哥哥吃素,做兄弟的怎敢不吃素?"戴宗看他这副装模作样的嘴脸却说出这般假正经的话儿,心中憋不住直想发笑,但又强行忍住,说道:"俺想,这一碗清汤,一钵白饭,不把你饿得饥肠辘辘,馋涎滴滴?——你有没有偷偷地吃点荤食?"

"啊呀呀,哥哥,你说什么?哪个偷吃荤的?"李逵脸也不红地摇头否认。戴宗心想:这家伙还不认账,且做点法术,让他现形。想罢,口中念念有词地诵了起来。李逵还来不及问话,怪风阵阵袭来,还夹着股股烟尘,耳边响起如天崩地塌一样的轰鸣,双脚直朝前冲去,想收住脚步,却由不得自己做主。黑汉子此时吓得心惊胆战,大声呼叫道:"好哥哥,救咱一救,咱可受不了啦。走得又慌,肚子又饿,实在吃不消啦!"

"兄弟,俺也觉得奇怪,今日连俺也收不住脚啦。俺也饿得受不了。好在包袱里还有几个烧饼,先用它充充饥。"说罢,取出烧饼,当着李逵的面,有滋有味地吃了起来。李逵嘴馋得不堪忍受,叫道:"哥哥,你吃烧饼,也给咱一个吃吃。"神行太保递过烧饼,"给你一块,你接了去。"

那李逵顿时高兴起来,急步上前伸出双手去取。可煞是怪人,他走得快,那神行太保走得更快;他放慢步儿,那神行太保的步儿也自行慢了下来,你追我赶,就差那么一步,始终够不着戴宗的手儿。李逵急红了眼,吼道:"哥哥,你且停一步,等咱好上前来取!"

戴宗故作诧异地说道:"啊呀呀,今日不知为什么,连俺也做不得主啦,急行如飞,一步也停不住哩。"

"真的停不住?"

"今日也真怪得紧。往日俺的法术极灵,要行就行,要止立止。今日是啥人破了俺的法道？"顿了一顿，戴宗双手一拍，忽然惊呼道："啊呀！是不是你破了俺的法术？"

"好兄弟，你说到哪里去啦。俺怎会坏你的法术——这不也害了自家。"李逵莫明其妙地辩解说。

"兄弟，你有没有吃了牛肉？"这一问，无异直捣李逵心窝，他霎时紧张起来，"吃了牛肉有啥关系？"

戴宗见这一记打中这黑汉子的要害，一脸正经地说道："俺的法儿最忌牛肉，只要吃了一片牛肉，便要走上十万八千里，方才收得住脚步！"

李逵真的吓坏了，不得不供出真情，哀求道："哥哥，这是咱的不对了。昨晚俺不该瞒着哥哥，吃了一盘牛肉。可有什么法儿能解救？"

"啊呀呀，兄弟，你怎的做出这般事来？俺不早就叮嘱过您，千万不能吃牛肉。如今有什么办法！"

"真的解救不得？"李逵慌得手足无措，气喘得更粗了。

"救不得，救不得！你真的吃了牛肉，朝西走嘛，要走到吐蕃；朝东走嘛，要跑到高丽；南走嘛，须赶到珠崖；北行嘛，待过了铁勒。不走上十万八千里，也得走上十万里才能止得住。"

李逵见戴宗说得这般认真，倒是焦心起来，苦苦哀求道："哥哥，这不苦苦累死人？好哥哥，你救俺一条性命，俺再也不敢吃了。好哥哥，千万救兄弟一命。"

戴宗看到这黑大汉子居然也低三下四求人救助了，

心中好不得意。他知道"见好即收",万一玩笑过了分寸,也不好交代,便顺势说道:"兄弟,你真不吃牛肉,俺可救你一命。"

"好哥哥,兄弟再也不吃啦!"李逵此刻倒是真心诚意的。

"住!"神行太保捻着指头一指。李逵身子顿时立住,浑身力气顷刻散失,长长叹了一口气说:"这可好啦,咱可歇息歇息了。"说罢,就想去路边石条上坐坐。可又怪得紧,脚步儿停是停住了,但又拔不出来,就像钉儿钉在地上一般,一步也挪不动。他那副又惊又痴的模样,就像直僵僵的门神钟馗。戴宗看了既好气又好笑,指着黑旋风说道:"兄弟,你要能走动,怕要等到太阳从西方升起!"

李逵知道斗不过神行太保了,苦苦哀求道:"太保爷爷,铁牛再不敢了!"

"你的话,叫人难信——你敢对神明赌个咒么?"

铁牛此刻倒百依百顺,连声答允:"咱赌,咱赌!"说罢,他合起双掌,抬眼看天,高声嚷道:"神圣在上!铁牛要是再吃牛肉,任神圣打断铁牛的筋,剥下铁牛的皮;铁牛的喉咙里生拳头般大的刺,嘴边害碗大的疔疮!"

戴宗见铁牛罚下这般大的咒誓,相信李逵服输了,便说道:"你罚下如此誓言,可是当不得玩笑的,你今后若是再做出这般事儿,任谁也救你不得,你好生记忏——去!"声音方落地,李逵立时能够自如行动,脸上这才绽出一丝笑容,又长长地叹了口气:"好啦,这才是咱自己的脚了。"戴宗向他看了一眼,也开心地笑了起来,兄弟俩又急忙赶路,前往蓟州找寻公孙胜去了。

【说明】

此剧为张韬所作,韬字权六,号紫微山人,浙江海宁人。生卒年不详,其活动时代大约在清顺治、康熙两朝。生平事迹也多不可考,仅知其曾司训乌程(今浙江湖州),与当时文人毛际可、徐倬、韩纯玉等相友善,常有往还。韬所作诗文均佳,有《大云楼诗文集》。

除诗文外,张韬还写有杂剧4种,总名《续四声猿》。在其自序中,作者明说这4本杂剧是仿效明徐渭的《四声猿》杂剧而作。序言中还说,"猿啼三声肠已断,岂更有第四声?又何况再续以四声?"但他又认为,"物不得其平则鸣,"胸中牢骚一如巴山巫峡两岸啼不住的猿声!由此可见,张韬《续四声猿》确为倾诉自己胸臆之作。

徐渭的《四声猿》共十出,分写4个故事,各剧长短不一,或为一出、二出,也有长达五出的。张韬的《续四声猿》虽然也分写4个故事,却均为一出短剧。这4个短剧分别是《杜秀才痛哭霸亭庙》《戴院长神行蓟州道》《王节使重续木兰诗》和《李翰林醉草清平调》。这四本杂剧都附在《大云楼诗文集》后,有清康熙刻本,以及《清人杂剧初集》据康熙刻本影印本。

元杂剧中原多以水浒故事为题材的作品,而在水浒剧中,以李逵为主角的作品为数尤多,如高文秀、康进之诸家所作。到了明代,杂剧创作中以水浒故事为题材的已不多见，其中以明初朱有燉所作为著名。而清代杂剧中更鲜见以水浒故事为题材的作品，因此张韬此作也就弥足珍贵了。

元杂剧中的水浒故事，并不全与小说《水浒传》相同，彼此情节或互相补充或参差不一，同一人物的性格特征，在小说与杂剧中也并不完全相似。但在张韬此作中，情节一本小说《水浒传》，人物性格的基本特征也与小说中所表现的相似。只是张韬的诗、词功底极其深厚，以他出众的文字，对戴宗和李逵这两个水浒英雄的性格，做了十分细腻的描写和刻画，表现出清代水浒杂剧的特色。在他笔下，李逵的鲁莽、耍小聪明，戴宗的精细、大处着眼等个性差异，都能栩栩如生地呈现出来。全剧充满着幽默的气氛，读来令人饶有兴味。

木兰诗

唐代有一穷书生,姓王名播。苦读了二十年,上京应试,一举成名,仕宦多年。近日又受命为盐铁使,须到各处视察。

扬州自来是两淮盐商集聚之处,天下盐税大半出自扬州。它从来被朝廷视为富庶之区。身为盐铁使的王播,当然不能不首先到扬州察看了。这个消息不胫而走,传遍维扬城厢,满城百姓无不兴高采烈,认为扬州出了个大人物,大家颜面光彩。只有惠照寺的住持愁容满面,全寺的和尚也有一大半心事重重。这又是什么缘故呢?且听慢慢说来。

原来惠照寺中有一个幽静的木兰院。当年王播还是个穷酸书生时,曾寄寓木兰院读书。这座寺院极大,香火很盛,僧众也多。每日三餐,撞钟为号,全寺各处的僧徒,听到钟声就涌往斋堂用斋。

当年王播每每听见钟声,就夹杂在众僧徒中混进斋堂吃饭。一天,两天,僧众对他还算客气,他毕竟是个读书人嘛。天长日久,僧众开始讨厌他了,常常给他脸色看。王播也不是不知眉眼高低的糊涂人,但是人穷志短,为了混顿饭吃,只好装作不知不觉,任凭他人轻视贱视。

斋堂的掌管和尚见王播每日三顿按时前来用斋,心中十分不快。但是庵观寺院,原就靠四方施主布施,讲究的是慈悲二字,怎能明目张胆拒绝一个穷困的食客呢?如果传扬出去,惹起善男信女的气愤,岂不断了香火、绝了钱粮?他左思右想,实在计无所出,只得禀告长老。住持长老听了斋堂和尚的禀报,低头沉吟一会,终于想出一计,向斋堂和尚招招手,让他靠近身前,悄悄说了一番话。斋堂和尚顿时脸上露出诡秘的笑容。

次日,王播依然如同往常一样,在木兰院里苦读哩,他全身心地沉浸在圣人之言中,忘了早晚时辰。突然传来"当当当……"的钟声,他知道开斋了,放下书本,掸掸袖子,无可奈何地长叹一声,磨磨蹭蹭地向斋堂挨去。刚刚走近斋堂,只见三三两两的大小和尚,边走边用袖口抹着嘴巴。他心知不妙,慌里慌张地大步登上台阶,有的和尚向他挤眉弄眼,有的还"嗤"地笑出声来。王播不顾这些,一脚跨进斋堂,只见一溜儿长条桌上,只剩下点点滴滴的菜水,再也不见一个吃饭的和尚了。到此刻,他方才知道,惠照寺从今日起,先开斋后撞钟——这也就是昨日住持给斋堂掌管和尚的锦囊妙计。

人要脸孔树要皮。王播受此捉弄,顿时涨红了脸孔,激发了一肚皮的怒气。他回到木兰院,收拾书本,跨出院门,准备离开;但抬头看见粉墙四绕,不禁停住脚步,回身转到一扇墙前,抽出随身携带的羊毫,就在这堵粉墙上信笔写下:

上堂已了各西东,

惭愧阇黎饭后钟。

这两句诗说,自己上了斋堂,和尚竟已用过斋饭,东西散了;才知道和尚(阇黎),故意饭后撞钟,令人惭愧。他写到这里,怨气也发散了一半,长叹一声,掷笔而去。

不料想,惠照寺和尚的提弄,反倒大大地激励了他,从此更加发奋,日夜苦读,终于获得功名。他今番衣锦荣归,准备重游旧地,心中的喜悦,自不必细说。可是寺中众僧,怎不平添万分忧虑?还是住持有心计,在王节使到来之前,吩咐几个小和尚暗自作了一番手脚,尽力想把过去开罪王播的陈迹抹掉。

不日之间,盐铁使王播已从京城来到扬州。免不了当地长官接风,士绅宴请,忙乱了几日。这一日王节使得闲,轻车简从,只携带一个亲随张才,主仆二人向惠照寺迤逦而来。

王节使来到扬州后,惠照寺的方丈每天派一两个机灵的小和尚去衙署门前刺探动静。今朝王节使才出衙门,小和尚已从门子那里探听到是来惠照寺的,飞步奔回寺里禀告住持。王节使哪知就里?

快近惠照寺了。只见一片苍松翠柏之中,露出几段红墙,高耸的宝塔顶上阳光闪耀。旧时景象依然。王节使漫步寺径,渐近山门,四周寂静,唯有枝头小鸟不时鸣啼。他回想起二十年来的沧桑变化,顿时感慨万千,恍若梦中一般。

正当他沉浸在往事的回忆中时,突然铙钹、鼓乐之声,如同海潮轰鸣般地涌进耳膜,把他惊醒。他放眼向山门看去,看见还是那个住持——只是苍老许多——率领着一批僧徒,个个身披袈裟,有的击打铙钹鼓乐,有的捧着香烟火烛,分两行排列在山门两旁,夹道恭迎。王节使正在诧异,早有一个立在台阶上的和尚高叫道:"惠照寺住持带领僧众迎接相公!"话声刚落地,那住持和尚已诚惶诚恐地俯伏在地。

王节使听得这番话语,眼见这番举动,倒真为和尚的势利所激怒,走上前去,反唇相讥道:"呀,谁是相公?你们别认错了人!俺是王播,长老们认错了!你们不要拿我这个穷酸的秀才寻开心。"

"相公,我们迎接的正是王大人,王节使!"住持此刻不得不硬着头皮、厚着脸皮,任王播数落了。

"啊呀,你们真的迎接我王播?"

"佛门子弟不打诳言,真的迎接相公来寺拈香。"住持满脸谄媚地答道。

"好呀,你们这班势利小人!想当初,你们对俺恶言恶语,使尽威风,一会儿骂俺饿鬼,一会讥俺馋虫!你们总以为穷书生就一生穷,哪知道穷书生有一天也会发迹变泰,官高位重!"王节使越数说越气愤,那些秃厮们被他数落得张口不得。"你们当日,哪一个不是伶牙俐齿,怎的今朝却不言不语?"

说着,王播从夹行中走过,一会指着右首的大师说道:"你今日怎么装聋作哑,不再开口?"一会又指着左边的头陀喝道:"你今日怎的双肩高耸,如此小心?"边走边数落,到了山门又回过身来说道:"今朝看你们僧众,个个一副慈悲面容,人人低首合掌谦恭,当年你们的豪横凶狠,怎的都收敛起来?"

住持趁他停话之际,赶紧转换话题:"相公,走好!——请到大殿上拈香礼佛。"

王节使的积愤哪里就发泄尽净?听了住持这话,明知这秃厮要他息怒,反而更加愤激起来:"俺也不要奉佛,也不要诵经,——俺只要到旧时去处,看看斋堂香积厨。"

王播原是旧地重游,熟人熟路,也不待住持引导,径自朝斋堂行来。

"长老,这不就是斋堂了!今朝撞过钟么?"

"禀相公,"住持趋步向前答道,"今日斋罢多时,钟已撞过了。"

王节使毫不理会住持答话,说道:"呀,记得你们木兰院的规矩,用斋完毕才撞钟。这个时候正好撞钟!"回过头来,对紧跟在身后的张才说:"张才,快撞起钟来。"

住持此刻怎敢拦阻,众僧见住持不敢出头,又有谁愿多事,个个袖手而立,一任张才拉开悬挂着的木鱼,朝那口大钟撞去,立时"当、当"的钟声不绝于耳。

王节使凝神细听,这钟声久已未曾闻得了,悠悠的钟声引起他多少往日艰辛的回忆,不禁喃喃自语道:"唉,偏偏这木兰院的钟声使人神伤。当年初听之时,钟声轻韵悠扬;过了一阵时日听来,钟声宏音响亮;待到后来听时,钟声急重催人;等我疾步赶到斋堂,早已碟光碗光,僧徒散光——这就是你们令人惭愧的饭后钟声!"

王播这番凄楚的自述，的确催人泪下。那些僧众颇有愧疚，更是张口不得。直到此刻，王节使的满腹怨气才一泻而尽，不想再与这些势利和尚计较，脸上怒容渐渐消失。住持长老见王节使发落已过，紧紧跟定他在寺中四处信步闲走。

渐渐走近木兰院，王节使猛然抬头，只见当年他题的两行诗句，已被绛纱罩定——这就是前几日住持吩咐小和尚做下的动作。王播明知故问地说："那绛纱罩的什么？"

住持长老见有了奉承的机会，赶紧趋前谄媚地说道："回大人话，这就是相公当年题的诗句，小僧知道相公的诗，是无价之宝，题在墙上，为咱寺院增荣生色。因而相公去后，小僧便命人用绛纱笼罩起来，至今已整整二十年了。"

王节使似信非信地吩咐张才道："张才，你替俺除下罩来！"张才大步上前，取下纱罩，捧在手中。

王播走近一步，抬头细看当年所题的两句诗，低低诵道"上堂已了各西东，惭愧阇黎饭后钟"，不禁又勾引起许多感慨，想再埋怨几句，见众僧面有愧色，便转换话题，指着张才手中的纱罩问道：

"长老，你说罩了二十年，这绛纱色彩鲜明，簇簇崭新，分明是近日做的，哪像是风沙尘土吹埋过二十年的东西！还在哄骗下官！"

"相公，小僧们罪该万死，万死！"住持见自己的诡计又被识破，生怕王节使以此为由重重责怪，扑通一声跪下地来叩头求饶。他身后的僧众徒儿也齐臻臻地跪了一溜儿，参差不齐地叩头不已，"请相公高抬贵手，饶恕一次！"

王节使见他们吓得这般模样，心中有些不忍，长吁一声，吩咐张才取过笔来，就势续了两句：

> 二十年来尘扑面，
> 于今始得绛纱笼。

王节使掷下羊毫，说道："当年，你们定认为这两句诗是俺的绝笔，哪曾想到俺今日衣锦重游。真是冤家路狭，恰恰相逢！论起你们当年的无情无义，今朝重重责罚你们也不为过。不过，俺却不与你们一般见识，饶恕你们一次！"住持和僧众听得此话如逢大赦，个个向王节使拜谢，并请到方丈中用茶。王播在木兰院中徘徊半晌，方才随着住持进了方丈室。

彼此坐定，自有知客僧奉上香茗。王节使把刚才在木兰院中涌上心头的想法，向住持说了：

"住持长老，下官想来，自古多少才子文人，早年落拓，后来发迹。落拓之时，少不得受些闲气，何止在下一人；木兰院也不止一处，天下何处不然！朱买臣的妻子不守贫穷，苏秦的嫂子不怜寒冻。虎落平阳，龙困浅滩，怎不受到戏弄？世态炎凉，人情淡薄，自古而然，而今更烈。俺再也不计较这些了。"说到此处，他才端起盖杯用茶。住持长老方始放宽胸怀，在一旁小心伺候。

王节使润了润喉咙，招招手："住持，你过来！"长老趋步上前,"和尚,俺今朝按临扬州,归去吩咐扬州府太守,拨给您寺良田十顷,作为寺产。您在斋堂之旁设一饭堂,专门供给贫苦的读书人用饭。如有怠慢,即着扬州府驱逐僧众,拆毁寺院!"

住持闻言,诺诺连声:"谢相公厚意,小僧再不敢怠慢贫士!"

王节使见住持和尚郑重表示,相信他一时不敢再放出势利眼来;希望天下的寒士,不再像自己过去受到白眼,在穷困之际,也能来此吃上一碗淡饭。

【说明】

此剧也是张韬所作《续四声猿》杂剧中的一种。

"饭后钟"的故事出自五代王定保所著《唐摭言》卷七,原文不过90字:"王播少孤贫,尝客扬州惠照寺木兰院,随僧斋食。诸僧厌怠,播至,已饭矣。后二纪,播自重位出镇是邦,因访旧游,向之题已皆碧纱幕其上。播继以二绝句,其二曰:'上堂已了各西东,惭愧阇黎饭后钟。二十年来尘扑面,如今始得碧纱笼。'"

这一故事,流传颇广。至于戏曲作品中描写这一故事的作品,有明末剧作家来集之的《秃碧纱炎凉秀士》,来集之此剧在《远山堂剧品》《曲海总目提要》《曲录》中均有著录,正目为"木兰花开落有缘,白头僧炎凉何用。碧纱笼罩定相公心,饭后钟敲醒寒儒梦。"来集之的剧作详写王播事迹始末,而张韬所作只用一出戏描写这一故事的片断,重点在于抒发一己的不平之气,间杂以和尚的势利,从而表现了世态的炎凉。剧中的王播,在痛斥惠照寺众僧之后,又令扬州府拨出十顷良田,以供天下寒士在此用餐,免遭自己当年受到的闲气。这也正表现了作者张韬的胸怀。

此剧写得十分简洁,结构严谨,曲辞优美,"无愧为纯正之文人剧"(郑振铎语)。

杨潮观

杨潮观(1710—1788),字宏度,号笠湖,江苏金匮(今江苏省无锡市)人。乾隆元年举人,曾长期在各地任县令,后迁四川邛州知州,历年来颇多惠政爱民之举。晚年结合自己的仕宦经历,创作杂剧32种,总名《吟风阁杂剧》。

行　雨

大唐初,三原人李靖,年方二十。他将门出身,世代习武。他的嫡亲舅舅韩擒虎,是当今第一员大将。这韩擒虎字子通,不但长得容貌英武,为人还极有胆略,因为平陈有功,隋文帝曾对他十分器重。闲来无事时,擒虎就把自身的武艺、胸中的兵略,尽心尽意地传授给外甥李靖。

不用几年工夫,李靖已将舅舅的本领全学到家了。韩擒虎本是一员武将,他的本领无非是马上争斗、阵前厮杀而已,治国平天下的方略却是不怎么知晓的。李靖不满足于仅仅做一员武将,还想学得安邦治国的本事,才称得上文武全才。

李靖到处寻师访道,后来听说龙门山下有位文中子先生,道行甚高。他决心向他学习三年,然后出山,做一番轰轰烈烈的大事业,成为擎天巨手,在青史上留名。他拿定主意,就携着防身的宝剑,骑上一匹快马,奔向龙门山。

他起早宿晚匆匆赶路,离龙门山还有一半路程。眼见落日林梢,炊烟四起,暮色渐浓,不便赶路。他勒马四顾,远远看见树林深处有星星点点的火光闪烁,想必有人家居住。于是他跳下马来,钻入树丛,沿着火光寻去,果然有一座庄院。李靖紧走几步,到了门前,不断叩门,只听见里面传出:"是谁人在此叩门?"话声刚刚落地,"豁啦"一声院门打开了,原来是位白发龙钟的老婆婆。李靖赔小心地问道:"惊动了老母。不知宝庄可容在下借宿一宵?"

老婆婆打量了他一眼,缓缓答道:"相公不要见怪。老身的孩儿外出未归,家中无人,不便招待。"

李靖听了,倒十分尴尬,"这,这……如何是好!"

"相公,先甭着急。常言道给人方便,与己方便。敝庄虽然不好落脚,这样吧,庄外有个小茅屋,"老婆婆用手指着院门左侧,李靖顺着手势看去,果然有间圆瓢似的小屋,"相公,你就将就在那里住一宿吧。"此处前不巴村后不临店,李靖只得同意,说道:"只要免了露宿草野,便感谢不尽了。"说罢,自行去草屋中胡乱收拾收拾,和衣卧倒。他旅途辛劳,不一会就呼呼入睡,鼾声大起。

老婆婆也回到庄院里面歇息。夜深人静时,忽然院门拍得山响,"奶奶开门,奶奶开门!快开门。"

老婆婆凝神细听,知道是孙儿回来了,连忙披了衣服下床出来开门,"孙儿,奶奶来了。不要叫了。"外边仍然急不可待地嚷道:"奶奶,快开门,有大事。"

"啥事情?急什么!"老婆婆一边拔下门闩,一边问道。

"告奶奶得知,孙儿回家途中,遇着天符下降,急宣父王去河东地面行雨,上命要在明日清晨寅卯时分,准下甘霖一尺,普救那里干旱的苗禾。天使将敕书交给孙儿,让孙儿急急回来。孙儿知道父王外出未回,奶奶,这事儿怎么办才好?"

听完孙儿这番话,老婆婆也发愁了,不及时行雨,干犯天条,这可不是戏耍的事儿。但要行雨,孩儿又不在,孙儿年又小,怎么办呢?她低头沉吟,连院门也忘了关闭。孙子催她进去说话,她才从沉思中醒悟过来,正待关门进院,忽然瞥见那所草屋,"啊,有办法了!"径自朝茅屋走去。她的孙子也不知奶奶怎么想的,只是跟在后面,不断问:"怎么办?"

老婆婆来到瓢屋门前,"剥剥剥"地叩门,口中叫道:"相公醒来,相公醒来!"

李靖正睡得香哩,突然听见叩门声、呼唤声,忽地起身趿了鞋子就走到门前:"是谁人半夜来此叩门?"

"相公,是老妇,请开门说话。"李靖听见是房主人的声音,立刻开了门,"不知老婆婆半夜叩门有何急事?"

"相公,今有一急迫事,想有劳相公。"

"请说吧!"

"不瞒相公说,我不是凡人,乃是龙王之母……"说到此处,李靖惊讶万分,不觉退后半步打量起老婆婆来,似乎与常人也没有什么差别,口中只得"啊,啊"地敷衍着。

老婆婆又接着说道:"刚刚天帝有敕书下来,说河东干旱异常,禾苗枯槁,派遣龙王去行雨,解除旱象,拯救黎庶。不巧得很,俺孩儿出外未归,孙儿又太小,事情紧急,无可奈何,只能来请相公代劳。"

李靖将信将疑地说道:"原来为这桩事啊!"说罢,又低头自思起来,这几日一路所见所闻,确是稻禾枯焦,土地龟裂,农夫呻吟,哀号不绝。且不管这老婆婆说的话是真是假,如能解民倒悬,值得干一番。想到此处,他豪爽地应允了,"只是我是凡人,如何替代龙王呢?"

老婆婆见他答应代替行雨,自是欢喜。孙儿在一旁也拍手叫道:"啊,奶奶的办法好。"老婆婆高兴地说道:"相公本不是凡品。您肯替代,老妇自有办法——我有白马一匹,颇通灵性,它自能载你上天飞行;还有黑旗一面,可以差遣天兵神将;再交付您净瓶一个,到了地点,只须将杨柳枝蘸点水儿洒下,自然地面落雨,只是时刻不要搞差了。"李靖毕竟年轻气盛,见这老婆婆有这么周密的安排,立刻穿好鞋子,带上屋门,随她来到大院里面。

老婆婆先牵出一匹浑身雪白的神马,李靖跃身而上,孙儿递上一面黑旗,李靖也接在手中。老婆婆又小心翼翼地捧出一只净瓶来,郑重其事地说道:"相公,这净瓶非同小可,相公可要拿好。别看它瓶口不大,倒可吸尽海水,滴上一滴,就是大雨倾盆,现在交给相公,务请小心在意!"

"知道了。"李靖有些不耐烦。老婆婆见他这般神态,反倒踌躇了。"奶奶,我也想上天走走,这瓶儿就让俺替相公捧着吧!"老婆婆觉得这倒是个好办法,立刻应允:"可以。"孙儿高高兴兴地接过净瓶,李靖也无可不可地应允了。

龙母一声呼哨,那匹通灵性的白马,载着一位相公和一个孩童,冉冉离开了地面,渐渐升到上空,直入云霄。

神马一旦腾入高空，就放开四蹄，排空驭气，冲烟破雾，向前飞跃，一时间跃过千山万水，跨过千州万郡。李靖两个紧紧伏在马背上，全身罩在黑漫漫的夜色中，分辨不清上天下地、四周景色，只得听之任之。霎时间，李靖听见桃都山上的天鸡鸣叫，不一会下方千家万户就响起了鸡啼声。他知道，天色渐渐明亮了。果然，不一会，就看见天台山出现在一片海霞烘染中。这时，他方看到下方的景象：无数民众百声哀嗷，数千里地稻禾枯焦，黎民们逃的逃、散的散，受尽煎熬。李靖被这幅景象所震惊，他想到自己既不是腰缠十万骑鹤下扬州的角色，更不是讨了秦穆公女儿弄玉和她同升仙界的萧史。今日幸得这一良机，定要将百姓拯救！

当下他把神马鬃毛一揪，紧紧向上提起，那马儿腾跃几次，更上了一层云，以便更仔细地观察下界四面八方的情景。果然，下方就是河东地面了。他决定即刻行雨。

李靖手把黑旗一挥，那些天符使官、值日功曹啦，还有各山各水的神灵，管风雨管雷电的天官啦，一齐乘云驾雾而来，齐集在神马周围，听候李靖下令。他首先点了风神的名，"风府诸神听令！"

风伯、风姨齐声应答着。李靖说道："下方干旱，一片死寂。你们从速下去，冲锋陷阵，到处鼓动，吹起阵阵大风来！"风伯、风姨奉令即刻行事去了。

李靖又传令云台诸将，让他们速派云母、云童，去山头深坳，大海小河，散布云块，趁着风势，把下方各处罩定。云母、云童也奉命行事去了。然后，他又传令雷电诸神,让他们点起天兵天将,把轰轰雷声击出,将闪闪电光发出。最后,又传来水府诸神,要他们把蒙蒙细雨遍洒,润湿土地,浸透禾苗,会同风云雷电,把大地上的暑气彻底扫净。

李靖将各路神灵派遣完毕后,决定亲自行雨了。他在上空飞行半响,一路只见下方旱象严重,心想龙母只让自己滴上一滴水,这杨柳枝头一滴水能有多少?怎能除尽暑气、湿透千村万落的土地?是不是龙母太吝啬了,不肯大度施舍?既然委托我来行雨,大权在手,为何不把令来行?自古道:将在外,君命有所不受。依此推理,龙在云,帝命也可不遵了。我何不为人间多做好事?古话说得好,救人须救彻嘛!想到这里,他向后伸出手来,"龙孙,快把净瓶给我,好行雨了!"

龙孙双手将净瓶小心在意地递了给他。他接过净瓶后,立即用杨柳枝在瓶中蘸了几点水,前后左右地点了数滴,杨柳枝上已不见水珠。心想,这么滴法,要滴到何时?下界百姓怕不仰头盼望而死!索性把净瓶翻倒,只听见"骨嘟、骨嘟"的声响,顷刻之间净瓶中的水流得一干二净。龙孙吓得面如土色,慌忙扯住他的手臂,"哎呀,再不能倒了,你可闯了大祸,再不能倒了!"李靖就此罢手,得意非凡地说道:"龙孙,你看这一场倾盆大雨,想来下方禾苗,都已沾濡透足,可以起死回生了!"

"您呀,相公,可害了俺一家,坑了天下百姓了!"龙孙急得要哭出来。

"你这话真叫人费解——算了,念你年幼无知,我也不计较了。"李靖自以为大度哩,"我的事已完了,要下凡去了。"随即挥动黑旗,把各路神灵遣散。那些神灵都朝李靖瞪了几眼,然后才磨磨蹭蹭地各归本位去了,李靖还不知是何缘故哩。

顷刻之间,他已落下云端,将神马交还龙孙,任他自行牵去。真是无巧不成书,李靖一落就落在龙门山头,这正是他要访师求道的所在。他高兴异常,心想,看过水势正好拜访老师。

龙门山也是座不低的山头啦,李靖走在山头,只见河流猛涨,山洪暴发,滔滔汩汩,四面八方,汹涌澎湃,庄稼连根拔,农屋成片倒,再仔细看看,更有那无数百姓携儿挈女,争先恐后,齐往山头爬来,口中嚷道:"快逃命啦,发大水了!老天真是无眼,先是旱后是水,叫咱们百姓求生无路!"

李靖眼见此情此景,耳闻此言此语,惶恐不安起来,难道真是自己把事情搞坏了?心中纳闷,正在沉思,忽然见到山门洞开,他就向寺门走去。

他要寻访的老师文中子,是个不平常的人。他原姓王名通,字仲淹,就是龙门本地人氏。王通极有学问,可说是满腹经纶。他教授的学生何止千人,当今名臣如薛收啦,房玄龄啦,魏征啦,都出自他的门下。李靖进了山门,文中子正在纱帐中教授弟子,门子通报后,李靖上堂来深深几拜,口称:"弟子拜见老师!"

王通从未见过李靖,问道:"你是什么人,从何处来此?"

"弟子李靖,从天上来。"

"你这个后生小子倒会胡言虚诳!怎的从天上来,来此又是为什么!"王通既有些诧异,又有几分不满。

李靖依旧惟恭惟谨地回答说:"师父不要见怪,容弟子一一说来。"

"那就请说吧!"

"弟子原是三原少年,俺舅舅韩擒虎,亲自传授我武艺兵略,只是还欠安邦治国的本事,因此前来拜见老师,求老师教诲。"

"既然前来拜我为师,怎么又说是从天上来的?"王通大感不解地问道。

"我来寻师父途中,借宿的人家原来是龙母所居,她央求弟子代为行雨。我从上方往下方探看,只见酷旱炎热,暑气炽盛,草木凋零,苗禾枯焦。我想到旱象严重如此,滴下一滴水也只是杯水车薪,怎能解救得嗷嗷待哺的百姓?因此,决心干犯天条,把那净瓶儿中的水倾倒无遗……"

"哎哟哟,这里发大水,原来是你这个年轻人造的孽!哎哟哟,真是造孽!"王通连声叹息道。

"怎么是造孽?弟子一片好心,难道还是造孽!"李靖愤愤不平地辩解着。王通见眼前这个年轻人倔强自负,不通晓世情,但他既来投师学道,也不能不好好训诲,就耐着性子说道:"好心人也常常把事情办坏。"

"此话怎说?"李靖睁大眼睛问道。

"你可知道,那净瓶不是凡物,乃龙宫精气结成。瓶中一滴水,就是地上一尺水。怎禁得起你随手挥洒,还倾瓶而泻？你这不是要救千人，反伤害了万人！"王通说出了净瓶的由来和妙用，李靖顿时慌了手脚，通体冒汗不止。"何况，"王通又接着说道："你违了天帝旨意，那龙王母子难免受到天诛，你这不是受人托反害人么！"

听到此处，李靖越发惶恐不安，战战兢兢地说道："弟子闻得老师教诲，更加惭愧不安。如今弟子情愿上诉天庭，自首罪孽，独受责罚，免得牵累龙王母子。"

王通见他已感懊悔，自我谴责，还不失为一个可以教诲的青年，就又苦口婆心地告诫道："你这番言语真令人发笑，何用你前去自首！你紧靠着天门边胡作非为，天帝还有不知道的么？你呀，当时倒痛快，何曾想到田庐漂没，苍生受害！"这一番话直说得李靖低下头去，无言以答。王通又意味深长地接着对李靖和旁立着的其他弟子说道："你们都记住，从来存心救世的人，偏偏会干出误世的事来，这是因为他们自信太深，求功心切，下手便重了；那干大事的人，恶心不可存，急切之心也不可有，运用之妙，全在方寸之间，你们要好好领悟这个道理。"

旁立的众多弟子七嘴八舌地应答着。李靖这才信服先生，确有济时救世的大本领，不像自己鲁莽，把好事做坏，心悦诚服地答道："老师，弟子知道了。"

"好吧，你既然知晓了，且留下在此学道吧！"

【说明】

此剧为清代剧作家杨潮观所作。

杨潮观字宏度,号笠湖,江苏无锡人。生于康熙四十九年(1710年),卒于乾隆五十三年(1788年)。乾隆元年(1736年)考中举人,入实录馆任职,后来外放,先后在山西、河南、云南等地做了16任县令。晚年出仕四川,发现了据说是卓文君的妆楼旧址,建筑一座"吟风阁",命前来为他祝寿的士民,于阁傍各种花一株。杨潮观自幼聪明,极有诗才。雍正年间,江苏布政使鄂尔泰于苏州设春风亭,"招致四方贤俊",名重一时的沈归愚等人,"皆以耆旧见重","而以十四龄童子与会者,惟杨君一人"而已(袁枚《杨潮观传》)。杨潮观所作诗篇颇多杰句,又工画竹,晚年沉浸禅学,著述甚丰,有《左鉴易隅》《家语贯珠》《心经指月》等。杨潮观为官30余年,颇多惠政爱民之举,特别是救灾散赈多次,事必躬亲,全活灾民无数。晚年自选可歌可泣的古今故事,结合自己仕宦经历,撰作杂剧32种,总名《吟风阁杂剧》。《曲目表》《今乐考记》均曾著录,有乾隆三十九年(1774年)刻本,嘉庆二十五年(1820年)重刻本。乾隆本有作者写于"甲午之秋"的自序,说"年来与知音商榷次第,被诸管弦,至兹始获刊定",可知《吟风阁杂剧》写定年代。在自序中,杨潮观还说"哀乐相感,声中有诗,此亦人事得失之林也",可见其剧作都是有所感而发的。

《行雨》一剧全称《李卫公替龙行雨》。本事出自唐代李复言的《续玄怪录·李卫公靖》一条,但李靖向文中子学道一节,则系杨潮观所增写,可见这一短剧只不过借用李复言所记故事,却是根据自己的仕官经验重新创制的。也正因为此,才使这一故事具有了新的含意:好心办坏事。剧末文中子王通的一番议论,极其精辟地说出了这个道理。

发　仓

汉武帝时河南郡有一个姓贾的老驿丞,干了几十年送往迎来的苦差事,吃尽了千辛万苦,饱尝了酸甜苦辣,熬到垂暮之年,才得到一个升任的机会。他立即吩咐家人收拾行李,准备第二天就携着女儿贾天香离此他往,早早脱离苦海。

当晚驿所中多年共事的杂役与他闲话叙别,大家请他谈谈几十年做驿丞的甘苦。贾驿丞心想明朝就与大家分手了,借此机会诉说一下心中的愤懑,又有何不可。他想了一会,未曾开口先就叹息,捻着几根短须,慢慢说道:"这驿丞的官儿可真不是人做的。"开头第一句话就让大家惊讶。

"怎么不是人做的?"

"兄弟们听俺说:这河南郡的驿所不同他处,来往的官员太多,他们每来一批,犹如蝗虫飞过一阵,要应付他们吃、用、住、行。这几年旱灾蝗灾不断,公家收不到田租,干脆蠲免了。但是驿所中的私下例规却未曾免掉过。俺从哪里支应他们? 老百姓脸有饥色,厨房里哪里找到肥肉? 饿死的人陈尸原野,马厩中何来壮马? 俺做驿丞也做老了,从没有像今日这般难以应付。唉,正是常言说得好:'做官莫做鬼驿丞,是人是鬼要诛求。'看我官儿只有芝麻大，就是压扁了芝麻又有几多油！咳，这难道不是真话么？"

"贾爷，您老说的倒都是实情。"

"还有呢，"贾驿丞得到役吏的赞同，更是抑制不住自己的愤慨，继续说道："那些当官的不说他，就连他们的随从都够你头疼的，真是'阎王不好见，小鬼更难当'。他们狐假虎威，官儿还未到，他们先到，信口胡言任意吃喝，手中执着鞭儿，到处乱抽，人夫马匹要得比规定的还多，明里压低银色，暗里收受回扣，住下来要津贴，上路时要盘缠，任凭我苦苦哀告，他们却板着面孔，一文不能少，任凭乡野多大饥荒，他们不管青黄不接，依然事事要钱。我只能到处搜寻，真是如同燕子衔泥、针头削铁，一滴滴一点点累积而来。今日支应了一批，明日又走来一批。这叫我怎的照顾过来？"说到此处，贾驿丞益发愤愤不平了。杂役们也都点头称是，都埋怨这个差事太累人了！

"说来真是气人，"贾驿丞又接着诉说长期以来的积忿，"衙门里的事从来就是一笔糊涂账。我到处搜罗，供他们享用，也该落个好言好语，哪知不然，未得到一句半句称赞，还动不动就吹毛求疵，鸡蛋里寻骨头，兴讼生事，连我身子都赔进去受罪。弟兄们说说，干这差事，有啥奔头？"说罢，他伤心得抽泣起来。

"贾爷，咱们在这里不过混口饭吃，您老倒是埋没了。事到如今，也不要难受了，好在您老明日高升了。"

贾驿丞掏出一条半旧的巾帕，拭了拭眼睛，说道："承各位高情，平素帮衬我支应一切。想来我也是长沙王太傅贾谊的后人,祖传的《治安策》,我也曾熟读,总想做一番事业,未曾料到做了几十年的驿丞!接任之初,我也尽心报效,不曾虚应故事,凡事亲身干预,从不袖手旁观;见人怒目相向,总是唾面自干,从不唇枪舌剑,更不老拳相报;不论风风雨雨,我总是按时按刻到差,不管歉收丰收,我都是事事早早安排,但却落得如此下场,怎不令人心酸?我几番要另起炉灶,舍此他往,总是因循苟且,拖延至今。今日实在忍无可忍,决心与这个倒霉的官儿永远断绝干连!总算昨日得了喜信,明日即可卸任远走了。俗话说得好,'鳌鱼脱却金钩去,摆尾摇头再不来',我也不再来了!弟兄们,大家再痛饮一杯。"说罢,先举起了酒盏。

哪知他的酒还未下肚,门外就闯进一个杂役,跌跌撞撞地跑到面前,"禀知贾爷,黄门侍郎汲黯大人,奉圣命前往河东勘察火灾,日夜兼程,今日路过本郡,郡中官员都要来此接送。不知人夫马匹,支应钱粮可准备好没有?"贾驿丞听了,随手把酒盏掷到台面上去,大惊失色,叫嚷了起来,"怎么说?祸害又来了!我刚刚还以为从此与这倒霉的差事一刀两断,哪知又钻出个什么汲大人!"说罢,只管唉声叹气。

"贾爷,快准备吧。你看,路上灰尘扬天,打前站的人就要到了!"贾驿丞万般无奈,不能不收拾起满腹怨嗟,强打精神,吩咐杂役:"你去告诉驿头,叫他备马一百匹。"

"槽上只有一匹马,贾爷。"杂役回答道。

"可用人夫三百!"

"贾爷,哪有人夫?簿上并无一卒,您不看,周围还有什么百姓!早都逃荒去了。"

"啊呀;既无马匹又无人伕,叫俺如何支应官差呢?唉,拼着好酒好肉招待一番。"

"贾爷,您老大概忙着离任吧?钱粮早已断了二十余天!"

贾驿丞急得直拍手,"这可怎了?"杂役见他这般模样,趋前献计道:"贾爷,你不要慌,我倒有一计。"

"你有什么好计策?"

"三十六着,走为上着。他们到来时,您去您女儿房中,躲在床下面,他们搜人不着,只得离去。"

贾驿丞心想这是什么计策!眼前又无良策,急得在堂上踱来踱去不断叹息。他的女儿贾天香正在后房收拾行李,断断续续听见前堂对话。这时她来到堂前,对父亲说道:"这杂役说的话真可笑。任凭爹爹躲到哪里,你不打发他,他怎肯走? 俗话说'水来土掩,兵来将挡',又有什么可怕的?"

"孩儿,你不知道,这次来的是黄门汲大人,往河东勘察火灾,此人十分厉害!"

贾天香听说是勘灾赈济的,心中"咯噔"一下,顿时有了主意:"爹爹请放心,孩儿自有办法,待孩儿画起一道灵符,包管禁住他,连河东也不去了。"

"从来未听说你会画符,"贾驿丞诧异地说,"你怎有这样本事? 唉,事到如今,只好一切听你的了。就是你说生姜是生在树上的,我也只得依你。但愿你打发走这个汲大人。"

"爹爹,放心,待孩儿先去驿亭上看看。"说罢,她径自到接待官员的驿亭中去了。

不久,大中大夫黄门给事汲黯到了驿亭。这汲黯大人字长孺,在朝中算得上是一个难得的耿耿直臣,一向关心民生疾苦,每遇水旱虫灾,他都及时开仓赈济。立朝办事,又刚正无私,从不巴结权贵,秉公执法,敢于诤谏,有时甚至把个汉武帝也弄得下不了台,气得变了颜色。朝野人士听了他的名字无不肃然起敬。他每到一处,总要亲自去各处走走,体察风土民情。如今来到河南郡,他也照例先在驿亭四周巡视一遭,只见丛丛毛竹,行行高柳,可见原先这里不是个坏地方,但眼前却是一片枯槁,心中不免有些纳闷。他慢慢走进驿亭,抬头看见,迎门墙壁上有几行字,墨迹未干,便好奇地端详起来:

> 龙向河东雨,
> 河南隔岸灾,
> 过云不泽物,
> 空自起尘埃。

他看罢诗,不禁啊呀一声,这分明是在讥刺下官,说什么只管往河东察看火灾,却不管河南旱情。这是谁写的?诗下落款是:"洛阳才子贾天香题笔"。好呀,有了姓名就可拿来询问。

"传驿丞!"

贾驿丞早已在驿亭外伺候啦,听见汲大人传呼,哪敢怠慢,立即进来拜见。

"好呀,你这驿丞也太大胆了!为什么不将驿馆打扫,墙上任人胡写!你快将壁上题诗的贾天香寻来,免你一打。"贾驿丞不由得惊惶起来。唉,这女孩儿家,画什么符,岂不是又闯下大祸!若是不寻她来,汲大人断然不肯放过;若是寻她前来,只怕女孩儿要吃苦头了。如何是好!他进退两难。汲黯见驿丞畏畏缩缩,迟疑不决,更加气恼,不断喝责。他只得磨磨蹭蹭地去驿亭。

贾天香早已料到有此一着,她已在外边候着,不等老父开口,就昂昂然地进了驿馆,拜了几拜,口称:"黄门大人有礼!"

"你是何人?我要找题诗的什么才子,你一个女孩儿跑来做什么?"汲黯诧异地问道。

"我就是题诗的贾天香。"

汲黯更是惊奇了,"你就是贾天香?一个女孩儿怎敢自称才子?在壁上题诗卖弄什么?"

"什么叫卖弄?我不懂。我只知道'诗言志',题诗言志怎么使不得!"

"咳,你小小女孩儿,有什么志向?"

"大人不见此处一片枯焦!咱们盼望圣上差官,如同久旱望雨。得知大人今日路过此处,因此涂鸦,无非实录出百姓流离失所的真相!"贾天香高声朗朗的回话,流露出无所畏惧为民请命的气概。

"你这首短诗,为何将我讥讽?"

"怎见得是讥刺大人的？"

"诗中明说，我枉来河南一次，还骚扰沿途百姓！你这个女孩儿胆子也太大，居然像个耆老似的诬蔑本官！"谁知贾天香听了他的斥责，脸上并无半点惊恐之色。汲黯倒有点暗暗吃惊，这女孩儿怎的有此胆量？又大声训斥道："当今皇上圣明，洞悉民间疾苦；地方长官，仰承皇上旨意，哪有匿灾不报之事！你一个女孩儿，怎知道外边大事？居然敢虚言惑众，讪谤朝廷！"

"黄门大人，先慢问罪。请问大人，到河东去有什么公干？"贾天香不理会汲大人的训斥，慢条斯理地问道。

"多事！河东失火，殃及千家，我奉圣命，前去抚恤。这等大事，也是你女孩儿该过问的？"

贾天香依然将汲黯的责备置之不理，进一步问道："请问大人，那河东黎民是朝廷的百姓，难道河南黎民不是朝廷的赤子？"这一反诘倒叫汲黯一时回答不出。也不待他回答，贾天香又慷慨陈词道："大人，女孩儿自忖：河东田地肥沃，百姓富饶，这次火灾不过是偶然发生；可是河南连年灾荒，颗粒无收，遍地哀鸿，流离载道，请问大人，两边灾难孰轻孰重？那一边，失了火，有赈济；这一边，稻禾枯，无人管。如今难得大人到来，黎民百姓如见天日，大人怎能过而不问？"

汲黯大人顿时被她一番话说动了容。不过他依然不相信河南灾荒的严重，"下官自出京以来，也曾亲自沿途访察，虽然年成不好，也未见得如你所说的那么荒乱……"不待他说完，贾天香又抢着说道：

"大人,您老只是从官道上经过,所见只是假象;村野之中的真实情景,谁肯让大人知晓!大人如果不信女孩儿所言,不妨登上北邙山四下瞭望,那虎牢关外早已赤地千里了!"

汲黯觉得这个女孩儿有胆有识,敢于为民请命,十分投合自己脾气,也就产生了几分好感,采纳了她的建议。好在北邙山离驿亭并无多路,他当下挥去随从,由贾天香引路,缓步走上山顶。顺着贾天香的手势看去,果然广大田野寸草不生,更不用说庄稼了,他不禁长长叹息道:"贾天香,你的话果然不假,灾情确实严重。如此重灾,地方长官居然不申报朝廷,锁着官仓,不管生民死活,还向皇上虚报'丰收',真是可恶之至!"说罢,叹息良久,又缓缓说道:"贾天香,你敢于壁上题诗,真是少有,我定然吩咐他们用碧纱笼罩起,让地方官民重视。等下官去河东完成使命回来,再上奏朝廷,拯救河南数郡百姓。"

贾天香听了这番话,觉得汲黯大人果然名不虚传,是个关心百姓疾苦的好官,只是处事迂执,不肯先救河南灾民。她为了改变他的主意,上前半步说道:"难得大人肯出力援救。只不过等大人出使河东归来后方去陈奏,到那时呵,此间嗷嗷待哺的残存百姓,怕不都已饿死,还救谁人? 远水救不得近火,解救倒悬须趁早。大人,何不就在今日拿出办法,不必等待明朝!"

汲黯觉得她的话在理,只是自己难办,"话虽如此,但我是河东使臣,怎能放下河东的事不管,却来管你们河南之事?"

贾天香见他依然迂执不化，决定用话刺激一番，"大人，您这话就差了。您在朝中难道是个闲散无权的官儿？是个无名无望的小辈？"汲黯果然动气了，"你怎敢如此说！我乃天子近臣，黄门汲黯！"

"啊呀，汲大人，天下谁不知你是忠臣，为人正直，只是啊，只是……"声音渐渐放低，故意迟疑，拖延不说。

汲黯有点沉不住气了，"只是什么？"

"谁知道今日所见不如所闻！"贾天香鼓足勇气大声说道，"你也不十分忠，不十分直！"说罢，贾天香倒有些后怕，不知这官儿到底受得了受不了。半晌，两人都沉默不语。

"唉，"汲黯先开口了，"你也责备得是。只是我的使命是去河东，要救河南的灾情，怎能不先向皇上奏明？此事难办啊！"说罢，又低头不语。

贾天香见汲黯大人并不见怪，就进一步开导他，"请问大人，你拿了这皇上赐给的符节作什么用？我虽是个女孩儿，也还懂得《春秋》大义：朝中大夫出京，遇到有关国家、民生大事，可以不必奏明皇上，先行处置。目今河南灾情如此严重，大人如不采取紧急手段，是难逃后人责备的！请大人明辨。"

汲黯听了这番掷地有声的议论，不禁对眼前这个不起眼的女孩儿肃然起敬，没有想到在这个地面能遇上如此深明大义的女子，假若不是她讲出这番大道理，自己险些要成为千古罪人，有负天下百姓。因此，他不知不觉地将贾天香看成是亲信，向她征求意见："依你所说，下官当如何办才好？"

这时，贾天香也不顾忌自己的身份，大胆献计道："依我看来，大人有皇上所赐符节，可以借用皇命，开仓赈济，拯救数百万百姓垂死之命，一面奏闻皇上，皇上圣明，必不会因此而加罪大人。即使大人因此获罪，您把一己的生命换得了千万人的活命，也是值得大书特书的千秋盛事，何乐而不为？至于河东，依我看来，去不去也都一样。女孩儿说话唐突，请大人不要见怪。"

"啊呀，不曾料到你这小妮子有这般见识，难道我汲黯倒是个见义不为的无勇之夫！好吧，今日就拼却老命救此千万生灵吧！"他下定了决心，做事也就果断，立即命亲信请来地方长官，假借皇上之名，让他们打开粮仓，广为赈济，并且拿出符节遍示众官。河南郡的大小官儿见了天子符节，也就别无话说，纷纷表示遵旨办理。

汲黯办定这桩公事，河东也不去了，准备即刻回京面奏皇上。随从备好马，他正要上路，忽然想起还未问过这女子是什么人家出身呢，又回转身来向站在人丛中的贾天香问道："我还未曾问明，你是谁家女子？"

贾天香并无惧色，走出人群半步，回答说："我就是这所驿丞的女孩儿。"

"呀，想不到这驿丞居然有这样一位奇女！"言辞之间流露出不胜钦佩之情，说着就上了马，返京而去。

【说明】

此剧为杨潮观所作《吟风阁杂剧》之一,全称《汲长孺矫诏发仓》。汲黯本是西汉名臣,为官正直无私,极有才干,又敢于直言谏诤,关心民瘼。至于他持节发仓救济河南灾民一事,也见诸记载。《史记·汲黯传》云:"河内失火,烧千余家,上使黯往视之,还报曰'家人失火,屋比延烧,不足忧也。臣过河南,河南贫人伤水旱万余家,或父子相食,臣谨以便宜,持节发河南仓粟以赈贫民。臣请归节伏矫制罪。'上贤而释之。"杨潮观即根据这一史实,创作了这一折短剧。

剧中出现的驿丞之女贾天香这个形象,很值得注意。作者固然描写了汲长孺关心民瘼的品格,但却是在贾天香这个弱女推动之下而促成的。《史记》所记,汲黯是主动采取紧急措施,拯救河南灾民的。但在本剧中,汲黯起先不相信灾情如此严重;中途又在救不救河南之灾问题上有所顾虑;最后虽已决心救灾,但如何救灾还不明确;这几个关键问题,都是得到贾天香的提醒和献计,才得以逐个解决的。可见,他的性格的发展和完成,在剧中是由贾天香所促成的。贾天香这一形象的安排和塑造,正表现了杨潮观的进步观念。此外,剧本一开始,通过贾驿丞的夫子自道,反映了灾区民生凋敝,控诉了过往官吏的贪残凶暴,显然糅合进作者为宦30年的经验,所以写得极其形象,也有着极为深刻的批判意义。

偷 桃

汉武帝时有个东方曼倩,生性滑稽诙谐,能言善辩。每与人交谈时,总是旁敲侧击,嬉笑讥讽,有时倒歪打正着,谈笑之中隐含着正理。他颇得武帝宠爱,掌管乘舆服饰,成为汉武帝亲信的一个侍中。

这个东方曼倩老兄,自称身上每根骨头都是仙根。有人揶揄他:"你说每根骨头都是仙根,何以见得?"他听了微微一笑,"怎么没有根据?难道我还会胡诌?你要耐着性子,听我慢慢说来。"

他先扮了个滑稽嘴脸,清清喉咙中的积痰,绘声绘影地说道:"我们的武皇帝,一心爱慕真仙。咱们上天的星宿嘛,就纷纷降世,我原是岁星,与寿星两个约定一同降世。武皇帝给了我一个中郎将臣,给那寿星一个侏儒舍人。"

"皇帝老儿对你们两位星辰怎的赐官不同呢?"

"只因为寿星生得矮小,身体只有三尺,脑袋倒有一尺,形如侏儒,自然赐他侏儒舍人啦。我可不同,长得体体面面的,身长九尺三,腰围八尺,所以赐我一个中郎将——不过,官儿虽不同,待遇却是一样的!"

"什么待遇一样?"

"侏儒那么一丁点儿大,给一口袋粮食,二百四十个大钱;我中郎将堂堂九尺之躯,也给这么一口袋粮食,二百四十个大钱。侏儒吃得撑破肚皮,可我,这袋粮食怎够填饱肚皮!"

"哈哈,你可挨饿了!"

"倒也不见得饿死。"

"老兄有什么急救之法?"

"偷!"

"偷什么呀,怎么去偷?"

"这也叫穷极思变吧。有一次我饿得头昏眼花,四肢无力,忽然想起王母娘娘处仙桃不少,何不去讨它一两个救救急?思来想去,找不出一个可以参加蟠桃会的借口,怎么办?索性不告而取——偷。"

"得手了没有?"

"别说啦,让她手下的人拿住了!"

"哪可有好果子吃啦!"

"倒也不假——被她穿了一边琵琶骨,打了三百枸杞根。"

"怎么打枸杞根?"

"枸杞根嘛,就是仙人杖!不过当时被她打了一顿仙人杖,倒落得一肚皮的仙人气,归来以后养了个孩子,生了下来却正是蟠桃化身。"

"哈哈,老兄真会说笑话!"

"谁有工夫与你说笑!那蟠桃树最难成熟,三千年花才开,三千年才结桃,三千年桃才熟,整整一万年才可食。只怪当年性急,吃的是半生半熟的,如今时限到了,正是蟠桃大熟之期,我要再去瑶池一遭,吃它个痛快。老兄,我可没得工夫与你说笑话!再见。"

顷刻之间,东方曼倩——不,这是他人世间的名儿——岁星已升了天,来到蟠桃园门外。他前后左右侦察了一番,园门洞开,悄无人声,看来没人守园,心中暗喜。错了,错了。西王母的蟠桃园怎能没人把守?只是把守园门的人生性庸庸,对了,他的法号正叫庸庸道人。这道人原名康宁,新调来不久,自以为小心职守、忠于岗位,可是园门昼夜长开,篱笆被狗钻破;闲游时一去忘了回来,醉倒时不知何日可醒。幸亏园门上贴了一张告示,未得允许擅自进园者处罚极严,所以至今尚无闲人敢于闯进。有时他也数数蟠桃,倒还没有少了一个。这个差事实在清闲不过,庸庸道人只得整日在酒中讨生活,刚刚小酌了两壶,昏昏沉沉地又待睡着,身子不禁歪在一边,门外的人真还不易发觉。岁星老兄纵身窜入,不想绊了他的脚跟儿,"呀!是什么人?哪里来的?"岁星老兄吓了一跳,幸亏他能随机应变,"我从东方来,我就姓东方;今朝初一是朔日,我的名就叫朔——东方朔是我。"

"哈哈,有这样现成的名字!啊,你既然是东方朔,可与我哥哥寿星是朋友?"庸庸道人依稀记得当年寿星归来时说过这名儿。

"对啦,正是。"说着,眯着眼睛打量他一番,口中却客客气气地说着,"原来是寿星的令弟,失敬了,失敬了!"心头却在猜测,寿星的老弟跑到此处来干什么?我不能不摸摸底细,开口问道:"你们弟兄到底有几位,你跑到这地方做什么?"

"回老兄的话,我们弟兄五个,寿星是老大,老二是富,我排行老三,叫康宁,还有两个弟弟。你问我怎的跑到这块来?说起来也话长,好在你老兄也不是外人,不会见笑……"

东方朔见他呆头呆脑的,不客气地收起了几分恭敬,催促他:"爽快说吧。"

"我这位二哥,为富不仁,经常嫌我贪吃懒做。我大哥寿星可是个仁人君子,看他不过,把我送到佛祖处,佛祖倒另眼相看,封我个自在菩萨。我在那里待久了,觉得自在菩萨其实不自在……"

"怎么不自在?"

"唉,不用说了。说是'自在',每日要'不自在'地撞钟念经,真烦人,我就一走了之。"

"就跑到这儿来了,对么?"

"倒也不是直接跑来的——我先向王母娘娘讨个差事,她见我是寿星老弟,看在哥哥面上,说我'康宁、康宁、只图自在',就做个庸庸道人吧,让我来看守这座蟠桃园,自自在在做神仙吧。我倒不相信什么'自在不成人'的鬼话,你看,自古以来不是'庸人多福'么?"忽然顿住话题,两眼圆睁,"唉,你看我说到哪里去了!我问你,你跑到这个地方来有什么贵干?"

岁星东方朔见他一副傻头傻脑的模样,存心调侃调侃他,胡诌道:"唉,我呀,为了找你老兄寿星,一直找到东洋大海,也未见到,倒看见麻姑在那里发愁哩!"

庸庸道人眼睛睁得更大更圆了,惊诧地问道:"什么?麻姑是上界仙人,她发什么愁?"

"你呀,康宁老兄,你在西天享清福,哪里知道东海的事。只因茫茫东海之中,有一座沃焦山,山下有个大洞,事情就出在这洞上……"

"洞上有啥问题这么紧急?"庸庸道人依旧迷迷糊糊地搞不清楚。

"唉,老兄,你怎的性急如此!听我慢慢说来,——那洞门不严密,这不就要渗水;一天两天还不打紧,天长日久,把个洞口渗得越来越大,蓬莱仙水都淌浅了,眼见沧海就要变成桑田,那麻姑怎不忧虑?她听说天公有一块生生不已的息壤,就去商借它来塞住洞口,自然就能封住。谁曾想到她却白走了一趟。"

"这又是什么缘故呢?"

"当初天下洪水泛滥,被伯鲧爷爷把息壤偷去治水用掉了。借不到息壤,漏水止不住,你叫麻姑还不愁死!"

"啊,原来如此,后来呢?"庸庸道人还想听下文,东方朔窃笑不已,好嘛,你要听结果,方便得很,还不由我胡编乱诌。

"老兄,我哪有心思陪着麻姑坐着发愁?翻过身来,找到一叶小舟,航海而来,不曾想到,居然在大海里搁了浅,动弹不得。幸亏寻找河源的张骞乘了木筏经过那儿,唤住他,搭了他的筏子才到海滩上。这一来,倒知道麻姑发愁真是杞人忧天,多此一举啦。"

"此话怎说?"庸庸道人听得津津有味,还以为这些胡言乱语全是真的哩。

"那蓬莱水浅,根本不是漏的,原来海水减退,是因为一个叫张生的风流小子,要讨龙王女儿为妻,砌了一个九还丹灶,架上一座八卦神炉,用一把通灵的扇子扇火,正在煮海水哩。那炉中水减一寸,那海水就退一丈,直把那鱼虾龟鳖熬得直蹦乱跳,无处藏身。"

"哎呀,这可怎么好?"

"庸兄,你也不要庸人自扰——我一时性起,路见不平,两手掀起炉子,一脚踢翻灶台,海水顿时又涨了上来。"

"好呀,老兄倒做了一件痛快的事!只是那个张生怎肯饶过你?"

"嗨嗨,正好张果老倒骑着白驴经过那里,我借了他的白驴骑了,一下子跑了十万八千里,不想就到了你这里!"

"哟哟哟,你老兄就这么逃到这里!"

"好啦,反正你没有奔过南走过北,全由着我指着东话着西。闲话也说够了,谈正经的,你寿星老哥,来过此处没有?"东方朔不便正面打听蟠桃会的事,只好从侧面了解赴会的人来了没有。

"岁星老哥,蟠桃大会正待举行,家兄寿星就要到了。你有事儿找他,正可在这儿等等,他是务必前来的。"东方朔有底了,心想赶得正是时候,桃子熟了,人还未到,此时不偷更待何时?对了,先得将这个"庸庸"之徒支开才好行事。"哥,我走得累了,讨杯茶水解解渴。"

"茶倒没有,要酒现成,当今是遇饮酒时须饮酒,我去取来。"

东方朔忍不住地接了一句"得偷桃处且偷桃"。他一时说漏了嘴,又恰恰被庸兄听得,后者赶忙收拢脚步,回转身问道:"你怎么要偷桃?"

"庸兄,吃酒怕醉,这不要偷逃!"

"偷逃!啊,这倒不必。"庸庸道人放了心,到园子左边取酒去了。东方朔收紧装束,偷偷沿着篱笆进了园门,直朝桃树林深处扑去。

且不说蟠桃园中的事儿,再看看西王母殿中的情景。那西王母坐镇西天,统摄万灵,手握大权,好不威风。近日正待大开蟠桃宴席,不料东华帝君约她同上大罗天,考定各位仙人的职事权掌,这桩事儿,是万神瞩目的,非同小可,不能不亲往料理,只能把蟠桃大会稍稍推延一二日再说。

西王母带了金童玉女两个离开日月镜台,出了乾坤罗帐,正待升天。忽然黄婆闪出殿前,口称:"启上娘娘,连日有几桩公案,请娘娘先行放落,再升天去。"

"好吧,"西王母无可奈何地说道:"黄婆,你就一一奏来。"

"第一桩事是何仙姑犯奸情,有封匿名信揭发的;第二桩事是李钦拐作弊,是紫府真人参奏的。"黄婆奏道。

"这两个都是八仙中人,怎的神仙洞府之中,也说奸谈弊起来?"西王母面露不悦地呵责道。

黄婆大着胆子回奏道:"如今世风日下,人心大坏,哪怕你神是仙,想告你一状他就告哩!其实,何仙姑犯的淫,是未来的罪名;李铁拐作的弊,是过去的罪名了!"

"真讨厌!把他们二位宣上殿来问问。"西王母无可奈何地敷衍公事。

不一会,何仙姑姗姗而至,李铁拐笃笃而来。

黄婆先开了口,"何仙姑呀何仙姑,人人说你多丈夫!"西王母听了,不以为然,对着何仙姑说:"是非终日有,不听自然无。"

何仙姑见王母娘娘不相信那些诬陷之词,非常感激,说道:"娘娘说的有道理。不过,古语说,'男女授受不亲',现今八洞之中,寡男处女,相处在一起,倒有七个汉子,只有我一个女的,饮食起居,外观不雅,也怪不得人闲话啊!"

"那么,你意下如何呢?"西王母问道。

"我愿侍候王母娘娘,替你打扫殿前宫后,也可免去瓜田李下之嫌。"

"这样也好!"何仙姑听罢欣喜地去了。西王母了结了何仙姑一案,接着处理李铁拐一案。

"李铁拐,你过来!你生前做过孔目,是衙门中的蛀虫,作奸犯科,罪孽深重,本应打入地狱治罪,怎么漏了网投了胎,又混入仙籍?快从实招来。"西王母对他可不给什么好颜色看,厉声地斥问道。

"娘娘,小仙当日,作刀笔吏,使过奸,贪过钱,怎敢隐瞒!但此事在大赦之前。娘娘,佛祖有言,放下屠刀,立地成佛嘛!"

"话虽如此说,你做了许多坏事,难道一点报应也没有?这太不公平了!"西王母有些不解恨地斥责道。提到这个问题,李铁拐不由自主地愤愤不平起来,"怎的没有报应?我原来一表人才,谁知道遗尸被烧毁了,魂灵儿还阳,都没有躯体可附,只能另行投胎,做了个残疾的乞丐。任凭我做了神仙,依然摆脱不了这副残废料子!这不是报应么!"

西王母觉得他说得也有理,好言劝慰了一番就放他过去了。站起身来,吩咐金童玉女同去大罗天。哪知道黄婆又奏道:"娘娘,还有两个人在宫门外等候哩。"王母娘娘实在不高兴,粗声粗气地问道:"是些什么样的人?"

"回娘娘,一个是周穆王的马夫叫造父的,是私下逃来诉冤的;一个是汉武帝的弄臣东方朔,又来偷桃子被捉住的。"

"先叫造父上殿来问话!"黄婆迈动那双大脚,走到黄金阶前,老腔老调地呼喝道:"造父上殿!"那造父听得真切,甩着一根赶马的鞭子,一头闯上殿来,朝中间行了个礼,口中说道:"小臣造父拜见。"西王母极不耐烦,什么马夫也到天庭来告状,真是不胜其烦,不觉提高了声音:"你有什么冤枉?你的主人周穆王不是有八匹号称八骏、日行三万里的良马嘛,为什么他不亲自来?"

"啊呀,娘娘你大概不知道。那八骏良马,除了我造父,有谁人能驾驭得住?只因当日,我主人穆王去瑶台赴宴,小臣不该在瑶池洗马,弄污了清波。哪知道瑶池是星宿海的源头,星宿海又是万里黄河的源头。这八匹骏马在瑶池中,这个一泡尿,那个一堆粪,流淌下去,把个星宿海和黄河都弄污了。小臣因此犯了天条,不得不更名换姓一走了之……"

"你这个造父啊,怎能这样!你逃得脱么?"

"回娘娘,倒被小臣逃过了。"

"你能逃到哪里?"王母娘娘不无诧异地问道。

"小臣一逃就逃到西天佛国,有谁人会到那儿去找罪犯?我如今在西天依然操旧日生涯,近日赶了一匹白马,驮了大量真经,回到中华地面……"

"你回来也就罢了,怎的又来到我这儿告什么状?"

"娘娘呀,我这次回来可大不一样了,真是物换星移,世界大变了。现今已不是周朝天下,自然穆王不能再来了。我造父寻呀寻的,一直寻到天上,不想我的星辰旧位,居然被那王良占去了,他王良算是哪号人物?不过是晋大夫赵简子的马夫,他倒在天上受用,我可是周天子穆王的马夫,反在人间受苦,怄气不过,因此上天来,叩求娘娘做主。"说完了,依然气呼呼地站在一边。

王母娘娘听了他的诉冤,真是又好气又好笑,但又不能不处置,耐住性子答复道:"造父,你难道不知道瑶池边上一块石头,上面刻着六个大字么?"

"小臣不知,盼娘娘明示。"造父真的摸不着头脑了。

"石上刻着'黄河清,造父升'。黄河一日不清,你造父一日不能升天归回原位!"

"啊呀呀,娘娘,人寿几何,怎等得河海清?"造父绝了指望,尽管是个堂堂汉子,居然痛哭失声。

"救你也不难,只要两件宝物。"王母娘娘举着两个指头说道。

"哪两件宝物?"

"造父,我如不说,你怎的得知!天河内的织女,她藏有一颗辟尘大珠,不轻易示人。每过千年,才拿出来在析水津头洗一次,因此,下界黄河也是千年才见清一次。你可借来,养在我瑶池内。"

"啊哟喂,有这样宝物……"

"造父,你先别高兴,还有哩,这大珠是个宝物,不能随便寻个盆盆罐罐的盛来,你要去佛祖处借得盂兰盆供了起来。此珠养得一天,黄河就清得七昼夜,你要是寻不着这宝物,不要妄想升天!"

"啊呀呀,娘娘,多谢您指引。不过,这太难办了。"

"你办不到就升不了天,可别怨恨他人。"

"好,好,好,娘娘,我拼了老命去求,真是俗话说的'要求生富贵,须下死工夫'。我造父也得下死工夫去了,就此拜辞娘娘。"行了告别礼,造父匆匆离去了。

王母娘娘讲了半天闲话,连浆水也没饮一口,不觉唇干舌焦,正待歇息一会,忽听得外面喧闹之声不绝于耳,要黄婆出去责问。黄婆身子未曾动弹,就回奏道:"娘娘,不必去问,就是那个被拿住两次偷桃的贼人,在外边撒泼取闹。"

"这无赖!把他带了上来。"

王母娘娘一声令下,早有护殿的熊、虎二将军把东方朔押了上来。黄婆又取出刚刚从东方朔怀中搜出的二枚仙桃,说道:"娘娘,人赃俱获,是个偷桃老手。"

东方朔心想:在他门下过,怎敢不低头?硬来是不行的,只能软磨。因此他不理会黄婆的说话,行若无事地行了礼,口中依然高呼着:"东方朔见驾!"

王母娘娘打量了他一番,长相蛮端正,倒也不像个贼人,因而细言细语地问他:"你怎敢到我仙园中偷果子?"

"娘娘,难道没有听说过:偷花不为贼。花与果不就是一个东西,怎叫偷?"

东方朔的狡辩,把王母娘娘刚刚产生的一点好感驱逐得一干二净,让她气得涨红了脸孔:"这个歹徒原来是个惯贼,替我拿下去,鞭死了罢!"东方朔一点也不惊惶,存心逗逗王母娘娘,嬉皮笑脸地顶撞道:"啊呀呀,原来王母娘娘这样小气,倒像个富家婆娘,人家吃你一个果子,也舍不得,生了这么大的火气!我问你,你这桃儿有什么了不得的好处?"

王母娘娘哪曾知道东方朔存心怄她的气,依然老实巴交地说:"我这蟠桃,可非同小可,吃了会白发变黑,返老还童,长生不死!"

东方朔还未开口,先哈哈大笑,直笑得弯了腰,好一会才喘过气来说:"果然像你王母娘娘说的,我已吃了两次,你就是让人尽力打我,又怎能把我打死;假若真的能打死我,这仙桃不是没有灵验,不值得吃,那又何必打死我?"

王母娘娘不曾想到这个惯贼如此能言巧辩,一时倒被他说得噎住了口,半响无话说,面孔气得绷绷紧,好一会工夫才怒冲冲地喝出几个字来："打你的偷盗贼行！"

"娘娘息怒，"东方朔更是有恃无恐地顶撞起来，"若是讲什么偷啦、盗啦，什么人也比不上你们做神仙的会偷能盗！"

"看打！你这厮怎血口喷人？"

"不要动火嘛，娘娘，你老听我说，"东方朔挤鼻子皱眼睛地冷笑了一阵，才有板有眼地诉说起来，"世上的人，哪一个不干事？只有你们做神仙的，避世偷闲，遇事偷懒，图快活偷安，要性命偷生。还有哩，不好说，不好说——"他捂着鼻子笑。

王母娘娘也不知他下文如何，被他气得直跺脚，逼问他还有什么胡言乱语。东方朔作出一副无可奈何的神态，"好嘛，娘娘，是你要我说的——那些仙女们，在人间偷情养汉的还少？"

"大胆，胡言！"一片吃喝之声回荡在王母娘娘宫殿之中。东方朔毫不理会，索性滔滔不绝地说个痛快，"就是你们这些成仙得道的，哪一个不是盗日月之精华，窃宇宙之秘奥！你们做神仙的哪一样不是偷来的？你还有什么嘴脸恶狠狠地打我'偷盗'？我倒劝劝娘娘，何苦这样小气，你们已做了神仙，吃了蟠桃也长生，不吃蟠桃也不死，何必只管吃个不休！不如将这满园的桃子尽行施舍凡间，让大千世界的人，都吃了长生不老，这不是个大慈悲大方便的事！"

王母娘娘被他说得哭笑不得，有气无力地说道："你倒说得大方！反正桃儿也不是你的。"

东方朔见劝说不转,索性大大触触娘娘的霉头,"娘娘,你也不要把这个桃儿看得了不起,其实我还不信呢!"

"狂妄!"黄婆忍不住插嘴呵责。

"什么?娘娘说吃了白发变黑,返老还童,我问你,你们八洞神仙在瑶池会上,不知吃了几遍仙桃,为什么李铁拐还拐着一只腿?为什么寿星老头依然满头白发?你们这不是捣鬼哄人么?"东方朔这顿数落,把殿中上上下下的人堵得个个开口不得。王母娘娘强词夺理地问道:

"既然你不信它,又为何一再前来偷它吃?"

"哎呀呀,哪里是特地来的?我不过路过此园,一时走得口渴,顺手摘两个来解解渴,什么偷不偷的!"

西王母见实在说他不过,自我解嘲地说道:"你这个顽皮捣蛋的精灵鬼,倒还有几分见识。我实话与你说吧,人是万物之灵,怎的反向草木乞灵?一切修养,还得反问自身。"

"懂了,懂了,谢谢娘娘指点。"东方朔也就趁势结束了这场口舌游戏。

【说明】

此剧为杨潮观《吟风阁杂剧》之一,全称《偷桃捉住东方朔》。东方朔偷桃的故事,在《博物志》和《汉武故事》中虽然只有极其简略的记载,但在民间却流传得很广泛,也有不少文学家在作品中引用这一故事。明代剧作家吴德修还根据这一故事写有传奇《偷桃记》。杨潮观则用短剧的形式表现了这一著名的故事。

在此剧中,杨潮观让天上人间不同时代的神仙、人物同时出现,让他们彼此发生种种不同的纠葛,信手拈来,似乎荒诞不经,却正表现了作者的思想意图,而又毫不勉强,所以全剧意趣横生。剧情并不复杂,却有深刻寓意,借用历史故事和神话传说,斥责社会现实、人间不平,极其形象而又有说服力。诸如以"未来""过去"的罪名诬告他人的风气,男女授受不亲的封建观念,庸人反而多福的社会不平,自家偷盗反责备他人偷盗的霸道作风等等,都有十分精彩的描写,也都具有发人深思的积极意义。在杨潮观的许多短剧中,这确是一篇上乘之作。

荀灌娘

晋朝时有一个出身仕宦之家的官员荀崧，一向志操清高，爱好文学。后来出任襄城太守，不幸遇上山贼杜曾作乱，把个襄城围得如水桶一般。荀崧尽忠王室，坚守疆土，亲自率领群众抵抗。杜曾连日攻城不下，但又不撤兵。荀崧不敢懈怠，日夜在城头巡查。

相持日久，守城士卒伤亡过半，更值得忧虑的是城中存粮日见减少，人心浮动。眼见危城难守，愁得荀崧食不甘味，夜不成眠。这日在城头巡逻多时，极端疲劳，支持不住，被亲随护送回衙休息。

荀崧怎能闲得住！坐了片刻，就在堂上大步走来走去，边走边叹息。他身边别无亲人，只有一个十三岁的女儿叫作荀灌娘的。灌娘自幼丧母，由老父一手抚养长大。平时，她只在闺房中做做女红、读读书，打发岁月。自从襄城被围以后，她也心焦起来。隔上三天五天，才能见到老父一面。今日听说父亲归来，急忙出了闺房，向老父行礼："爹爹万福！"荀崧只是点头作答，也未言语。灌娘忍耐不住，问道："爹爹，近日战守情况怎样？"

荀崧听罢，长叹一声，说道："不要说起了！"隔了一会，又打量灌娘一番，叹息道："唉，我荀崧老而无子，此恨谁知！"灌娘听了老父的自怨自嗟，情绪更加颓丧，奔下了脑袋。荀崧也觉得在女儿面前有些失言,忙补充道:"女儿呀,如今内无粮草外无援兵,此城危在旦夕——可怜孩儿呀,叫我如何安顿你呀!"说到此处,不禁老泪纵横了。灌娘从小对老父十分眷恋,父女二人相依为命。如今眼见老父情绪这般消沉,她倒鼓起勇气,回答道:"爹爹,先不要烦恼。孩儿的事,您老就不要挂在心上了。至于守城的事么,也不要过于悲观。爹爹,古人说死里求生,想想办法,也许还可有为。"

"儿呀,事到如今,还有什么办法!"

"爹爹呀,您平时可有同僚好友,他们如有兵众,也可求救的!"灌娘此言倒提醒了老父。荀崧沉思一下,说道:"人倒是有一个……"

"谁人?爹爹。"

"现任梁州镇将周访,他与我有八拜之交,目今手中兵精粮足,有余力助我一臂。只是,唉,只是……"

灌娘见老父讲了一半就缩住了话头,急得追问道:"爹爹,只是什么呀?"

"女儿呀,如今我孤独一人,日夜守城,哪里找一个亲信去求援呢?这桩事只能作罢!"荀崧不无惋惜地说道。灌娘听了这话,兴致倒高了起来,"爹爹呀,既然有这样一位旧交,您老就放心吧。不怕没有亲信的人前去。"

荀崧觉得女儿话中有话,不禁好奇地问道:"你说有哪一个人可去?"灌娘到底不脱孩子气习,顽皮地笑了一下,"爹爹,你等着,待我去唤他出来。"说罢,就径往后面闺房去了。

不一会,"咚咚咚"一阵脚步声中,一个全身戎装的青年武将,站在荀崧的面前。他一看,正是自己淘气的闺女。他正待开口,灌娘倒先说了话:"爹爹,请看。这不就是你的亲信?女儿就此请军令,立刻奔赴梁州去求援兵!"

荀崧又好气又好笑地说道:"我说哪里来的亲信!像你这般年纪,就是男儿,也还早哩。更不用说是一个女孩儿家,这不是在闹儿戏?"灌娘早年就失去母亲,虽有老父爱抚,但从小就培养了独立生活的能力,此时虽然年仅十三岁,但她的识见却已不同于一般少女了。她见老父这般说,不服气地辩解道:"爹爹,不要这般说嘛!如今我们父女二人坐守孤城,不要多时,就会城破人亡;与其坐等一死,还不如放孩儿出去,万一寻得援兵,可不是死里求生!"

灌娘所说的这番道理打动了她的老父,只是感情上还有些割舍不下,迟疑着不肯答允。灌娘察言观色,知道老父心中顾虑,便破釜沉舟地说道:"爹爹,假若您老决意不从,女儿不如一命先死,也免得老父心中牵挂。"说着就向台阶上撞去。荀崧虽然年事已高,毕竟习过武艺,身手矫捷,冲上前去一把拖住灌娘:"孩儿,你不用如此,依你,依你。唉,只是教我如何舍得?"

灌娘听得老父说出"依你"二字,便转嗔为喜,"爹爹,孩儿也不肯离开老父,只是重兵围城,粮食断绝,不得不如此了。爹爹呀,家中又无男儿可替代,女儿只有拼命向前了!"说到此处,灌娘十分难过,禁不住抽抽搭搭地哭出声来。当下荀崧也哭得伤心不已。父女二人哭了一阵。灌娘止住泪水，劝慰道："爹爹，您放心吧，不要顾念我瘦小，也不要考虑路远，让女孩前去冲撞吧！"

荀崧仔细想想，父女相对坐泣，也不是良策，还是早早行事为宜，便开口说道："好吧！我只得暂时放下思念，让你去吧。不过，襄城四面有重兵把守，你小小年纪如何出得城去？"灌娘早有考虑，说道："儿已思谋多日，走虚不走实，拣贼兵稀少零落之处，突然冲出。"

"这主意倒也不错，你要几个人护送？"

"人多反而碍事，目标也大。不如女儿单枪匹马，出其不意，冲开阵脚，驰骋而去。"荀崧未曾想到女儿小小年纪，居然熟稔行军作战之事，不禁暗暗吃惊，索性又盘问道："到了梁州，凭什么记证联系？"

"爹爹，要您亲笔告急文书一封。"说罢，她不等老父回答，就命家人快取笔砚来。荀崧却另有主意，说道："用什么笔砚！此刻还是咬破指尖，写一封血书求救为妙，只有这样，才能打动周访八拜之情。"

荀崧一面咬破指尖书写血书，一面叹息道，"女儿呀，我就是担心你瘦小伶仃，又不放心路途险阻；你这一去，老父更是孤零，还不知道此番是死别还是生离哩！"

灌娘又尽情宽慰了老父一番。荀崧写成血书，把它揉成团，外用蜡油紧紧封住，搓成一颗蜡丸，让灌娘藏在贴身衣服里。眼见女儿藏得严密后，他又说道："女儿呀，还有一件事，令我放心不下。"

"爹爹，还有什么事不放心，快说吧。"

"周访与我有八拜之交，以往过从甚密，他知道我没有儿子，你去了后怎么说得清！再说你虽然全身戎装，难免没有破绽；万一被人识破如何是好？"

灌娘见老父这般细心体贴，万分感动，不过她自有识见："爹爹呀，你就放心吧！如今战乱之际，还有谁画着形影认人？见了周访将军，孩儿自会禀明实情。爹爹呀，女儿倒是放心不下您，年岁已高，坐守危城。爹爹您可要多多保重！"说罢，她就走出衙门，登上城楼，四周巡走，注意观察。

荀崧歇息了一会，也上城巡视，正好遇着灌娘，父女二人同到哨楼上坐定，灌娘开口说道："爹爹，孩儿方才在东南西北四个城楼上仔细观察，只有东南角上贼兵阵脚不整，孩儿就从这个方向突围而去。"

"孩儿呀，你的眼力不错，为父怎样配合你呢？"

"爹爹可在西北角上，竖起一面白旗，只说城中兵尽粮绝，决意明日早晨大开城门投降。哄得他们军心懈怠，放松提防，等到夜深人静时，孩儿便从东南角上吊出城去，爹爹，您看此计可行得？"

荀崧未曾想到女儿倒能行计，高兴地说："孩儿，说得有理，我们照计行事！"不久天色渐暗。荀崧一面吩咐亲随在城楼的西北角上竖起一面白旗，又令几个士卒大声高喊："明日降顺！"一面又让女儿饱餐一顿，备足干粮，装束停当。此时夜色更浓，灌娘告别了老父，由几个心腹士卒陪同，沿着女墙悄悄来到东南角上，伏在城墙上望去，只见贼营中已无灯火，偶尔有几个哨兵走动。又待了一顿饭功夫,连哨兵也懒得出营了。她想:此时不走,更待何时!回身做了一个手势,那几个心腹士兵将一根又粗又结实的绳索从城墙上挂了下去。灌娘毫不迟疑地跨出墙头,下到绳梢的大竹篓里坐定,又晃了晃绳子,城上士兵得了信号,慢慢把绳子紧贴着城墙放下。不一会,神不知鬼不觉地就落到地面。接着,又用同样办法,将卸了鞍的战马吊下城来。

灌娘跨出竹篓后,隐在墙影中凝神细听,贼营中依旧没有声息。她才放下一颗怦怦乱跳的心,牵着战马绕开贼人营寨,拣那僻静小路急急而行。贼人竟然毫无知觉。灌娘渐行渐远才纵身上了马,加紧一鞭,那久经驰骋的战马放开四蹄飞奔而去。

镇守梁州的周访将军,麾下兵精粮足。山贼杜曾不知深浅,此前不久竟然前来侵犯,被周将军杀得抱头鼠窜,大败而逃。周访见贼人向东方溃逃,怕他们要剽掠襄城,近日又得不到襄城消息,心中不免忧虑。这一天他坐在堂上正与同僚议论此事。突然,守门的军吏进来禀报:"将军,辕门外有荀家小公子求见。"

"快请,快请!"周访急不可待地站了起来。

好灌娘,真难为了她,一路上马不停蹄,汗流浃背,满面风尘地赶到梁州,径直来到辕门,听得一声"快请",便跨进堂来,见正中半坐半立的一位将军盯着自己,猜想必是周访无疑,便立刻拜了下去:"伯伯请上坐,待孩儿拜见。"

"贤侄请起!"周访顿生疑窦,荀崧一向没有儿子,怎能跑来一个秀秀气气的儿子,不免问道:"如今世乱多故,贤侄这般年纪,为何不远千里来到此处?"

灌娘察言观色,听了周访将军所言,知道弦外有音,特地加重语气地回答道:"伯伯听侄儿禀告,家父命我前来拜见。"她故意把"家父"二字叫得响响的。

"呀,与荀兄别久了,原来他晚年得子。"

灌娘为了消除他的疑虑,面不改色地回答道:"伯伯,家父早年确实没有儿子,但还有庶出的子息。"

周访听她说得有理,只是依然放心不下,便从头到脚地打量起灌娘来:面容酷肖乃父,只是有些女相。灌娘趁他打量自己时,趋前半步,双手奉上蜡丸,说道:"伯伯,有家父血书在此。"待周访揉碎蜡丸,读了血书,灌娘又恳求道:"家父被困孤城,日夜悬望伯伯援兵,恳请老伯早解倒悬!"

"呀,贤侄,你这趟是走冤枉了。我帐下兵丁防守梁州,还自顾不暇,哪能抽出人马来救你们?"灌娘一听周访拒绝,大惊失色,再次跪倒阶前,"伯伯,小侄拜求了! 家父无法分身亲自前来求救,派小侄前来恳求。"周访只是连连摇手,表示拒绝。

"伯伯,您老怎不念急难朋友?"灌娘有些愤愤了,说着就立了起来,"伯伯呀,您老与家父可有八拜之交!"听到"八拜之交"四个字,周访有些放心了,眼见这个少年可能真是荀崧的儿子,但还想继续考察一下。这也难怪,如今战乱时期,不能不慎重行事。"贤侄,你不要怪我。我与令尊大人结义在先,此刻发生危难,我自顾不暇,断难从命,你还是早早另去他处求援吧!"

灌娘见周访不讲情义,断然拒绝,真的恼怒了,愤愤不平地说道:"俗话说'上山擒虎易,开口告人难',一点不假。这次我果然来冤枉了!唉,只可怜我家无长男,我爹爹不是万分无奈,怎肯叫我这个小娃娃从刀尖上钻出来,投奔你处!如今我也再无别处可投奔,伯伯在上,请受我一拜。"说着退了两步,拜了下去,"伯伯,不要怪我小顽童污了你的土地,溅了你的战袍,今日今时,五步之内,有死无生。可怜我,咳,小娃娃颈中热血,能有多少?但一点一滴,全都洒在你的阶前,好叫他人知道,我荀郎是来过此处求援的!"说到伤心处,不禁放声大哭,按住佩剑,回过身来,又哭诉着,"我的爹爹呀,孩儿今生不能报答您了,这是您的孩儿无用,不是您的八拜之交不义。我既然救不得您,爹爹呀,倒不如死了方好。"这篇夹七夹八的话儿,令堂上堂下的人无不伤心,也深深刺激了周访。他正待开口,忽见灌娘抽出佩剑,大惊失色,赶紧跃上两步,夺过剑来掷向一边,双手扶起灌娘,说道:"我的儿呀,你何必性急如此?我做伯伯的,只是用话语来试试你。不要说我与令尊的交情,就是你这一番孝心,我怎能见死不救?"

听了这番诚挚的话语,灌娘才放下心来,睁开泪眼。"孩儿,你先起来,不要一会,我的孩子就操练回来,你们弟兄们先见见面,商议一下,要发多少兵,我就让他同你前往就是了。"

灌娘一跃而起,泪花满面地说:"伯伯呀,您一言重如九鼎。小侄代家父谢谢伯伯了。"

这边众人招呼灌娘,坐下用茶叙谈。那边早有亲信去教场传周访命令,让小将军周抚迅即回衙。周抚闻知父命,立即散了士卒,纵马归府,见了老父,又与灌娘叙了兄弟之情。周访将派兵解围之意讲了,周抚说道:"爹爹,孩儿愿意挑选精悍壮士八百,亲自统领前往襄城解围。"周访接着问灌娘道:"贤侄,不知你可嫌兵少? 如嫌不够,可增兵。"

灌娘答道:"兵在精不在多。侄儿料想,贼兵围城日久,也疲惫松懈了。只是需要神速进军,一鼓而下。未知哥哥以为如何?"

周家父子听了这番议论,觉得眼前这个少年倒不可小看,欣然同意他的意见。周访爽快地吩咐儿子说:"孩儿,同你兄弟去后堂吃了饭立即出发。"

灌娘救父心切,哪有心思吃饭,但又不能叫他人也饿肚皮,便开口道:"哥哥,你请自便。我想到围城已久,早无粮草,我怎能独个儿在此饱餐! 哥哥,你尽管去用饭,只盼你快快调兵驰援,我为你去打头阵,宣称周小将军统领梁州十万强兵即刻到来。"周抚哪肯独自进餐,捎了一点干粮,兄弟两个就去教场选兵了。

周抚平素秉承老父教导,练兵有方,到了教场,一声令下,士卒片刻就集聚成阵。兄弟两个从中挑选了四百名藤牌手、四百名刀斧手,真正是个个虎背熊腰,人人生龙活虎。周抚还怕荀家兄弟信不过,让八百士兵就地操练一番。灌娘见他们果然勇猛过人,一再点头称赞。周抚挥动一下令旗,这八百壮士迅速列成队伍听命:"今番去襄城解围,一路行军,衔枚疾走,不得喧哗。接近贼人时,金鼓齐鸣,杀他个措手不及。出发!"

他们赶到襄城外沿地区时,正值子夜三更,贼人睡得正酣。周抚一声令下,金鼓骤鸣,八百壮士突然齐出,直把那群乌合之众杀得七零八落,四散奔逃。在天明前,襄城四周的贼众已全部歼灭净尽。两位小将军拍马直抵护城河畔,灌娘仰头高呼。城头上荀家亲兵见是小主人归来,连忙放下吊桥、开了城门。兄弟两个下了战马,奔上城楼,荀崧早已迎了出来。灌娘抢前一步,抱住老父大腿,哭倒在地,"孩儿求援来迟了,让爹爹受惊,恕孩儿不孝之罪。"荀崧也未曾想到一个小小的女娃儿干出了这番大事,怎的还去怪她?只是泪水不断,也不知是高兴还是伤心,"儿呀,真叫我疼煞你了!"

立在一边的周抚也上前来拜见,荀崧忙不迭地还礼。

"叔叔请上,受侄儿一拜。先不知襄城有惊,未能早来支援,请叔叔原谅。今和兄弟赶来,现已将贼首杜曾擒获,斩下首级。"

"啊呀,远劳贤侄前来救患分灾,真令老夫感激不已。"他还是第一次见到老友的儿子,免不了仔细打量,"贤侄,你如此英雄,真是将门虎子了。"他喜不自禁地频频赞叹。

"承叔叔谬奖,怎比得上兄弟,年纪幼小,却不辱父命,侄儿自愧不如。这次侥幸,怎敢居功。"他们叔侄叙谈时,灌娘趁机去后堂梳洗了。

衙署堂上早有家人备好酒席。荀崧请周小将军入座,周抚定要等荀家兄弟出来方肯入席。不一会,灌娘已换上女儿服饰,容光满面地缓步走上堂来。她来到周抚面前低低招呼了一声:"哥哥万福!"周抚十分惊讶,以为是兄弟一片忠心,"呀,兄弟,你刚刚脱去征衫,便斑衣戏彩以娱亲心,真是孝义,令人钦敬。"

"哥哥,我不过学代父从军的花木兰,此番前去梁州哥哥府上求援的。"

周抚仍然不大相信,荀崧只得亲自解释了,"贤侄,只因老夫年迈、膝下无子,一时无奈,只得由女娃儿去求援兵。"

"呀,果然如此。"周抚此时方才相信,肃然起立,"真令人钦敬,只是冒这般大险,也未免年幼了一些。"

说话之间,灌娘已先行退去。荀崧一心想把女儿许给周抚,问过年龄,正好长自己女儿两岁,又得知他还未曾议过婚;周抚心中也十分情愿,荀崧十分高兴,心想这一对年轻人的事慢慢再去处置吧。

【说明】

此剧为杨潮观《吟风阁杂剧》之一,全称《荀灌娘围城救父》。这一短剧的本事,史有记载。《晋书·荀崧传》云其曾"为贼杜曾所围","力弱食尽,使其小女灌求援于(石)览及南中郎将周访。访即遣子抚率兵三千人会石览,俱救崧。"《晋书·列女传》也有记载:"荀崧小女灌,幼有奇节。崧为襄阳太守,为杜曾所围,力弱食尽,欲求救于故吏平南将军石览,计无从出。灌时年十三,乃率勇士数十人逾城突围夜出,贼追甚急。灌督励将士且战且前,得入鲁阳山,获免。自诣览乞师,又为崧书与南中郎周访请援,仍结为兄弟,访即遣子抚率三千人会石览俱救崧,贼闻兵至,散走,灌之力也。"

杨潮观根据这一简略记载,创作了这出短剧,塑造了一个杰出的少年女子的形象。此剧情节尽管很简单,但处理得波澜起伏,一波未平一波又起。襄城被围,内无粮草,外无援兵,何人出城求救?荀崧又无子息,在这严峻关头,13岁的幼女灌娘挺身而出,先说服老父,再机智地混出城去;到了梁州,应付了周访的多方考察,最后以死相拼,方才换得周访信任;讨得援兵之后,又提出大张声势、突击进兵的计策,最后终于解救了危城,与老父相见,再恢复女装。灌娘的艺术形象正是在这样的矛盾冲突中得到完美的表现的,因而具有感人的力量。封建传统思想一向重男轻女。作者赞扬一个幼女的英勇行为,确实表现了他的思想观念的进步。这是值得充分肯定的。

蒋士铨

蒋士铨(1725—1785),字心馀,又字清容,号苕生,又号藏园,江西铅山人。清代戏曲家、文学家,词诗极有名,尤擅七言诗,与袁枚、赵翼并称"江右三大家"。他一生还创作了16种杂剧和传奇。

四弦秋

　　唐德宗贞元年间，江西九江地区有一个茶商姓吴名叫名世。这吴名世极是看重金钱利益，经常抛下妻小离家去外地贩卖茶叶，特别是浮梁一带，更是他惯常走动的码头。吴名世常年以贩运茶叶为生，终日水上往来，干脆不治房产，请人修了一只江船，发卖货物，居家度日，全在船上，倒也便利。

　　年前，吴名世在歌舞欢场中结识了一个长安名妓叫作花退红的，一时你欢我爱，就将她娶了过来。看官！名妓怎肯嫁给俗商？原来这花退红已经徐娘半老，"以色事他人，能得几时好"这个人生经验，她倒是有的。心想何不趁风韵犹存之际，嫁个殷实人家，下半生也就有托了。她探听得吴名世虽不是豪富人家，但广有积蓄，趁彼此倾心时就势嫁给了他。

　　吴名世娶了花退红以后，仍然没有置办房产，将她安置在江船上，不但可以节省开支，外出经商也有个解闷的伴儿。花退红既然嫁了他，也只能听他摆布了。

　　吴名世只不过贪得皮肉之欢，哪懂得温存体贴，他们的恩爱生活为期不长，还不到十天半月，就将花退红一个人丢置在船上，独个儿上岸去花天酒地胡来。可怜花退红自从嫁了他，倒给自己套上笼头，只能独守空船。她寂寞惆怅时,只得弹起四弦琵琶,借它诉说自己的哀怨;或者凝神听着拍击着船板的江水呜咽声响,就像是替自己悲泣。

冬去春来,眼看惊蛰已过,谷雨将临,天长岸阔,草长莺啼,正是新茶上市的季节。吴名世闲散戏耍一冬,到了这个季节也准备做买卖了。花退红一见春季来临,就愁容不展。寒冬腊月,尽管吴名世白昼离船闲撞,夜晚总要回船安歇;到了春茶上市季节,这吴名世为了蝇头小利,今日去汴梁,明日赴三湘,遇上一些行商,相约同行,随地而安,就完全把自家丢在脑后,抛闪在空船上。她眼见春草染绿,就愁上眉头了。

这天傍晚,吴名世吃得醉醺醺地归来,对她说道:"新茶就要上市了,我打算向热闹地方去贩运茶叶做点买卖,你意下如何?"花退红极不情愿地回答道:"目今春光明媚,正好夫妻相守,几贯钱钞又算得什么,何必远行?"

"娘子,你说得差了。"吴名世不悦地反驳道:"我们没有田地房产,就靠贩茶赚钱,为了赚钱,也顾不得什么桃花柳絮,夫妻恩爱了。"

"你我二人衣食所需,也不要几多钱。又何苦各地奔走,自寻辛苦呢?""啊!娘子,不要说什么自寻辛苦!你哪里知道钱财比性命还要重。你看,那些富豪子弟,平素吃惯了现成饭,一旦钱财用尽,饥寒交迫,向人求乞,又有谁照顾他?怕吃辛苦,怎能安稳!"吴名世执着地说道。

"咳,"花退红长叹一声,"任我怎的劝说,你总不听,亏得你能下狠心把我抛在一边!"

吴名世不冷不热地反唇相讥："我在家守着，你就要闹病哩！"

花退红听了不由气上心来，"好呀，命里注定咱俩形单影孤。我只要夫妻团圆，你便像是着了邪！干脆你就有家当无家，任你走遍天涯！"吴名世见娘子动了气，不但不劝慰，反而故意刺激她："其实啊，外边走走，倒也很快活的。"

"啐！你既然在外边快活，就不应该成家。"说罢，低头无语，独自坐在一边生闷气。

"娘子，你也不要动气么。"吴名世还要她供自己取乐，也不想搞得太僵，伸头向后舱叫道："艄婆，取点酒菜来。"艄婆应声捧出菜肴酒食，放满一张小圆桌。吴名世先自行坐了，又让花退红上席，说道："娘子，我敬你一杯酒，你弹着琵琶，唱个曲儿给我听，出门的事，再商议，好不好？"软语温言地哄骗花退红。

"不是奴家苦苦留你，你也人过中年了，有这么一把岁数，也要注意养息才是。"这话倒蛮受用。吴名世见娘子一心替自家身子骨着想，顿然高兴起来："好呀！娘子这瓣好心好意，我领了。我就不出外了，与你相守。不论暮雨朝云，还是晓风残月，只听你摆弄四弦唱曲儿吧。"

花退红将信将疑地追问："当真不去了？"

"真的不去了！"

花退红高兴非凡，喜滋滋地立起来替他满满斟了杯酒，热忱地为他唱曲儿下酒，夫妻俩一时又你恩我爱起来。

哪知好事多磨。他们一对夫妻还未曾尽兴,沿岸有人一路寻了过来,高声呼道:"吴兄宝舟何在?我乌子虚来了。"

这乌子虚又是什么人?他也是个茶商。今日早半天,他在九江码头遇到几个各地赶来贩茶的商人,彼此谈论生意买卖。有的说从浙江贩得杭州龙井,有的说在汉口买到四川雀舌,有的说在宜兴、宣城、六安买了各地名茶,有的说自己到了武夷、徽州都贩了新茶来。听说今年徽商都集聚在汴梁,大家议定一同前往。乌子虚自告奋勇地说自己在此地有个朋友吴名世,是常跑汴梁的老客商,请他指引,定然有利可图。大家齐声赞同,就推举他前来寻找吴名世。

吴名世正在欢饮,听到有人连声呼唤自己,赶紧走上船头,见是乌子虚,招呼道:"呀,子虚兄来了,快请上船?"乌子虚与花退红也是老相识,一边跨上船,一边热情地招呼道:"兄长、嫂嫂,小弟有礼了。"花退红也立起身来还礼,问道:"叔叔,你从何处来?"

"我从京都来的。想趁早收购点雨前茶,好去发卖。听说兄嫂在此,特地寻来,幸得相逢,真令小弟高兴。"

"快请坐,坐下说话。"吴名世忙于张罗。花退红听说他从京都而来,情急地问道:"叔叔从京城来,有没有见到我兄弟?"

"如今王承宗反了,张伯靖反了,吴元济反了,朝廷四路用兵。令弟已被选入军伍,开发出去了。"花退红立时惊得目瞪口呆,突然放声大哭,哭了一阵又诉说一阵:"这真害死人了！我们没爹没娘,是谁人把他征召入伍？唉,我也枉做他的姐姐了,我假若是个花木兰,也好替代！叔叔,我这个兄弟从来娇生惯养,怎能扛得枪,打得仗？"

乌子虚敷衍地劝慰道："这是死生劫数,只好听天由命了。你也不必多忧虑。"

"哎哟,说什么死和生！自古以来,那战场上不都是尸骸遍野,征战的人能有几个生还！唉,我那苦命的兄弟呀！"说着说着,又放声痛哭起来。

吴名世立在一旁手足无措,无话找话地劝说着："娘子,你也不要过于忧虑,说不定他杀贼立功归来,做个大大的官儿哩。"

"咳,就是他立了战功,芝麻大的官儿也轮不到他。"花退红倒还有几分见识。停了片刻,她又转向乌子虚问话："叔叔,还有一句问话。"

"请说来。"

"俺姨娘,她老人家还康健么？"

乌子虚还未答话先叹了几声气,"唉,不要说了,说来令人伤心。你姨娘老人家,正是风烛残年,又遭逢这乱离之世,不要说老年人需要进补什么人参、黄芪啦,连茶饭也不周全,吃一顿缺一餐的,能挨多久！她早已亡故了。"歇了口气,索性接着说："不但你姨娘过世了,就是你的曹师父、穆师父也都去世啦,如今京师弹琵琶的,没有旧人了。"花退红听了这些信息,起初还哭出声来,到后来就渐渐的有泪无声不断抽泣了。吴名世见她如此伤心,站起身来打断乌子虚的话头："不要说了,兄弟。"斟了一杯酒,递给他,"现成酒菜,你吃一杯儿吧。"两人对饮了一杯,他又轻轻抚摸着她的肩胛,"娘子,人死不得复生,你也不要过于悲伤了。"花退红哭着断断续续地诉说道:"俺的姨娘啊,料想你吃的药是赊来的,葬的棺也是赊来的,烧的纸钱怕也是人家施舍的!还有俺的两位师父,可怜你们一生交谊,梨园共事,如今有谁还想到你们!"

乌子虚几杯酒下肚,猛然想起自己前来的用意,伸头看看天色,已经不早,连忙说道:"嫂子,不要哭了,让我与吴哥说几句正经话。"花退红闻得此言,也只能强行忍住哭泣。乌子虚开口说道:"吴哥,今年徽州新茶成色好,众伙友要往汴梁去贩卖,特让小弟来邀你同去。"吴名世原就是看重贸易金银的,满口应允道:"我也正想去一趟,兄弟来邀约,咱们便同行吧。"

"好,小弟告辞了。我们大船在江口专候!"说罢,又向花退红点头为礼,走出船舱,跳上岸去。

花退红立刻愁容满面,满腹凄苦:"官人,这从哪里说起,你刚刚答允我不去了,你真的要去?"

"娘子,买卖事大,顾你不得了。你也不必多说,更不要劝阻,我们做生意人家,怎能放着利钱不赚!"

花退红又换个法儿劝道:"官人,你行商在外,孤单一人,怕不寂寞煞人!"

"这个嘛,"吴名世吞吞吐吐地说道:"你倒不要挂记……沿途口岸,倒都有些旧交姐妹。"花退红原就知道他不会对自己专情,但未曾料到居然直通通地说了出来,顿时立了起来,脸上颜色也变了,说不出一句话,只是长长地叹气。"娘子,你若是耐不得清净,就弹弹琵琶消遣消遣,我赚得钱就回来的。"吴名世一边对她说着,一边捡了几件出门衣服,就跳上岸去了。

花退红不禁怔住,呆立在窗前长吁短叹,泪水不哭自流。她想到自己一生如此不幸,早年酒阑歌散,有多少温情欢娱。哪曾想到红颜渐老,却嫁给这样一个俗商,全不体贴自己的柔情蜜意。独居孤舟,面对残烛,怎生打发今后的日子。想到伤心处,不由地又哭出声来。

艄婆见娘子一人伏几痛哭,就前来劝说道:"娘子,娘子,大爷去了,你何必痴心!强扭的瓜不甜,强捏的团子也易散。娘子,看开点。不但夫妻之间,大凡世上的人情交际,还不都是如此!再不要去白殷勤假亲热了。我老人家可见得多了。这村夫不过是个茶客!"

"咳,婆婆,我真后悔,嫁了这个俗物。"说罢,相互叹息不已。

从此,花退红就由艄婆陪伴着独守空船。吴名世去后,音信杳然,韶光过眼,炎暑渐退。渐次秋深,江潮涨退,芦花似雪,北雁南飞,秋虫夜鸣,更是难以打发。无日无夜,除了拨弄四弦琵琶借以抒发胸臆,就是半卧半躺在床上苦苦思念。似醒非醒,似睡非睡,昏昏沉沉地挨着岁月。

这一晚她弹了半晌琵琶,人倦了,意懒了,半睡半醒地躺在榻上,忽然听得熟稔的声音呼唤自己,"退姐,起来!"她一骨碌地坐了起来:"姨娘,多年不见,你从何处来?"

"退姐,自从你出京以后,我们门户人家少了一只凤凰,颜色顿减。长安富豪子弟,个个思想你的琵琶,都向我打听你的下落哩。"

"哎哟,姨娘。京中弹琵琶的人够多的了,又何必念着女儿一个!"

"还不是为着你长得一副好身段,生就一串好歌喉,能够自弹自唱。"

"那些康昆仑等名手的弟子呢?"

"都先后散亡,零落无遗了!"

花退红叹息不已,"唉,时移物换,不但文人学士如此,即便俺风月烟花也逐渐凋零,真令人伤感。"

"你那些旧日朋友都来看你了,我去备些酒来。"刚刚话音落地,过去常来往的杨崇义啦、郭万金啦、刘逸啦、卫旷啦等等一拥而进,花退红高兴地迎着问道:"呀,各位官人,你们从何处来此?"

杨崇义抢先答道:"花姐,我们寻访你多时啦,今天才知道你移居在这儿,大家各自携带薄礼相送,与你欢聚片时。"郭、刘、卫等人嘈嘈杂杂地招呼着花退红。她顿时兴致好起来,"多谢各位官人。姨娘,快取酒来。"

姨娘捧上酒肴,招呼各位坐下,郭万金一把掠过大家礼物,交给姨娘收下。姨娘仔细端详,啧啧有声地赞叹道:"哎呀呀,真是好东西呀,礼品可不轻哩。"

卫旷走上前来,"退娘,我们今日齐来聚会,就是为了听你的琵琶,可为我们演奏一支新曲儿。"

"退娘,你还记得我的姓名么?"刘逸不甘寂寞地笑着问道。

花退红微笑着说:"怎么不记得呢！呃,你的名字,呃,是这个……"卫旷见退娘并不记得,打趣地说道:"他的名字'是这个'……"说罢,哈哈大笑起来,指着刘逸说道:"老兄,你也太痴了。你为的'是这个',她为的'是那个'。几时见到天下为'这个'为'那个'的人,还能长久地记得彼此姓名！"

杨崇义怕他说豁了边,弄得大家无趣,赶忙打圆场:"不要斗嘴逞强,我们入座吧！"花退红趁机擎起酒壶,走到每位官人面前斟酒。卫旷却按下酒杯,"退娘,还是弹琵琶。"

"官人,先饮一回,隔会自然要请教。"说着走到刘逸面前。这刘逸一向毛手毛脚,一手拉扯退娘擎着酒壶的手,一手又指着席上谈笑,不料用力过重,一壶酒被他扯翻,洒了花退红一身。郭万金惊呼起来,

"呀,刘兄,你可弄污了退娘的鲜红裙子哩。"花退红见刘逸窘态万分,连声说道:"不妨,不妨……"

话声还未落地,忽然传来一阵金鼓之声、喊杀之声,顿时,杨崇义、郭万金几位官人还有姨娘一齐惊惶逃走,退娘跌坐在椅子上,软瘫成一团。只见一个士兵执着藤牌急匆匆地闯了进来,从面前跑过去,忽又回过头来立定,猛然叫道:"呀,这不是姐姐么?"说罢,又不等退娘招呼,好像有人在后追赶似的,又匆匆跑了过去。花退红此时方才转过神来,"哎呀,那不是我的兄弟么? 他竟然去了！看他那样执牌飞奔,不肯停留,想是主帅厉害,不许

片刻延误。哎呀,他此去不知死活哩,真令人伤感不已!"自言自语了一番,又伏几抽泣起来。

"我的女弟子,不要哭了。"花退红猛然听得又有人声,吓了一跳,抬头一看,却十分惊讶:"原来是曹师父、穆师父!这一向都康健么?""好,好,你可好么?"

退娘遇见亲人,不由不倾怀哭诉:"师父呀,弟子自从离开京师,就飘零到江州,吃尽了千辛万苦,如今半老年纪,独个儿守在庐州哩。"

"你还是耐着性子吧!"两位师父无可奈何地劝慰着。

"二位师父,现在何处过活?"

"我们依旧在梨园承值。只因记念着你,所以同来看看,哪曾想到你也困顿不堪了!"说罢,也不胜叹息。

"多谢师父一片好心。咳……"说到此处,伤心不已地抽泣起来。忽地一阵锣声、梆子声,花退红以为又是士卒冲来,凝神一听原来是更夫打更,数数梆子声,已到了五更。揉揉眼睛,哪里有什么姨娘、客官、弟弟、师父,原来是一场梦!"唉,少年情思,真堪销魂。如今身落扁舟,只有呜咽的江水伴着自己!"这种百无聊赖的生活真难打发,无日无夜,她心头愁烦,就怀抱琵琶,铮铮弹起,借以消磨岁月,也借以抒发愁怀。不想今晚铮铮的琵琶声却惊动了地方长官。

这地方长官是本州的白司马。白司马名居易,字乐天,来到江州任司马已经一年了。他原是赫赫有名的东宫左赞善,怎的来此做这区区的司马呢?这里有一段缘故。当年宰相武元衡五鼓上朝时,有人在黑暗里将他刺死，一时百官恐惧，皇上震惊。作为东宫赞善的白居易飞忙上本，请急捕凶贼，以雪国耻。不料，白居易此本一上，却惹恼了另两位宰相韦贯之、张宏靖，说道："御史并未曾奏本，白居易居然僭越言事，实属可恶。"此话一传开，一些与他平素不相得的小人，趁机参劾，说白居易的母亲看花掉在井里淹死，他反而写了赏花新井的诗歌，实属大不孝。朝廷就将他贬去江州做刺史。朝中学士王涯还嫌处罚太轻，又上本说白居易所犯情重，不可为一州首脑，所以又贬了两级，任江州司马之职。真是：

　　台谏皆藏舌，
　　宫坊强出头，
　　才高官不利，
　　谪贬去江州。

台谏，就是指负责纠弹的御史，称作台官；负责建言的给事中，谏议大夫为谏官，合称台谏。宫坊，是太子的官属，有庶子、中允、赞善等职官，白居易既官赞善，所以也称"宫坊"。以京官赞善的身份，去江州做司马，就是很重的处罚了。因为司马只是刺史的佐贰官属，地位更在别驾、长史之下。白居易忠心言事，居然得到如此下场，心情自然恶劣。幸亏他有一些知心朋友，为他鸣不平，替他饯行，特别是给事中薛存诚与他十分交厚。这薛存诚虽然也身为台谏官，却与白居易是同乡好友。白居易贬为江州司马，他极为愤愤，前几天批阅京兆府申报上来的公文，说白居易的母亲气愤投井而死，他与白居易比邻而居，知道白居易的母亲神经不正常，曾经持刀自刎，幸亏救护及时，救下一命，后来她失脚落井淹死，与白居易毫无关系。他极力在中书裴相面前辩明此事，虽免去更严重的处置，但白居易仍然被贬到江州去做司马。白居易远出京门赴任江州，薛存诚吩咐家人在渭桥送客亭中准备酒宴为白居易饯行，他自己一早也来到了亭子中坐等。

白居易骑着马，妻小坐在车中，向南门行来，眼见风吹落叶，鸦鸣林梢，南山拱揖，渭水弯绕，此情此景，真是催人泪下。"夫人，"白居易将马勒紧，靠拢车窗说道："记得三月间，在此送柳子厚去柳州、刘梦得去连州，恰好元微之当时也来此处相见。今日满眼秋光，身为迁客。唉，不知不觉已四十四岁了！"夫人正待温言相劝，忽然有个家人上前跪下："白爷请驻马，俺爷备有酒菜相饯。"白居易还未及答话，薛存诚已上了大道："乐天兄，请少待！"

"哎呀，原来是薛兄。"白居易赶紧跳下马来。"薛兄，你何故赶来？"

"兄以无妄之灾，遭到贬谪，特来拜送。"薛存诚边走边答道，旋又对院子说："看酒。"

"我乃被罪之人，蒙兄顾盼，古谊高情，令弟感佩无极。"白居易激动不已地说道，接过薛存诚的敬酒，仰头一饮而尽。

"江州正是云水之区，风景极佳。兄此次前往，正可陶然其中，庐山五老峰的高峻，大小姑山的淡雅，风前月下，尽可欣赏！"

"薛兄所言,弟当铭记。小弟乃关东一男子汉大丈夫,除读书作文而外,人情世故全然不知晓。只思图谋报效,而未能明哲保身,弟所写的诗篇,无非反映民生疾苦,大为当道者所不满,以此有今日远谪之祸。这次去江州,定将笔砚全都焚弃!薛兄,您的刚毅性格,也当注意收敛,免遭弟之下场!"说罢,长长地吁了一声,怨气似乎还未发泄净尽。

"兄所规劝,弟当牢记。"薛存诚正准备再次擎杯敬酒,忽然见大道上走来一队兵将,押送着两个犯人,来到跟前,不禁好奇地问道:"你们捉拿的是什么人?"

押送兵将中一个小头目见问话的是位官老爷,就趋步向前恭恭敬敬地回答说:"老爷,前日皇上准了兵部侍郎许孟容老爷所奏,下诏捕拿贼人,凡能擒获贼人的,封五品官,赏万贯钱。因此,神策将军王士则和威卫将军王士平,派遣两支精兵,合力捉拿大盗张晏等十八人,都是反贼王承宗部下,特地押送去京师,听候审处。"

"好呀!"薛存诚高兴地称赞道:"多亏你们手段高强。"押送贼匪的士兵听到薛存诚的赞扬,知道他这位老爷是主张擒捉这伙贼人的,感到分外亲近,话也多了起来。一个士兵叹了口气说道:"老爷还不知道哩,贼人倒是捉住了,可惜头一个主张捉贼的赞善白大人却被贬了官,未曾看见哩。不过,白老爷的名声天下无人不知了。"小头目怕他说走了嘴,惹了祸不得了,赶忙扯他一把,一齐急急忙忙走了过去。

薛存诚却哈哈大笑,鼓着掌对白居易说道:"白兄,道路之言,皇皇公论。公道自在人心。乐天,你也不枉此行了! 不必等史官将来修史替你辩白,是非曲直已在百姓口中流传,丝毫不爽!"

"虽然如此,但小弟为国建言,哪里想到求名!"白居易满脸庄重地说道:"薛兄,天色已晚了,就此告辞了。朝廷事,望兄多支撑,小弟远流江州,也将无日无夜地思念兄之情谊。"说罢,向薛存诚深深拜了一拜,上马而行,薛存诚也回城去了。

从京师到江州,足有千里之遥。饱经风霜雨雪,历经千山万水,白居易携家带眷终算抵达江州。司马不过是佐贰官职、刺史的副手,何况白居易又是失势的京官,来到人生地不熟的江州,能有什么好的寓所让他去住? 只有把江边上几间可以避风遮雨的屋子作为寓所。好在白居易自号"乐天",乐天知命,也就安顿下来。住宅四周,环绕着一丛丛的苦竹,还有连成片的黄芦。司马的职务本是个闲官,公务余暇尽多,每日归来,忙着移栽芟除,把那些丛丛苦竹、片片黄芦布置得宜,居然生机勃勃,野趣横生了。此处地近江滨,人迹稀少,白居易闲来无事,终日与夫人杨氏在花前月下饮酒赋诗。还有樊素、小蛮两个善解人意的女婢,不时伴以歌舞清唱,日子倒也过得安逸。不知不觉在江州也度过了一岁。

江州的文人学士,久仰白居易文名,见他贬来,纷纷慕名前来拜识。士人中也不乏正直耿介的人,经常交往,逐步加深了友谊。近日有两位士人北上京师,几位挚友设席饯行。酒阑人散以后,白居易怀着依依惜别的情绪,吩咐院子带上了马,又赶去江口码头送行。立在舱头的两位行客见白居易骑马前来,连忙趋前迎接,"乐天兄,刚才已经拜辞,如何又劳动兄远步来送!"

"两位仁兄,我与你醉不成又将远别。你们看,月下的茫茫江水,这不正是象征我们的情谊绵长!"白乐天不胜惆怅地说着:"但愿千里潮平,一帆风顺!"说罢,被两位行客扶进舱里坐下。

"乐天兄,弟辈此去京城,还盼兄临别赠言,有所指教。"

白居易平素为人没有城府,与他们相处也十分坦率,见他们二位虚心请教,也就以兄长的身份说道:"今年春夏之间,王承宗叛乱虽被杀败,吴元济仍转战不已,朝廷正值多事之秋。近日又听说李逢吉做了门下侍郎、同平章事,真令人气愤,又让人担心。此人生性嫉妒,奸险多端,向来勾结小人,倾害朝士、摧残忠良。连当今宰相裴晋公都受到他的排挤,其他可知矣。二兄此去朝中,要多加检点。"说到这里,白居易炯炯有神的眼光盯住两位行客说:"切切不可趋附冰山!"

"请乐天兄放心!只是王叔文党祸方了,李逢吉又当权,衣冠之中有邪有正,真的要详加分辨!"主客说到此处,相对叹息,一时无言。忽然江面上传来一阵琵琶之声,接着又听见有人低声唱道:

风吹柳花满店香,
吴姬压酒劝客尝。

请君试问东流水,

别意与之谁短长。

白居易凝神细听,久久无语,一曲弹完,江面寂然。他方才醒悟过来,"呀,这琵琶音调铿铿锵锵,颇有京都之声,不类此地乐伎。院子,你去隔邻船中探问一下,究竟是何人所弹。"又转向两位行客说道:"二兄,这铮铮琵琶声响,绝似京都梨园所传,不料在此地重新听闻!"语气之中,流露出无限惆怅之情。

"禀告爷知,小的去探听了。小船上弹琵琶的是一个妇人,说是茶商家眷,原是京中女子。"院子一五一十地禀告道。

"叫她泊近大船,将琵琶带过船来,我要同她说话。"

院子出了船舱,立在船头,两手合拢,向小船招呼道:"船家婆,快把船移近来。俺爷要与那弹琵琶的说话哩。"艄婆应命将小船撑了过来,又将花退红扶出舱面。退娘怀抱琵琶,立稳了身子,抬头对院子说道:"奴家不该深夜弹唱,惊动了官家。"

院子知道这娘子是本官所邀请,不敢吆喝训斥,答道:"是本府白爷在此,请娘子过船来说话。"花退红听说是江州白司马相邀,推说未曾梳洗不恭之至,延俄再三,院子却不断催促,终于跨过大船来。

院子扶她进了大舱,花退红往昔在京师结交人多,颇有经验,认定中坐的白爷拜了下去,"老爷在上,贱妾拜见。"从她进舱时起,白居易就一直在观察她,任她下拜,口中只是答道："不劳了！"又对两位行客说："今夜人月双清，可摆上酒来，与二兄再畅饮一番。边上放一张椅子，请这位娘子坐下。"旁立伺候的院子听了，立刻搬了一张凳子过来，花退红谢过，慢慢坐下。院子在各人面前斟上酒，白居易按酒不饮，却先开口问道："小娘子，你把姓氏里居和半生行迹，弹着琵琶诉说给我听。"

"是，老爷请听。"花退红纤纤尖指在四弦琵琶上"铮"地拨了一声，切切嘈嘈地信手弹了起来，边弹奏边诉说，原来她家住在京师平康里十字南街，十三岁起就被送去习歌学舞，名压青楼。

"那么，你这手琵琶，又是谁传授的？"

"告知老爷，这是梨园老伶工曹师父、穆师父精心教授。"说罢，慢捻轻挑，那四根弦儿被她摆弄得出神入化。

白居易寻根问底地问道："你又如何来到江州地面的？"

花退红闻言不禁抽泣起来，琵琶之声也渐渐微弱了，"呀，春花秋月岂能长久，这样的欢笑生活能得几时？好！姨娘死去弟弟从军，只剩下奴家一人流落江湖。"说到伤心处，她索性放声而哭，满座的人也顿时伤感起来。白居易不禁喟然叹息道："唉，盛衰之感，确是令人伤心。"停了半晌，"退娘，你也不必如此伤心。啊，我们同是天涯沦落人呀！"说罢，居然也放声痛哭了。

"呀，乐天兄，你为什么也悲恸起来？"两个行客莫名所以地问道。

"二位仁兄有所不知，弟来到江州一年多了，心境已经逐渐平复。不料,今夜听了退娘一席话,又使弟感触万千。唉,人生荣枯,大抵如此!她流落至此,我贬谪来此,不都一般么?"白居易说到此处,泪水又滚滚而下,"退娘,你索性把来到江州的生涯讲讲!"

"是,白爷,妾妇来到此地,红颜渐老,无奈嫁给茶商,他一去汴梁不见归来。俺独守空船,无日无夜,只见一江茫茫白水……"说到此际,她已禁抑不住,又怕惹动白爷愁怀,匆匆行礼告退而去。白居易倒真的为她的凄苦身世而伤感起来,联想到自己的漂泊,更是心伤,独坐无语,流泪不止。

一弯江月渐渐西沉,两位行客齐声劝慰:"乐天兄,不要过于伤感,坏了身体。夜已过半,就此请回府安歇吧。弟辈也将解缆北行了。"白居易闻声惊醒过来,果然夜深了。在院子扶持下上了岸,主客相互拱手道别。白居易夹马攒行,不多时回到寓所。此刻虽然身心交困,却无丝毫睡意,径去书房坐定,沉思不已。天色渐渐明亮,他索性摊开笺纸,提起笔来,决意将这花退红的一生写作《琵琶行》长诗,将来播于乐府,天下传唱,也让普天之下不得意的人们同洒一掬同情之泪。

【说明】

此剧为清代作家蒋士铨所作。

蒋士铨生于清雍正三年(1725年),卒于乾隆五十年(1785年)。士铨字心馀,又字清容,号苕生,又号藏园,江西铅山县人。士铨自幼家贫,4岁时由母亲钟氏授读,11岁时随父游太行。士铨极聪敏,工诗文,江西督学金德瑛称之为"孤凤凰",以第一名将他取为秀才。乾隆十九年(1754年),由举人官内阁中书,乾隆二十二年(1757年)成进士,历官庶吉士、翰林编修。居官八年,乞假奉养老母。后复历任绍兴蕺山书院、杭州崇文书院、扬州安定书院山长,晚年为国史馆纂修。士铨词诗极有名,尤擅七言诗,与袁枚、赵翼并称为"江右三大家"。著有《忠雅堂诗文集》及《铜弦词》。于诗、文、词之外,蒋士铨亦能作南北曲,经常早晨完成一剧,当晚即付之管弦。其所作戏曲,深得汤显祖之精髓,而又能严守曲律,不稍逾越,极为难得。一生所作杂剧、传奇共16种,其中《一片石》《第二碑》《四弦秋》及《空谷香》《桂林霜》《香祖楼》《临川梦》《冬青树》《雪中人》等合称《藏园九种曲》。

《四弦秋》一剧,《曲目表》《今乐考证》《曲录》等均有著录,现存清嘉庆间红雪楼原刊《清容外集》本,以及咸丰、同治年间补刻本《忠雅堂全集》本。现据《清容外集》本改写。此本前有张景宗写于乾隆三十八年(1773年)的序言,以及江春序、作者自序,还有钱世锡等人题诗,高文照等人题词。据江春序,此剧乃蒋士铨应江春之请而作,"阅五日即脱稿,题曰《四弦秋》"。心馀自序也曾记叙了这一经过,在他允为作此剧之后,"乃剪划诗中本义,分篇列目,更杂引《唐书》元和九年、十年时政,及《香山年谱自序》,排组成章,每夕挑灯填词一出,五日而毕",可见蒋士铨此剧全本史实。同类题材的作品有马致远的杂剧《青衫泪》和顾大典的传奇《青衫记》，但在剧中虚构了白居易和琵琶伎素有风情事。蒋士铨认为如此处理"庸劣可鄙"，因此在《四弦秋》一剧中丝毫不曾涉及，而突出了"君臣猜忌""竟遭谴谪"的内容。作者认为"填词虽小道"，但在"引商刻羽时，不仅因此琵琶老伎浪费笔墨也"，可见此剧虽然描写了花退红沦落江湖的不幸，但却是为了突出白居易仕途遭遇的坎坷。正如陈女煜题词所云，"知音忽来千载，听翻弦上曲，顿教心醉。身在江湖，志存廊庙。脉脉此情遥寄，偷声减字，早笔夺龙门，补成唐史"，有着一定的政治内涵。

为着表达这样的思想内容，在戏剧结构上作者安排两条线索交错发展：一、三两出写花退红，二、四两出写白居易，这两条线索汇合于第四出《送客》。当白居易在浔阳江头送客之际，忽然听得琵琶声，贬谪的白居易与沦落的花退红方始晤面，听了花退红自诉身世后，引发了白居易"同是天涯沦落人"的强烈感受。这就比《青衫记》中白、花二人原就相识的处理更令人感动，也表现了白居易思想境界的高度。

蒋士铨极擅诗词，同作者其他剧作一样，《四弦秋》一剧，在曲辞方面也表现了作者的艺术才能。全本曲辞大多用白描语言，不失元人本色，但由于刻画入微，自然呈现异彩。作者有时还将白居易《琵琶行》原诗剪裁入曲，圆融自然没有牵强痕迹，确是大家之作。

曹锡黼

曹锡黼,上海人。约生于清雍正七年(1729年),约卒于乾隆二十二年(1757年),卒时不及30岁。乾隆朝曾做过员外郎。虽英年早逝,但著述甚丰。著有杂剧5种。

雀罗庭

汉朝下邽地方(今陕西渭南东北一带)有一位姓翟的官人,在朝廷任廷尉之职,地方士绅和朝中同僚对他十分钦敬,都称呼他为"翟公",而不敢直呼其名,一时声势煊赫,炙手可热。

哪知花无百日红,人无千日好。不知为了什么缘故,皇上突然免了他的廷尉官职,又没有新的任命。开始,还有些常客前来拜望,十天半月后,来客逐日渐少,以致门前冷落车马稀了。

翟公被无端免职,又偶感风寒,索性小病大养,一连躺了十来天,没有去衙署办理交代事宜。

气头渐渐过了,小病也渐渐好了。这一日,他清晨起来,走到庭院,只见日高园静,西风黄花,秋高云淡,倒是出门的好天气。翟公唤过家人跟随,到廷尉衙署去探望一番。

迤逦行来,渐近衙门。在往日,远远就见守门的吏役趋步来迎;但今朝,却大门虚掩,不见人影。走近门前,家人推开衙门,也不见有人查问,主仆二人一前一后地进了衙署。

翟公习惯地走向大堂,从衙门到大堂的路径上,已经荒草丛生,大堂门上的湘竹帘子沉沉低垂,往日此刻早有公人高高将它卷去。翟公不禁气恼地停住脚步,环顾衙署庭院,只见落红满地,青松色凋,铁马丁当,凉风扑面,真是一派凄凉景象。再掀起湘帘,走进大堂,公案上笔墨纸砚全无,茶几上杯碗茶盏也不见,顿然想到自己已是罢了职的官儿,有什么事要办?又有什么必要去计较这些?

于是,他又退出大堂,依旧在衙署的庭院中漫无目的地闲步。家人忽然惊呼起来:"老爷,您看满院都是雀儿哩。"翟公从沉思中被惊醒过来,院中果然鸟雀飞鸣。他信步走到一棵大树旁,那栖居在树上的宿鸟,"忽"的一声扑剌剌地飞去。翟公心中好不自在:这哪里还是什么廷衙公署,简直是一座断垣荒台!一时抑制不住,不禁淌下几滴悲愤的泪水。

家人对这荒败的景象颇有所感,说道:"老爷!小的自从离开老娘后,就来伺候老爷,到今朝已非一日,当年多么火热红火,哪曾想到今日这般冷落荒败?"

家人这番感慨,更触发了翟公的满腹心事。想当年,门前停满了车马亭轿,来往的客人怕不踏破门槛!堂上鼓板齐鸣,笙簧不断,钟鸣鼎食,简直过的是神仙般的生活。如今却一败如洗,往日的宾客还有谁来枉顾自己!罢了廷尉之职,孑然一个钝秀才。昔日的同僚,今朝的显贵,自然深恐离他不远了。

翟公独自漫步、沉思。家人也不再去打扰他,自家寻了一副雀网,在那庭院中网雀儿哩。一网撒去,倒也网了不少只未及远走高飞的雀儿,好不得意。翟公见了,又触发另一种情思,他想到自己生存天地之间,犹如沧海之一粟,不也正是一只小雀儿? 还不同样是不能高飞云天! 如今宾客绝迹,倒幸亏这些雀儿嘤嘤喈喈、飞跃在自己周围,破除了一些岑寂。真值得感谢这些不嫌弃人的雀儿哩。想到这里,他吩咐家人收拾起雀网,一同归去。

翟公归府后,杜门不出。他原是个禀性耿介、不畏权势的清正官儿,曾经得罪过不少豪门贵族。官儿虽然丢了,他并不追悔,仍然不失本分地做人。

就像他丢官那样无因无端,复官也那么意外突然。一天,他正坐在书房中自在读书,忽然家人跌跌撞撞地冲进书房,气喘吁吁,张皇失措地惊呼着:"有圣旨到!"翟公闻说,也不知是祸是福,赶紧迎出客堂。那钦差大臣正面南朝北,等候翟公接旨。翟公扑通一声跪下,钦差大臣捧定圣旨,清清喉咙,朗朗地宣读起来:什么上有大贤之君,下必有大贤之臣啦;什么朕日夜思之,廷尉翟公,尚称明德,可以佐朕治理天下啦;什么现赦其罪,复其职,仍给薪二千石啦;还说什么要布告天下,让臣民都知道啦;等等。最后钦差说了一声:"谢恩!"才把翟公惊悟过来,"通通通"地磕了三个响头,口中不住地说:"谢皇上恩典!"

接旨完毕,翟公在家人扶持下立了起来,又向钦差作揖拜谢。钦差大臣也满脸笑容地向翟公作了一揖:"大人,恭喜贺喜,官复原职!"翟公再次回礼:"大人,谢栽培,备有水酒一杯,请到后堂小叙。"钦差见翟公依然任廷尉之职,有权有势,也愿结欢,当即应允。当下两个携着手儿到后堂赴宴了。

翟公起复的消息不胫而走,不到半日就传遍了城厢内外。那些往日的同僚，门下的宾客，有的后悔不迭，不该冷落讥剌；有的暗自庆幸，虽未走动，但也未曾开罪，各自都在盘算，如何再与翟公攀结交好。在昔日的门客中，急坏了一个青皮光棍。这个光棍姓甚名谁，倒也不打紧。咱们姑隐其名吧。不过，他的行止却要表述一番。此人从小就不学好，跟塾师学念诗书时，极好玩，老师有个眼岔，他就一溜烟地逃出塾房，往市井热闹处乱钻。等到长大成人，自以为满腹诗书，指望建德立名，哪知道一再名落孙山，闲处冷坐。天长日久，怎的谋生？要去耕耘，吃不得这份辛苦；欲去学商，却搞不清什么菜重芥姜；即使代人诉讼、求神卖卜，他也嫌麻烦。到底何以为生呢？他心生一计，自己能写几行黑字，诌几句歪诗，描几幅画儿，哼几支曲儿。这样的本事为何不充分使出，否则岂不是太呆了！

于是，这青皮马上换上一副笑容，凡亲戚故旧、士绅官宦之家，无不穿门入户，到处逢迎，见人捧场，居然让他混得个饱饫烹宰、适口充肠了。不过，一旦这户人家败落，他可不管什么脸面，就再也不去依傍。他心想，谁耐听那些失意之人的唠唠叨叨？有闲工夫还得去那得意人家走动走动！

往昔，不论翟公的衙门还是私第，这青皮都走惯踏遍。翟公丢了廷尉之职后，这青皮马上疏远，不但再不上门拜见，连路遇时也要远远避着，好像生怕遭上瘟疫。刚刚听说翟公官复原职，圣恩仍隆，心中不免忐忑不安。廷尉是九卿之一，专门掌管刑狱的，朝中百官见了他，都得让三分,何况自己一个青皮光棍?咳,只怪自己怎的如此短见,居然也冷落了他?可又不能全怪自己,首先得怪皇帝老儿,罢了他的官就算了,怎的又让他复职?他左右为难了,怎样才能弥补自己对他的冷落呢?正当青皮左右为难时,忽听得一阵鼓乐之声从大街上传来,他抬头看,不知是哪家去翟第贺喜哩。"呀,对了!"他喜得拍手叫好,原来鼓乐队中还有几个跳加官的戏子,"这倒不赖,俺何不借了他们的假脸儿戴上去贺喜,待得翟公欢喜时,再用真面目见他,有何不可?"想定这个主意,他径直去找戏班商借假脸儿去了。

自从翟公复职以后,翟府门外整天人声喧阗,如同闹市一般。家人在门前应接不暇,自嗟自叹地说道:"唉,真是贫居闹市无人问,富在深山有远亲。此话一点不假。想想老爷,前几天脱了乌纱帽,鬼影子也不见一个;如今皇帝老儿一张尺把长的黄纸儿来晃了一晃,这些没头苍蝇般的混账又一齐叮了过来。俺也不高兴理会,谁高兴替他们传报!"他拦头坐在门首,任他们谈笑求情,或是恳求贡献,兀自不理,一言不发。这些宾客见他不进去传报主人,顿时闹闹嚷嚷起来。

翟公正在书房中独坐沉思,听见门外喧闹声不断,不由得跨出书房,朝前堂走去。

"是什么人在此喧闹?"他见家人横坐在门首,诧异地问道。家人赶紧站立起来,禀告道:"正待禀告老爷呢,以前那些宾客又来了!"翟公惊讶地问道:"他们又为何事前来?"

"告老爷,有的求老爷赐诗文,有的求老爷说情,也有请老爷点神主上祭的……"家人像报账似的一一数道。

"一齐替我回绝!"翟公不无气恼地喝道。

"老爷,最好笑的是一个戴着假脸儿的老爷,一清早就来拜望了。"

"他究竟是什么人?"

"唉,说来好笑,趁他下拜时,俺从旁觑见,原来就是那个青皮……"

"他来此干什么?"翟公有些恼怒了。

"他说有句紧要的话儿要告诉老爷,再三恳求老爷赐见。"

"快说,什么话儿? 不许吞吞吐吐。"

"小的不好开口。"

"快说!"

家人上前一步,低低说道:"老爷,他说他有一个非常动人的女儿,情愿送……"

"住口! 下流之极。替我赶出此人!"

说罢,翟公转身回到书房,坐下沉思,半响,方才长叹一声,自言自语地说道:"咳,世态炎凉,一至于此! 真正可悲可泣。他们无非是魂灵儿向钱眼里钻,向官堆里求,才做出这般无耻的事来! 只要有一点天良,又何苦这般奴颜婢膝!"

坐了一会,翟公又立起身来,在书房中低头徘徊,若有所思地走近案前,拂开一张宣纸,抽出一只湖笔,唰唰不停地写就几行大字,默诵一遍,哈哈大笑,掷下毛笔,拿了纸头,走出书房,吩咐家人贴在府第大门外面墙上。那些宾客不知翟廷尉贴出了什么告示,人人争先恐后,挤向门墙,伸着脖子仰望,只见宣纸上写道:

一贵一贱,交情乃见。
一贫一富,乃见交态。
一死一生,乃见交情。

众宾客看了这几句话儿,有的满面羞惭,悄悄退去;有的满脸鄙夷,诅咒这翟老头儿太古板,不识抬举。翟公也不理会这些,自去书房歇息了。

【说明】

此剧为曹锡黼所作。锡黼字诞文,又字旦雯,号菽圃,与兄蓉圃同有才名。江苏上海人,约生于清雍正七年(1729年),大约卒于乾隆二十二年(1757年),卒时不及30岁。锡黼获得科第很早,乾隆朝曾做过员外郎。虽然英年早逝,但著述甚丰,有《碧鲜斋集》《不仓世纂》《曹氏合族试艺》等。无论诗、文、说部、戏曲,皆有成就。杂剧5种,总名《颐情阁五种曲》,又称《无町词余》。5种戏曲作品除《桃花吟》四折以外,其余4种《张雀罗廷平感世》《序兰亭内史吟波》《宴滕王子安检韵》《寓同谷老杜兴歌》,均为一折短剧,合称《四色石》,乃仿效徐渭《四声猿》所作。5种杂剧均有乾隆刻本及《清人杂剧初集》据乾隆刻本影印本。

《雀罗廷》本事见《史记·汲郑列传》,"下封翟公有言,始翟公为廷尉,宾客阗门。及废,门外可设雀罗。翟公复为廷尉,宾客欲往,翟公乃大署其曰:一死一生,乃知交情;一贫一富,乃知交态;一贵一贱,交情乃见。"这一故事极富戏剧性,但在曹锡黼之前还未有剧作家将它写成剧曲。曹氏之作,虽仅短短一折,也就弥足珍贵了。

曹锡黼此作,没有安排复杂的情节,因而也就未能从多角度来刻画人物性格,大多通过人物的独白来表现他们内心的活动,暴露他们灵魂的肮脏,从而吐露了作者的满腔积愤。这是清代文人剧惯常运用的表现手段,不独曹氏一家之作如此。

桂

馥

桂馥(1736—1805),字冬卉,号未谷,山东曲阜人。清代书法家、训诂学家、篆刻家。

他也创作戏曲,所作4种:《放杨枝》《投溷中》《谒府帅》《题园壁》,总称《后四声猿》。

题园壁

宋代大文人陆游,字务观,号放翁,乃浙江山阴(今绍兴)人。孝宗朝,赐进士出身。晚年以太中大夫、宝谟阁待制致仕。一生著述丰硕异常,无论诗、词、文章,都极富盛名。

但人生不如意事,谁也免不了。陆游自然也有不如意事。年轻时,他曾娶表妹唐婉为妻,琴瑟调和、伉俪情深。哪曾想到自己的母亲偏偏不喜欢唐婉,终日生活在一起,语言之间常不投机。婆媳不和,使得陆游左右为难、无法应付。家庭生活从此变得阴沉起来,每当母亲在座,夫妻之间再也不敢有什么欢言笑语。

这种状况怎能长久以往呢?自己正当盛年,唐氏也很年轻,老母身体又很硬朗,无可奈何,在老母不断逼迫之下,只得与唐氏离异,将她送回娘家。

唐氏无端被休弃,自然悲苦异常。但她也知道丈夫如此处置,并非绝情,而是迫不得已。因此,她虽然离开了陆家,但对丈夫的眷恋之情,并没有因此而稍减;两人断了往来,反倒增加了几分思念之情。

唐氏容颜姣好,才情出众在当地是出了名的。虽然被陆家遣还,绍兴城中无人不知责在陆母。因而依然有不少富室子弟、文人学士钦羡她的才貌,辗转相托,前来说亲。唐婉想到前次际遇不佳,不可更蹈覆辙,对前来求亲的人无不小心应酬。几经选择,终于嫁给了本城文士赵士程。他虽是当今皇上宗室,却不依势欺人,生就一副怜香惜玉的性格。

赵士程原有妻室,不幸早年亡故,如今娶得唐氏续弦,心满意足。日常变着法儿,想讨唐婉的欢心。唐氏明知此番嫁娶不为失计,只是对前夫陆游的眷恋深情,一时难以割舍,得闲时旧情便会蓦然涌上心头。

陆务观自从遣还唐氏之后,母亲不再叽叽咕咕,耳边清静多了。只是终日埋首经书,连个说话的人也没有,分外感到寂寞。冬去春来,岁月不居。一年容易又春风,陆务观动了踏青的念头。眼见今日天气晴和,春风拂面,就吩咐书童背着书篋跟随,一清早就出了城。

绍兴城外,郊陌似绣,芳草如茵。陆务观心境顿时舒畅起来,信步向前,前面不远处丛丛竹林,径回路转,禹迹寺在望了。他回过头来对书童说:"咱们就去寺中游览一番。"

主仆二人进了禹迹寺。这寺院虽然有名,占地不多,各处观赏一遍,还不到晌午,游兴正浓,又向寺南的沈家园走去。

沈家园在绍兴也算得上一个好去处了。园子不大,但结构紧凑,亭台楼阁,布置得宜,更有溅溅流水,小桥飞架。那池畔垂柳,岸边荼蘼,小径女萝,山坡丛竹,都显得春光融融,景色撩人。它引动得城厢士女,纷至沓来。今日天气晴朗,老园丁料想游人定当多于往日,绝早起来清扫花径,安排茶灶,准备接待游客。

陆务观从容自在地观赏园中景致,走走望望,真是心旷神怡,随遇而安。他走过一座小桥,穿过荼蘼架,正待上坡去八咏楼中登高眺望,忽然见楼上人影幢幢,像是有男有女同游。他知书达礼,自己是一个孤身男子,不便厕身其间,立即转身向山坡一侧的小亭中行去,到得亭中,拣了一条石凳靠着一张石桌坐下。自有老园丁捧茶前来招待。书童自在一边戏耍。他独个儿低头沉思,多少往日的欢事,又陡然涌上心头,惆怅之情不能自已!

那八咏楼上又是谁人赏春呢?原来正是赵士程夫妇。

唐婉自从嫁了赵士程,丈夫对她体贴入微,关心备至,应该说是美满婚姻了。但"曾经沧海难为水"。唐婉无事时总不由自主地想起前夫陆务观来,当年多少闺房乐事,时时浮现眼前。每当此际,她就会扶栏独望,出神地凝视远方。婚后不久,赵士程就发现了她这种感情,但对她并无丝毫责备,反倒想方设法为她消除苦恼。今朝赵士程见春色媚人,特地备了酒菜,与她同来沈家园中小酌,借以排遣忧思。

伉俪二人乘了轿马来到园中,老园丁见是宗室皇亲,哪敢怠慢。为他们挑选了园中景色最佳的八咏楼,供他们歇息赏春。管家的先上楼来,排好桌椅,从食盒中一一取出菜肴,摆了整整一桌,又拿出酒壶去茶灶上温热。士程陪着唐婉一面浅斟小酌,一面娓娓而谈。好不容易,总算逗得唐婉心情愉悦,话语欢快起来。

可不曾料到,正当她举杯之际,忽然从楼窗中瞥见一个书生身影,十分熟悉,不禁凝神细看,原来是他!刚刚提起的兴致顿时化为乌有,脸上又布满了愁惨之色。

赵士程见自己爱妻顷刻之间又愀戚不乐,不知是何缘故,正待询问,唐婉倒先开了口,"官人,那亭子上的人,可曾相识?"赵士程闻言,转过身来,走向窗前,向亭子中眺望,辨认了好一会,始终想不起是否见过此人,只得说道:"娘子,这个客人像是个斯文人,彼此好像未曾见过面。"

"他就是妾的前夫陆郎!"唐婉掩泪答道。

赵士程胸怀广阔,听了这话,又认真地观察了半晌,热情地说道:"娘子,这陆相公倒真是风流名士,令人钦敬。咱们邀他同来坐坐,怎样?"赵士程一来久闻陆务观文名,只是无缘相会;二来也是想慰藉爱妻情怀,故而想邀他来同坐。

可是唐婉另有想法。她出自名门,颇晓伦常关系,虽然对前夫的感情并未淡薄,但如今归了赵家,怎能再与前夫相聚呢?尽管心中愁苦不堪,却不能不恪守时俗,行为检点,以免玷污丈夫清名。她低头沉吟一会,委婉地说道:"官人,请他前来同桌相坐,外观不雅。"指着桌上的酒食果品继续道:"此物尚多,何不让家人送些与他?"

赵士程觉得夫人这般处置十分得宜,钦敬之情更增加了几分,怎会不听从她的意见呢!他向立在身边伺候的家人吩咐道:"你拿些菜肴、酒果去,送给那亭子上的相公。假若他要问起你主人的姓名,你也不妨把俺和夫人的姓氏相告。不管他说些什么话，你务必牢牢记住，回来禀报。"

家人应命下了楼，过了坡，进了亭子，走到陆务观的石桌面前，放下台盘，行了一礼，说道："爷，咱家老爷同夫人让俺送点酒品来与爷尝，务请赏光。"

陆务观正在烂漫的春色陶溶中出神沉思，忽见来了个管家模样的人送上酒食，惊讶万分地说道："你家爷是哪一位，怎的要送酒食与我？你家夫人又是谁人？在下并不相识。"不由得立起身来。

"爷，俺家老爷乃是当今皇上宗室，姓赵名士程。"

陆务观听见"赵士程"三字，依稀听说过，情急地问道："夫人呢？"

"唐氏。"

陆游顿时僵住，半晌，方才开口道："哦，俺明白了！"这分明是前妻唐婉所送，但还不相信是真的，"夫人可是再嫁？"

家人有些摸不着头脑地答道："是！"

"啊呀，这是真的了！"说罢，他不停地走动起来，原先模模糊糊地听说过，唐氏回娘家后，嫁给了姓赵的官宦人家，竟是千真万确的了！他不禁走出亭子，向八咏楼仰视，这时唐婉已远离楼窗，怎能见到？只是在想象中仿佛看到前妻的身影和面容而已！顿时洒下泪丝，万箭攒心，肝肠寸断。这桌上酒食，怎能咽得下！但在家人面前，又不能过于失态，克制地说道："管家，你回去上复赵爷，说俺陆务观多多感谢！"

管家讨好地说:"爷,何不先宽饮几杯?"

"也好。"陆务观知道不当面饮用,管家回去不好禀报,"取大杯来!"管家即刻奉上,陆务观也不推让,豪饮数杯,借着几分酒意,命自家书童取出笔砚,就在亭子的粉壁上写下了数行文字,也顾不得再向管家致意,就掩泪而去。

管家收拾了果盘酒盏,回到八咏楼上,向赵士程和唐婉禀报说,那相公吃了几杯酒,落了几点泪,写了几行字,就不告而别了。

唐婉听说陆游已经离去,就向赵士程说道:"咱们同去亭子,看看他写了什么言语。"赵士程自然应允,扶着娘子,缓步下楼,姗姗而行,来到亭中。夫妇同时抬头,只见粉壁上潇潇洒洒地写着一首词作《钗头凤》:

红酥手,黄縢酒,满城春色宫墙柳。东风恶,欢情薄,一怀愁绪,几年离索。错,错,错!春风旧,人空瘦,泪痕红浥鲛绡透。桃花落,闲池阁。山盟虽在,锦书难托。莫,莫,莫!

唐氏明白,"红酥手"就是指自己;"黄縢酒",自然是他们当年闺中小斟的黄封酒;"满城春色宫墙柳",分明是说眼前的环境和风光;"东风恶"明显不过地说迫于母命,而导致"欢情薄";"一怀愁绪,几年离索",表明尽管离异数年之久,但他们彼此仍然思念不已,连用三个"错"字,正说明这样的结局真是荒谬!今日偶然重逢,春色依然,而人物已非。当年的山盟海誓,至今已成空话,泪水尽管湿透锦帕,也无法改变命运了!如今咫尺天涯,可望而不可即,更别说通书报信啦。三个"莫"字,正表明了陆郎的极大苦闷!读完这首感人肺腑的《钗头凤》,唐婉再也顾忌不得,竟然在赵士程面前嘤嘤哭泣起来。

赵士程原就知道唐婉和陆游的姻缘,生性又十分旷达,眼见唐婉如此悲戚,非但没有丝毫妒意,反倒有几分不安,好言劝慰道:"娘子,过去的事已经过去,是无法挽回的。娘子要放开怀,不要过于悲伤,损了身体。"说罢,走到窗前抬头看看天色,再低头看看园内,回转身来说道:"娘子,天色不早,游人也不多了。咱们还是回去吧。"唐婉点头同意,夫妇两个手挽手儿地走出园去,一路上赵士程不断劝慰她说:"唉,人的一生很难说。到处无愁便是家,还算幸运,咱们能燕燕双飞回自己家中去。"

"只是故巢已坏,旧路难寻了!"唐婉长长地叹息着。

【说明】

此剧为桂馥所作。桂馥字冬卉,号未谷,别署老苔,山东曲阜人。生于清乾隆元年(1736年),乾隆五十年(1785年)进士,授官云南永平县令,卒于嘉庆十年(1805年)。桂馥为乾(隆)嘉(庆)之际的鸿儒,于金石六书之学精研深笃,也擅长篆刻,为时所重,题其书室为"卜二篆师精舍"。桂馥著述甚丰,有《说文义证》《札璞》《缪篆分韵》《晚学斋集》等。

桂馥虽为经师,也创作戏曲,所作4种:《放杨枝》《投溷中》《谒府帅》《题园壁》,总称《后四声猿》,也是仿效徐渭《四声猿》形式而创作的短剧。《曲目表》《今乐考证》《曲录》中均有著录。现存嘉庆九年(1804年)原刻本,道光二十九年(1849年)味尘轩木活字本,以及《清人杂剧初集》据味尘轩本影印本。

《题园壁》本事,见于周密的《癸辛杂识》、蒋仲舒的《尧山堂外纪》。陆游所作《钗头凤》一词,仍存于集中,与此事有关的诗作,尚有《沈园》《梦游沈氏园》以及《禹迹寺南有沈氏小园,四十年前尝题小阕壁间,偶复一到,而园已易主,刻小阕于石,读之怅然》等篇,从这些诗词作品看来,这确是一则十分凄楚感人的悲剧。但在桂馥之前,还少有剧作家以之写入作品。郑振铎就曾表示,"独怪元明诸大家,何乃轻轻放过此种绝妙之剧材耶?"

桂馥极擅诗文,所作四剧均富于诗趣,无论风格之遒逸,辞藻之绚丽,确乎超出当时一般剧作家的水平。从这短短一出的《题园壁》中也可窥知一二。唐婉的缠绵不已,陆游的不能忘情,赵士程的豁达大度,毕现纸上。至于陆母之"恶",虽然没有正面描写,但从陆、唐的凄愁惨苦之中也能让观众强烈地感受到。

严廷中

严廷中(1795—1864),字秋槎,号石卿,又号岩泉山人。云南宜良人。

他精通音律,著有杂剧3种,总称《秋声谱》。

洛城殿

唐高宗李治见了武则天以后,非常喜欢她,永徽五年(654年)将她立为昭仪,第二年又册为皇后。武则天极有才干,识见也不同一般后妃,因而渐渐得到高宗的宠信。到了显庆五年(660年),李治开始把一些朝廷政务交给她处理,武则天都办得非常出色。从此,李治更加放手,武后也更加放胆了。朝中大臣和市井百姓,没有人不知晓,当今是皇帝与皇后娘娘同秉朝政,所谓"二圣临朝"是也。武则天在处理政务之余也喜欢舞文弄墨,为了扩大和加强自己的权力基础,她十分注意搜罗人才。去年就下了一道敕旨,通知朝廷各部院和各地方长官,准备考选名士五十人,才女五十人,以备朝廷和后院按才任用。

冬去春来,考期不远了。各地选拔来的男男女女,一齐聚集在京师候考。前几日,则天娘娘又下了一道诏书,规定男女士子考中以后,按名次相互婚配,使才子、佳人成为眷属。已经娶妻和已经许人的男女,必须事先声明,专场另考。

这道诏书一下,喜的人多还是愁的人多,一时难见分晓。就中却喜坏了一个姓来的官宦人家。此人名俊臣,曾经做过侍御史,专一办理刑狱。他为人极其贪暴残酷,却得到了皇后娘娘的信任,升他为左台御史中丞。他更

加卖命了,办起案来,总是酷刑逼供,任意迫害无辜,一时官民畏惧,朝野趋承。正是:

> 獐头鼠目虎狼心,
> 也著朝绅列帝廷,
> 莫道升迁无妙诀,
> 居官全靠网罗经。

这来俊臣为什么关心此事?原来他虽然官居显要,但声名狼藉,正派的官宦士绅,没有一个愿与他家结姻攀亲的。他膝下一子名叫布德,已经长大成人,生性愚顽,读书不成,胸中全无一滴墨水,更无人家愿将女孩儿嫁给他这个蠢货。如果这次考试得中,名标金榜,就有圣上做主,赐配一门婚事,谁人敢抗拒圣命!何况又能光耀门庭。不过,只是有一桩事叫他踌躇不决,就是来布德这小子太不成器,万一交了白卷,岂不叫人耻笑!

正当他在书房中为此事烦恼时,那个宝贝儿子一边走,一边嚷道:"赶科场去罗,赶科场去罗,咱私底下带一部讲章去,但愿监场的人不搜夹带!"进了书房,也不行礼,冲着老子来俊臣吆喝道:"爹爹,如今考期到了,俺也要去混它一混。假如中个角元,这狗板就不愁了。""混账东西,怎么把'解元'读错成'角元'?太不像话!'狗板'又是什么东西?"

"啊呀呸!狗者,犬也;板者,篾片也。'狗板'就是走狗篾片!"来俊臣被这个宝贝儿子气得哭笑不得,"一派胡言！你《四书》都未读完,怎么就想下场考试?"

"啊哟哟,爹爹,你也太不识时务了。如今考中的举人、进士,还有一个字也不识的!像俺看过《四书》的人,就算学问渊博的人了。何况,俺还读过《三字经》《千字文》,怎么去不得?"来布德歪着个脖子,吐沫四溅地说道。

来俊臣心想,这蠢小子倒不傻,说得也有几分道理;又想到此次主考的官儿可能就是阎朝隐,与自己颇有几分交情,送他一些金银财宝,替儿子谋个魁元,不无可能。想到此处,便说道:"好儿子,既然你决心去考,也不妨走走。"

来布德见老父应允,高兴得跳了出去,口中嚷道:"好了,俺要去赶科场罗。去考状元,这不就是开了货单去买点心,什么火腿干咸菜,举人加进士,一齐都买来。"

不独来俊臣父子妄想金榜题名、皇上赐婚,朝中还有一个官儿也在做同样的美梦哩。那就是侍御史傅游艺。此人也是献媚的能手,官运亨通,一年之内连升三级。他自有一套做人的主张:

> 身披极品朝衣,
> 人道四时仕宦,
> 笑骂由他笑骂,
> 好官我自为之。

傅游艺膝下无子,只生得闺女一个,名唤叶娘。老夫妇把她视作掌上明珠。她自尊自贵,过惯了娇生惯养的生活。如今她也长大成人。俗话说,"男大当婚,女大当嫁"。可是这位傅侍御史的名声也不比同僚来俊臣好到哪里,谁肯娶他这位千金为妻呢?难得天后下了这道恩旨,如果叶娘入选,就由皇上赐婚,谁人敢说个"不"字?主考的大臣,怕不都是亲戚故旧,同僚之间还有不卖些脸面的!再拼着送上一些银钱,谁又不肯通融?想到这里,傅游艺顿时心花怒放,命人唤叶娘出来讲话。

叶娘正在闺房中梳妆打扮,听见老爹传呼,摆动那双足足有一尺五寸的大脚,几步就走到书房,粗声大气地问道:"爹爹唤我出来,有啥事体?"

傅游艺看了女儿这身打扮,皱了皱眉头,说道:"女孩儿,现今考试才女,俺命你去入场参考,你可要争气。"

"啊呀,老爹,你担心啥哟。俺早把一本《千家诗》,一本《解学士诗》读得烂熟,怕些什么!"

"女儿哟,话也不能这么说。天下才女多着哩。不过,你也不必担忧,放胆去考,就是有些关卡,用些金银,打通关节,总能混个才女的。"傅游艺给她鼓气壮胆,生怕她怯场不去。

叶娘却非常自信地说:"爹爹,不用说只考文才,俺女孩儿不怕它;就是考相貌,又有谁人比得上俺?不说别的,就是俺这一双尊足,怕是古往今来有一无二,稀奇古怪的一件东西了!"说着,高高地翘起一只大足来,"俺去科场赶考,谁人敢阻挡,俺只要鞋尖一踹,准把他踢出龙门之外!"傅游艺只要女儿肯去应试,也不和她讲论这些疯话。

考期就是明日了，名士、才女在客舍中相互攀交，准备明早同入试场。在名士中，有蒋文、沈章、韩礼、杨乐一伙，他们斯斯文文，彬彬有礼，你请、我请地约定明日同行。在才女中，有卢梅仙、韦兰心、李竹云、裴菊友、花冠芳几人。应试前一天晚上，卢梅仙对大家说："俺们结伴同居，情投意合，十分亲热。大家要力争金榜题名，不要被那些酸秀才们笑俺闺阁中没有人才。"花冠芳听罢，不服气地说道："姐姐，不要长他人志气。只凭俺花冠芳一支笔儿，也敢横扫五千举子哩。"裴菊友在一旁掩口笑道："哎哟哟，好大的口气！"李竹云走到花冠芳面前，笑道："今科的状元，自然是姐姐了。"

"也说不定！"花冠芳极端自信，倒气恼了李竹云："哼，这等骄傲！"韦兰心有些看不惯，插嘴说："没有发榜的秀才，哪一个不是骄傲自大的。暂且让她高兴几天。"

卢梅仙见这几位姊妹有些动闲气了，赶紧调解地说："大家不要再取笑啦，做些准备，好去应试。"

且不说这些名士、才女如何邀结同伴，准备入场，朝廷这几日也着实忙着哩。此次主考究竟由谁人来担任，就颇费斟酌。朝中卿相确有不少名流，衡文重任是个十分体面的差使，不能不认真铨选。

岂知此科主考，居然被来俊臣猜中，落到了阎朝隐的头上，卿相、士人无不哗然。但这是皇帝和皇后娘娘的旨意，谁人敢公开议论？倒是阎朝隐自个儿知道被选中的缘故。

原来则天娘娘患病期间，曾派遣他去嵩山求神祭祷。

这阎朝隐卖身投靠、谀媚事主的本领可真到了家。临祭之际,他忽然就地一滚,装作一条黄牛,爬上祭坛,发誓愿替则天娘娘身死。后来皇后娘娘果然病除,每每想到他的忠心,遇着什么美差总要想到他。此次开科选士,则天娘娘就怕衡文不公、主司作弊。突然想到《孟子·梁惠王》中有"吾不忍其觳觫若无罪而就死地"的话,"觳觫若"就是"觳觫然"的意思,是形容牛的恐惧的样子,因此"觳觫"这个词儿有时就用来指"牛"了。既然阎朝隐肯以身做牛,必然知道"觳觫"——害怕,断断不敢作弊的。娘娘还想到,传说东汉时经学大师郑康成家的牛,触着墙壁便成文字,可见老牛也是通晓文墨的。因此,就御笔亲点老阎为主考官儿。阎朝隐凭空地获得这个肥差,逢人便乐不可支地哈哈笑道:"这是圣上恩典,下官荣耀!"

来俊臣、傅游艺早就知道这个消息啦,各自登门,厚赠金银,重托阎朝隐。阎主考知道这两个侍御史非同一般,也是气焰万丈的官儿,何况又送来金银珠宝,乐得照顾这两个官儿的一儿一女,将这一对男女的名字牢牢记住。

考试这一天,自有鼓乐手,吹吹打打地把阎主考送进大堂。坐定之后,他吩咐击鼓开龙门,让男女士子入场应试。顿时试院门前一片嘈杂,男士才女一拥而上,争先恐后。门吏立即高声喝道:"众人听晓:男士子归东号,女士子归西号!"连连吆喝之后,男男女女终算分成两班排列整齐。

礼部的书案分别对男女两班点名以后,阎朝隐煞有介事地摆出主考的谱儿,说道:"俺今日既不考诗文,也不考策论。给每个士子出一个对子,你们认真对来。"第一个唤的是蒋文。阎主考心想考这些士子无非是装点门面。开口就出了上对:"三王治世。"

蒋文脱口而出:"二圣临朝。"这二圣也是切指时事,当今正是高宗李治和则天皇后同时临朝问事。

阎主考见这考生对答得快,又说道:"独掌乾坤。"

"双悬日月。"

主考又说:"天上神仙。"

蒋文对道:"女中尧舜。"

"文臣武将,师师济济,"阎朝隐不容蒋文有喘息的机会,连珠炮似的说。

"圣子神孙,继继承承。"蒋文不慌不忙地应声对道。

阎朝隐眼见第一个应试的士子,就这么高才,其他的士子也就不敢多问。他心想把刚才的对子叫来布德重作一遍,大约他总能对付过去,不论好歹,中了便好交差。他想到这里,吩咐书案传来布德。

"来世兄!"阎朝隐全然忘了自己的主考身份,居然与应试的士子热络起来,"您来对——三王治世。"

"弗曾看见。"来布德歪着头说道。

"独掌乾坤,"阎主考有些无可奈何了。来布德却毫不理会,信口说道:

"有啥滋味。"

阎朝隐有些着急,不断向他使眼色,口里说道:"天上神仙。"

"尼姑庵里师太。"来布德仍然不在意地嬉笑着说。

阎朝隐实在无法可想,有气无力地说道:"文臣武将。"

"一个也没干!"

阎主考面对广大士子,见来布德如此胡闹,不得不遮羞地说道:"文理欠通!"哪知,这个宝贝来布德以为主考还在出对子哩,应声说道:"金银可爱!"

这个下对,倒叫主考官儿十分满意,笑眯眯地说道:"对了,这一句却对得贴切!"心想,有了这一对,取之无妨了。他也无心再去考选其他士子,吩咐书案把他们一齐赶了出去,听候发榜。

主考阎朝隐考完了名士,又来考才女,点名传呼卢梅仙一批六个士女同时应试。他出的考题依然十分简单,出了六个花名,让她们每人赋诗一首。卢梅仙写的是芍药,韦兰心写的是玉簪,李竹云写的是白蘋,裴菊友写的是夹竹桃,花冠芳写的是牡丹。这五个士女见了考题,别无话说,各自写了送呈主考。最后轮到傅游艺侍御史的女儿,阎主考心中早有此人名字,但也不能不走走过场,对她笑嘻嘻地说道:"傅叶娘,你就作首梅花诗儿吧!"

"梅雪争春未肯降,"叶娘不假思索地脱口而出。

"啊哟,这可是《千家诗》上的。"阎主考当着大家的面,对公然剽袭前人作品的行为,也不能不说破。

傅叶娘脸不红,争论道:"你这官儿也太死心眼,抄袭成文,正是秀才的本领——不说这个,你再听俺的第二句。"说到此处,第二句还不知在什么地方哩。谁知她倒不心慌，吟哦再三，突然嚷道："有了，'家藏万卷书有长'！"

阎主考脸上越发下不来啦，"这分明是解学士解缙的诗，怎的是你的！'长有'二字又颠倒作'有长'，使不得，使不得！"

"你这主考倒真稀奇！你明明是大唐朝的人，从哪里见过明朝解学士的诗？——写诗只求押韵，哪管它颠倒不颠倒。对了，又有一句来了——'时人不识余心乐'。"

"啊哟哟，这又是宋人的诗。"

"难道宋人会乐，在下就乐不得？你这个人啊，真是琐碎死了！你不要再混闹，扰乱俺姑娘的文思。"傅叶娘涨红了脸，气恼地吼道。阎朝隐知道这女娘能撒泼，开罪不起，万一在大堂上咆哮起来，又不能定她什么罪名，岂不是更下不了台？立即见风转舵，"好好好，你请构思，请构思。"

傅叶娘见主考让步，也就专心去想最后一句了。只见她一会闭眼一会摇头，口中叽叽咕咕，手舞足蹈，突然大声嚷道："妙呀，阎官儿，你听这句更有趣啦！"

阎主考真以为她思索到什么绝妙好辞，不禁立起身子来说："请教！"

"'叫了声秋菊唤了声海棠'——阎官儿，你说这句可妙？"

阎朝隐哭笑不得地坐了下来，"怎么连说书的马头调都偷了来。请问此句怎讲？"

"你也太不懂诗了。"傅叶娘把脸一沉，"秋菊和海棠，不都是俺家里丫头的名字？戏本上哪一个丫头不叫梅香？这一句诗，不是收到题目'梅花儿'上来了么？这怎不是妙句！"

阎主考听她这么解释，也忍俊不禁，哈哈大笑起来。傅叶娘还以为阎朝隐欣赏她的才学哩，也跟着笑声不断，顿时堂上堂下一片欢声笑语，都把这主考官儿和应考才女当作笑柄儿谈论。阎朝隐见状不妙，匆匆忙忙打发走这些应试的才女，让她们各自回寓去听候发榜。

阎朝隐思忖，来布德还可提拔，这傅叶娘实在难以占魁，只能低低中了。且把花冠芳配给来布德，让他们成就婚配，也可讨得来俊臣的欢心。想罢，就取过名簿来做了记号。

男士的胸怀究竟要比女士阔大一些，丢得下放得开，他们被撵出试院后，虽然有些着恼，但认为与其枯坐在寓所中等发榜，还不如到茶馆酒肆中去会会朋友。那几个才女可不同了，在没有发榜之前，个个坐不安卧不能、茶不思饭不想，终日悬着一颗心急切地盼望。

总算等到发榜的一天了。清晨起来，韦兰心就忧心忡忡地对几个姊妹说："这时辰大概正在写榜哩。俺那本考卷，不知是涂抹了丢在一边，还是加了圈点放在案上！天呀，真是闷死人、急死人了！"

李竹云也焦急地说："一早就打发赵妈出去打听，直到现在也不见回来，这婆子真不知道缓急！"

裴菊友只是不住地叹息，"唉，假若考不中，有何面目回家？只好在京谋一个馆地教书了。"

听了几位姊妹的说话，花冠芳"噗哧"笑出声来，说道："中与不中，有什么要紧，何苦这般大惊小怪！真是可笑。"她又指着韦兰心说道："这位韦姑娘，也不知害的什么病。昨夜在床上，忽起忽坐，忽笑忽啼，整整闹了一夜，一会儿掀开被子，一会又抖散褥子；一会睡在枕边哭得好不伤心，一会又坐在灯下笑个不停。"说着就走到韦兰心面前，用手指划着韦兰心的脸庞，"你还真不害羞！"

李竹云听了不服气，打抱不平地说道："你不要笑韦姐姐，今日早上，把两只鞋子穿在一只脚上，还满床找鞋子，不知是哪一个？"说完，大家一齐哄笑起来。

"啐！谁见到的？"花冠芳嘴硬地辩白着，随即又转换话题，自怨自嗟地说起来，"呀，天已过午了，这时候还没有消息，大约是没有指望了。唉，花冠芳，你怎的这般命苦！早知如此，又何苦离乡背井，来受这样的罪！"

韦兰心可找到机会啦，学着她刚才说话的模样，"姐姐请尊重些。'中与不中，有什么要紧，何苦这般大惊小怪！'"李竹云怕花冠芳受不了这样的奚落，赶忙打圆场，调和地说道："也怪不得花家姐姐，再过一会没有信儿，大家都是活不成的了！"此言一出，刚刚还在戏嬉玩笑的几个才女，个个泄了气，顿时变成座座泥塑的观音，有的掩泪，有的叹息。在一旁侍候的丫鬟倒失声笑了起来，"唉，你们这几位姑娘，害的都是同一样的病！俺先去打听打听消息来。"说着就出门去了。

丫鬟刚刚走到客寓大门，就听外面有报子的呼叫声："喜报！喜报！"丫鬟赶紧问道："报哪一位的？"

"卢姑娘梅仙小姐,高中等二,有报单在此!"丫鬟拿着报单,转身进来向卢梅仙道喜。卢梅仙似信未信地接过报单,见果然中了,不觉一阵欢喜,大家也为她高兴。忽然,她又叹息着说:"论起文章来,俺的文章也做得榜首,怎的反取为第二!"大家还未来得及答话,外面又传进报子的吆喝声,"韦姑娘兰心高中第三!"韦兰心接过丫鬟递过来的报单,看了喜不自胜,走到卢梅仙面前说道:"姐姐,俺落在您的后面也甘心!"

花冠芳有几分着恼也有几分调侃地说道:"怎么,你们中了的就只对中了的说话!俺们不得时的,便理也没人理哩。"这话儿说得卢梅仙、韦兰心笑弯了腰,李竹云、裴菊友也取笑地说:"花姐姐,不要怪他们,贵人是不轻易开口的。"说完,几个才女又嬉笑做一团。

"喜报!喜报!"听见报子在外面呼喊,三个没考中的才女一齐催丫鬟快出去接报单。

"李姑娘竹云中了第四,裴姑娘菊友中了第五!"

花冠芳可急傻了眼,声音都变了调,战战兢兢地问道:"可,可有我?"

"没有花姑娘。"顿时花冠芳像泄了气的球儿,独自坐在角落里伤心,泪水不由自主地落了下来。"唉,只有俺一人落后!"

中了的四个才女,此时倒一齐围了过来,劝慰着,"姐姐,不要愁苦,下科自然高中!"

"好厌气,哪个要听这些不关痛痒的闲话!"尽管花冠芳没好气地顶撞她们,但这四个才女此刻肚量分外地大了,并不计较,仍然笑容满面地说着:"你看,又生气了。何苦哩!"

正当此时,报子又在外面高呼:"花姑娘冠芳高中第一哩!"赵妈连忙接过报单送进来,边走边嚷道:"报单,花姑娘第一! 高中哩。"

花冠芳不由得站起身来,接过报单念道:"捷报贵寓花姑娘名冠芳高中女才科第一名——啊哟,谢天谢地,也有今日!"立时转嗔为喜,向诸位姊妹拱手为礼,春风得意地说道:"诸位年兄,在下忝居首座了! 请看,这簇新的泥金榜纸,高高写着俺的名字哩。"

众姊妹见她顷刻之间,居然如此忘形,故意赌气地说道:"中了第一名,又怎么样? 有什么了不起!"花冠芳以为姊妹们动了真气,连忙解释着,"姐妹们,大家取笑,不要认真,来来来,大家彼此恭贺。"

卢梅仙忽然说道:"咱们姊妹在这里庆贺,长安市上还不知有多少人泪湿襟衫哩。"韦兰心快人快语地接口道:"咱们刚才的光景,不正是落第的模样。"大家都叹息不已。

花冠芳生性喜欢热闹,见姊妹们又在为他人伤感时,立刻换个话题,想逗引大家乐起来,故作惊讶地说道:"哎呀,想起来了。那天考场中一个奇丑无比的人,听说是来俊臣的宝贝儿子。真令人好笑,那样的人还来考试做什么!"裴菊友倒不以为然,说道:"怎能以貌取人? 海水不可斗量,人不可貌相哩。"赵妈也高兴地插嘴说:"他叫来布德。老身在他府中做过,他是一个字也不通的。"

正当这几个中了的才女谈笑时,外面高呼:"卖题名录哩!"李竹云听了,吩咐赵妈说:"你去买一本来,看看此科中了哪些人。"大家齐声说好。

赵妈买回题名录,她们先翻开女题名录,前五名自然不用看了,第六名是傅叶娘。接着又看男题名录,第一名居然是来布德。花冠芳心直口快地说道:"呸,这样的人也中了第一,真真可笑。"

卢梅仙究竟有些见识,比较老成,此刻带几分忧虑地说:"姐姐,你先别笑,只怕你的事不妥当了!"

"他中他的!俺有什么不妥当?"

"花小姐,你难道真的喜欢糊涂了?"

花冠芳仍然不服气地说:"俺才不糊涂哩!这个来布德与俺有什么干联?"

"你呀,"卢梅仙慢步走到花冠芳面前,"连诏书都不记得!诏书上不是说得明白,取中男女才士后,各按名次婚配。他是第一,你也是第一,请问你,第一不嫁给第一,又嫁给谁?"

花冠芳这才醒悟过来,脸色顿时煞白,高呼一声:"哎呀,完了!"顿时双眼流泪,叹息道,"哎,想起这倒霉的婚姻,俺占这鳌头又有什么用!不考中第一,也不会遇到这个水怪。俺真恨不得把这金榜题名一笔勾销!"

卢梅仙只得安慰地说道:"花姐姐,姻缘自有天定。你悲伤也无补于事。那个来布德只是相貌丑些,毕竟还是公卿之后。"花冠芳不满地瞅了她一眼,不发一言,卢梅仙知道自己有些失言,又改口道:"不然,咱们姐妹一齐上一通陈情表,恳求皇上!"

"这怎么成?""这不违抗圣旨?"其余几位乱糟糟地嚷道。

"哎哟,姐妹们真的无情? 忍心袖手旁观?"花冠芳不免有些怨恨。

"姐姐,别的事或可分忧,这样的事儿,叫咱们有什么办法!"

花冠芳心犹不甘地说:"没有办法,难道就随他去?"裴菊友打趣地回答她:"不随他,难道随你?"花冠芳明知她说得对,没法回嘴,呜呜地痛哭起来。

忽然,门外有人叫门:"里面有人么?"赵妈开了门出去问道:"什么人?"

"俺是礼部的长班,礼部大堂有传单一纸,送给众位才女画知。"赵妈接过传单回进房来。卢梅仙接过传单来,只见上面写道:

> 礼部为传知事。本日奉旨,据诸遂良奏,此次科场弊端甚多,着主试官将取中男女试卷,即日送呈。派上官昭容为阅卷大臣,秉公磨勘。明日黎明,着中试男女士子,齐集洛城殿复试。钦点太平公主为正考官,上官昭容为副考官,会同考试等因。为此传知明日黎明一体齐集洛城殿伺候,勿误。

看完,大家一齐画了"知"字,由赵妈送了出去交给长班。

花冠芳顿时高兴起来,对大家说道:"俺的事,有些转机了。"韦兰心寻开心地说道:"只是姐姐这半日忽起忽坐、忽哭忽笑,不知害的是什么病?"又用指划着她的脸,说道:"丫头,你就不害羞?你别高兴得太早,他是权臣的儿子,复试的时候,还能不弄手脚?"卢梅仙见花冠芳这半日也折磨够了,拦住韦兰心的话头,说:"不要怄她了。大家早些休息吧,明天还要早起哩。"众姐妹这才各自卸妆安歇。

次日凌晨,已经取中的名士、才女纷至沓来地齐聚洛城殿等候复试。有的坦坦然,有的惶惶然,形形色色,人各不同。其实,他们的试卷早经上官昭容仔细审读过啦。她发现来布德、傅叶娘这两份试卷不知说的什么,荒谬可笑。今日上殿见了太平公主,上官昭容就如实禀告,建议要面试一番,才能杜绝弊端。太平公主十分赞同,吩咐内使将应试的男男女女,逐一搜检后放进殿来。

那个来布德前日凭空地得了第一名,好不得意。虽然知道今日还要复试,心想什么复试不复试,还不是那么一回事,落在头上的状元还能飞掉?根本不把这桩事放在心上。今早一路兴冲冲地行来,口中得意地哼着:"春风得意马蹄疾,一日看遍长安花",横着个身子在才女群中挨来挤去。别的才女见了他,都立即闪过一边,生怕沾上这个瘟神;只有傅叶娘见了他挨过来,非但不闪避,反迎将上去,两人眉来眼去,做出种种不堪的丑态。来布德高兴地自言自语地说着:"妙呵,这个就是俺受用的货了。有趣、有趣!"他这旁若无人的自白,被殿上侍卫听见,大喝一声:"哇!这是什么地方,怎许你胡言乱语!不看在你老子来俊臣面上,将你揪去见公主。"如同冷水浇头,来布德被一顿训斥吓得赶紧低着头闭着嘴窜进大殿。此时,男女士子已分成两行排列,太平公主正在训话哩,"我等奉旨衡文,公正无私。既不使人才受屈,也不许鱼目混珠,应试士子,各自小心,不要干犯朝廷法纪,后悔为迟!"这些士子个个小心翼翼,不敢相互交谈或四面环顾,一心等候公主复试。

太平公主又缓缓说道:"俺有四个药名谜语,蒋文等四士子来猜,猜对者取中。"

蒋文等人应声上前半步,请公主出题。太平公主开口说:"荡荡高阁风雪寒。"蒋文应声答道:"天门冬。"

太平公主又转向沈章,说:"重帘不卷莫凭栏。"沈章也脱口而出:"防风。"

"此君大醉连三日。"太平公主又对韩礼说道,韩礼也不假思索地回答:"是半夏。"

"一笑郎当整玉鞍。"太平公主刚刚说完,杨乐就微笑着答道:"马兜铃。"

太平公主高兴地说:"你们四个都猜中了。现在来布德上前听试。"

"有,俺家在这里。"

太平公主瞥了他一眼,心想哪里来的这个丑物,沉吟一番,出了一个别致的约谜儿:"来布德听清:罗钳钳住,吉网网得,请君入瓮,酥透炙热。快快猜来。"

来布德起先倒有些为难,生怕猜答不上,此刻听了这谜儿，他倒不慌不忙了，说道："公主，这个谜语，别人是猜不着的。我老来一猜，就能猜中。只这'请君入瓮'四字，便是对俺家谱的赞语了。公主大人，这是家父。"

"轰"的一声，殿上应试的男女士子听见来布德的回答，无不笑弯了腰，连太平公主和上官昭容也忍俊不禁地笑出声来。

"俺让你猜的药谜儿，这分明是'龟板'，你怎的猜成令尊。如此不通，敢来参加殿试！侍卫们，把他押过一边，听候发落！"太平公主忍住笑训斥道。

说来布德"不通"倒真的不通。不过他将"请君入瓮"猜作自己的老父，也不是没来由的。当年曾经有人密告则天皇后，说是文昌右丞周兴谋反，皇后娘娘暗地让来布德的老父来俊臣审讯。当时周兴还不知道事儿已牵到自己头上，正与来俊臣共同进餐哩。老奸巨猾的来俊臣装模作样地向周兴请教："现今的囚犯，大多不承认罪行，有什么办法能让他们开口？"周兴得意地回答说："这还不好办！取一个大瓮，令囚犯坐在瓮中，四周围上炭火烤炙，有谁能熬得住！"来俊臣听罢，吩咐左右，速将大瓮、烧炭准备齐全，然后离开了席面，对周兴说道："现有状子把你告到皇后处，如今只得'请君入瓮'啦！"周兴听了，吓得满身淌汗，叩头认罪。从此，"请君入瓮"这一成语就与"来俊臣"的名字联成一块了。太平公主今朝故意出这道试题，一则抖出了来俊臣的阴险，二则试出了来布德的不通，故此殿上无人不痛快地笑出声来。

上官昭容见大家一阵笑过，又继续传呼女士子，出题给她们复试。这试题也够风雅的,她命内使准备好桌椅,让应试的才女各画一幅画儿送呈上来。这些才女大都学过丹青,纷纷入座应命作画。

卢梅仙画的是芍药,韦兰心画的是玉簪,李竹云画的是白苹,裴菊友画的是夹竹桃,花冠芳画的是牡丹。她们倒不犯难,个个运动柔腕,涂朱施墨,一会儿纷纷作好,呈送上来。此时却急坏了傅叶娘,唉声叹气地诅咒上官昭容,"出这样的难题,这个试官也够刁难人了。俺怎晓得画是如何画成的?这怎么办?"急得在座位上扭来扭去,抬头放眼,左顾右盼,好像找救星似的。不想,倒真被她找到一个救急的法儿。她见两位试官,都是娇娇滴滴、风风流流的模样,料想不是固执古板的寿星佬。她想起去年奶妈私底下替她买了一张春意画儿,她时常藏在身上,不如掏了出来,送将上去,这两个风流女辈,还会不满意的!想来想去,越觉有理,就决心这般干了。她趁大家都在作画时,偷偷掀开衣裳,掏摸了一会,才将一幅折叠成小方块的春意图取了出来,一边暗自祷告:"春意图儿呀,俺的性命就在你身上了!只要师母春心动,便是门生得意时。"一边磨磨蹭蹭、羞羞答答地走上前去送呈图儿。

交了图儿,她赶紧回到座位,注意观察两位试官的反应。只见太平公主拿着一幅画图,向上官昭容指指点点地说道:"妙呀!"上官昭容也笑容可掬地不住点头。她心想:"真'妙呀',有点意思哩。"她以为两位试官正在看自己送上去的春意图儿哩,心头不免暗暗高兴。

"傅叶娘,这是什么东西!"忽然太平公主见到这幅春意图,向她喝问道。她还以为公主看不懂,连忙解释说:"公主,二十四种样儿,都齐全的。"上官昭容涨红了脸,一把扯碎喝道:"亏你还是个千金女孩儿,怎敢将这腌臜东西送来污辱试官?内使,给俺押下去,听候发落!"

时辰不早,复试已毕,两位试官商议一番,由太平公主去奏明圣上请旨,上官昭容仍在洛城殿上陪同男女士子候命。一时洛城殿上气氛轻松起来,上官昭容本就是才女,此时也与殿上的才女随意交谈。她十分赞赏花冠芳画的牡丹,特地说道:"花冠芳,差点断送了你的前程!""谢谢昭容和公主,高悬明镜,鬼怪遁形。对小女美意成全,恩同再造,小女感激不尽。"花冠芳激动不已地谢了上官昭容。

她们还在尽情交谈,太平公主却已捧着圣旨前来宣读:蒋文等四个男士子,一齐授官翰林;卢梅仙等四个女士子,一律授为女学士。圣上还将卢梅仙赐给蒋文,韦兰心赐给沈章,李竹云赐给韩礼,裴菊友赐给杨乐,四对男女才士,结合婚姻。顿时,殿上的两行男女士子无不喜形于色,各自暗暗高兴,一齐谢恩。

来布德与傅叶娘这一对怪物,圣上也有处置。旨意说,主考阎朝隐、侍御史来俊臣、傅游艺三人,营私舞弊,本应严究。姑念他们能曲意逢迎,善解圣意,从宽免罪,罚银三万两。至于来布德、傅叶娘一对怪物也让他们配成对,命两家家长严加管教。来布德与傅叶娘两个听罢,满面羞惭,恨不得有个地洞钻下去。

此刻除了这一对怪物不高兴外,还有一人独自垂泪哩。此人是谁？是女士子第一名花冠芳。她见众姊妹都有了结果，唯独自己没个了结，正在忐忑不安。卢梅仙等姊妹一齐前来劝慰，花冠芳依然自叹命苦，忽然又有旨意下来，授她为女状元，赐给金牌、宝扇、宫女四名。圣旨还说，选她为豫王李旦的次妃，明春择吉成礼。直到此刻，洛城殿上的男男女女士子方才个个满意、人人称心。

【说明】

此剧为严廷中所作。廷中字秋槎，号石卿，又号岩泉山人。云南宜良人，生于乾隆六十年（1795 年），卒于同治三年（1864 年）。曾做过莱阳少尹，但多年作幕，沦落不遇。廷中极工诗词，才华丰赡，与周乐清、汤贻汾、鲍桂星等人交往甚密。道光十九年（1839 年）回到故里，潜心著述。生平所著有《红蕉吟馆诗存》《岩泉山人词稿》《红蕉吟馆启事》《药栏诗话》《拈花一笑录》等。他还精通音律，能写戏曲，有杂剧 3 种，总称《秋声谱》，友人周乐清为他刊刻问世。

《洛城殿无双艳福》即为《秋声谱》之一（其余二种为《武则天风流案卷》《沈媚娘秋窗情话》），有咸丰间刊本以及《清人杂剧》初集据咸丰本影印本。书前有周乐清作于咸丰二年（1852 年）的序言以及作者写于道光十九年（1839 年）和咸丰四年（1854 年）的两则题记。

严廷中一生坎坷，借《洛城殿无双艳福》一剧"嘲骂试官举子，颇为峻切，状元得第，公主翻案，佳人才子，艳福无双"。作者是"失意人"而"偏好作得意语,盖落第举子之常态也"。郑振铎在跋语中对此剧的评价无疑是结合严廷中的际遇作出的。

《洛城殿》写的是唐朝故事,实际上讽刺的是清代社会。剧中故意提及宋、明人的诗作事迹,显然是作者向观众表明他不是在叙写历史,而是在抨击现实。的确,明清以来八股科举对广大士子的引诱、毒害,在剧作中有着形象的描绘,那些等待发榜的才女们的种种表现,正是极为生动的写照。至于试官的作弊,考生的昏聩,作品中也有极为深刻的鞭笞。当然,大团圆的结局却在一定程度上削弱了剧作的批判力量。

张声玠

张声玠(1803—1848),湖南湘潭人,字奉兹,一字润卿,又字玉夫,别署蘅芷庄人。清代戏曲作家。他写有杂剧9种,题总名为《玉田春水轩杂剧》。

画　隐

　　话说南宋时期,赵宋王朝苟安临安(今杭州)一隅,满朝文武耽于安乐,把国家民生置之脑后全然不顾。其实,蒙古贵族侵略者并没有停止向江南进军。南宋恭帝德祐二年(1276年),元朝大兵终于攻破了赵宋王朝京城临安,把宋恭帝也俘获北去,大片锦绣河山全都入了元朝版图。

　　当这国破家亡之际,作为赵宋宗室的秀安僖王的六世孙赵孟坚,究竟何去何从,到了一个重大的抉择关头。

　　这赵孟坚字子固,虽然是皇室后裔,却秉性清高,志甘恬淡,不愿蝇营狗苟。平素,他观人论世,颇有识见。眼见得朝廷大势已去,独木难支,只得空怀一片报国之心,早早结束自己豪门贵族的生活,携着妻室,在西湖边上找了块清幽之地,盖了几间房子,闭门不出,准备隐居,了却残生。

　　子固自幼勤敏,出身皇族,却没有豪门子弟习气,而是孜孜不倦地随从老画师学习丹青。早年就学得一手绝妙画图。他还极善饮酒,非大斗不足以消渴。如今隐居湖上,便以丹青自娱,以酒为伴了。他的老妻也很识大体,赞成子固的所作所为,终日相伴着他,老夫老妻倒也过了几天清闲自在的日子,正是:

> 高车华服都抛却,
> 人生自有田家乐。
> 田家乐,
> 荆钗裙布,
> 夫妻和合。

一日他清晨起来,在院中漫步,面对湖光山色,心情颇佳。想起朋友托他画的一幅《凌波图》至今还没有动手,今日天气晴朗,光线明亮,心情又好,何不着手画了起来?子固想到这里,信步回到画室,拂开画纸,拣只画笔,着意点染起来。

半响,他的老伴缓步走进画室,还未坐下就说道:"相公!不要太辛苦了。"子固答允道:"娘子先请坐。"老伴见他没有停笔的意思,索性走近画案前,站在子固身旁欣赏起画来。她出自名门,不断受到子固的熏陶,也颇熟稔绘画一道。看了这幅画图,不禁赞叹出声:"呀,这是一幅《凌波图》,真是画得好呀!"指着画幅上的洛神,又说道:"看她凌波微步,环佩珊珊,传神之极。"

子固还未及答话,他的亲信家人匆匆走进画室,高声嚷道:"大事不好了!"

子固老夫妇吃了一惊:"院子,什么事不好了?详细说来。"

"启报王爷,小人打听得张弘范兵围厓山,张、陆二大人负帝蹈海而死,元朝天下,已归一统了!"子固夫妇虽然早已料到必然有此结果,但乍一听到这个消息,也感到意外,伤心不已,竟然抑制不住放声痛哭起来。

原来宋恭帝被元朝大兵俘掠北去以后,南宋王朝抗敌名臣陆秀夫与张世杰退到福州,拥立恭帝的幼弟赵昰为帝,借以号召各地义军共同抗元。文天祥也进复了江西。元朝大兵蜂拥南下,陆秀夫抵挡不住,由海路退到泉州,再退到广东海面。赵昰死后,陆秀夫再次拥立赵昰的弟弟赵昺为帝。正当此时,文天祥兵败被俘。赵昺祥兴二年(1279年),元朝用汉奸张弘范为先锋,进攻南宋政权的最后根据地厓山(位于广东新会以南的海中),张世杰率兵苦战。不幸,大风吹覆战船,世杰落海身亡。陆秀夫独木难支,又不甘心幼帝被俘,就背负着赵昺一同投海而死。至此,赵宋王朝彻底灭亡。作为赵宋皇裔的赵子固闻此消息,怎能不为国、为家而痛苦呢?

院子也在一旁掩面而泣。隔了一会,他又将市上遍传的新闻继续向主人禀报:"王爷,您先别哭!听说新朝主子派遣了御史程文海,到处访求江南人才,王爷名高,怕不还要起用哩。"

程文海为元朝访求江南人才,也是事实。这程文海名叫钜夫,官居集贤直学士。他曾经奏请元世祖兴建国学,搜访遗才,世祖都允准了。因此他奉了诏书到江南求贤,经他荐举而被起用的南宋臣子为数也颇为不少。但院子并不理解主人的心情,他们何尝是为自己前程伤心?而是为国破家亡而悲痛。

"哎!胡说!你难道还不知道我的为人么?管他什么换朝改代,我只作名士;谈论什么歌舞升平,我只管作画！说什么当官作宰,更令人愧疚。不要胡说!"子固有些动气了。老妻也收住了泪水,劝慰着丈夫道:"相公,愁烦也不济事。我们还是饮酒消遣去。"她又向院子吩咐道:"关好大门,等闲不要放人进来!"

这一日,赵子固又吃得醉醺醺的,命院子携着酒具、画具,登上一只游船,向南屏山一带游去。船家扶着子固进舱坐定,整理酒肴,捧进舱中来,说道:"相公,您请随意小饮。我去后舱划船,失陪了。"船中自有院子侍候。

子固端起酒盏,扶在窗前,四周的青山绿水,此刻在他的眼中尽成了剩山残水。想到三百年江山,一旦消亡,不禁放声号啕痛哭。哭了一阵,又自行止泪。他想故国破灭,令人心伤;但此地山水,还可借以消愁,人生如梦,何不痛饮?他重新斟酒痛饮,自言自语地说道:"咳,国家养士三百年,能有几个忠臣?也不过文天祥等三五人而已。如今我大宋臣僚,全忘了大宋之恩,也不思故国山河,一齐前去向新朝称臣。"说到这里,他不禁又烦躁起来,长长吐了几口闷气,重重地拍案叹道:"唉,听说程文海荐举江南才士二十二人,被荐者纷纷应召。什么张伯淳啦,留梦炎啦,还有子昂族弟啦,都去朝拜新皇了!有谁勤劳王室,又有谁讲究节操?子昂是宗室至亲,都觍颜失节,还有什么可说的?"

赵子昂名孟頫,正是子固赵孟坚的族弟。他出仕新朝,朝野为之震动,何况族兄赵子固呢?

子固在舱中一会放声痛哭,一会自言自语,旁若无人。在后舱划船的船家十分诧异:这位相公倒奇怪,吃酒就吃酒吧,怎的又哭起来,到底为了什么?不管他,只管划船。哪知才划了不一会,这位相公连声呼叫:"船家!船家!"

"怎么?有啥事体?"

子固高声叫道:"快停了船,快停了船!"船家也不知道发生了什么事,只得停了船。子固指着窗外,对船家说道:"你看,船家。这一处秀色青葱,林麓幽绝,真是一幅绝妙画图。"说着,又忘乎所以地拊掌大笑。船家困惑地望着他,心想这位相公怎么搞的?一会儿哭,一会儿开心大笑。

这时子固拿起画笔,再次凝神细看窗外的景致,低头挥洒,点点染染,勾勾勒勒,不一会儿就画成一幅绝妙的山水图。他握着画笔退后半步,仔细看过,掷下画笔满意地笑了起来,"这丹青,正写出我胸中的丘壑!"顿时神情轻松下来,环视船中,窗明几净,颇为悦目。此刻他也感到倦意,就伏在几上小憩,继而发出鼾声,酣然入睡了。

船家见他的神态反常,不觉感到纳闷,就向院子招招手,低低问道:"你家相公姓啥?"

"我们爷姓赵,是前朝的宗室。"

"啊,我晓得了。你爷写字画画倒是不错的——只是可惜了,可惜了。"

院子倒被船家说得丈二和尚摸不着头脑了,"什么可惜了?"

"你爷不该去做什么官呀!自古道'父母之仇,不共戴天'。祖宗的江山被人家夺了,你爷还要去做人家的儿子，这不可惜了么？"船家毫不客气地指责着。

"那个人是我们爷的兄弟，不是他。"院子辩解道。

"兄弟这样，阿哥也不见得好。"

"你不要乱说！"院子连忙制止船家。船家见子固已醒过来，不再言语，将他们划上岸了事。院子紧随着主人子固，默默地回家去了。

那赵孟𫖯降顺了元朝，被任命为翰林学士。元朝皇上准他衣锦还乡。他路经杭州，换了一身簇新的装束，带了从人前来拜望哥哥。他们来到子固草庐前，从人上前叩门："里面有人么，快走出一个来！"依仗主人威势，这从人高声吆喝道。

"是哪个？"院子有些不满地问道。

"嗳，是本家学士老爷来了。快先通报，叫你家爷赶紧换上礼服，就在门外跪接吧！"

子固的院子听不惯这种语言，嘟哝道："什么话！门外少待。"转身进入内室向子固夫妇禀告。

子固沉吟片刻，对老妻说："娘子，子昂来了。我想，他已无国家宗室之亲，我与他也就无兄弟之义，不必见他，还是回绝了吧！"

"慢，官人，夫子不是说过'不为已甚'，见一见又有何妨？"娘子劝说着。

子固低头考虑了一番："也罢，院子，你让他从后门进来。"

"是，老爷。"院子对子昂从人刚刚的气势十分不满，此刻得了主人如此的吩咐，分外高兴，高声地说道："老爷请学士老爷从后门进来！"子昂听了这话，立刻敏感到哥哥怪他向新朝称臣。怎么办？既然来了，不见更不好。只得暂且委屈一下，"既然如此，你就引路吧！"

他的从人倒叫了起来，"老爷，老爷，咱们还是回去吧！"

子昂侧过头来："怎么说？"

从人激动地嚷道："老爷是堂堂学士，怎么不让进前门，倒要从后门进！要是他家没有后门，还不要钻狗洞！"

"狗才胡说！"子昂被从人说破，十分尴尬，又羞又恼地喝住他。随即跟着院子转向后门进了子固屋内。

到了后房，见哥哥嫂嫂端坐不动，赶紧趋前几步问候："哥哥嫂嫂，小弟久违了！"

子固也不还礼，只是冷冷地说道："子昂，我与你隔别数年，不曾想到你一朝发迹，到此荣华地步。"

话声刚落地，在一旁冷眼相看的老嫂子又说话了，"叔叔，看你一身紫衣乌帽，十分潇洒，果然好一个风流学士！"

赵子昂被兄嫂奚落得无地自容，但仍然百般为自己辩解："只怪小弟文名太盛，传入皇廷，再三征辟，州司又上门催促，迫于星火。小弟身不由己受此一官。不胜惭愧哩！"

"子昂，不要怪我说你。你连留梦炎之徒的面目都不识，怎知道你自己仕与不仕的轻重！如今新朝张网以待，垂钩以钓，巴望我赵氏王孙前去投顺哩。你呀，子昂……"说到此处，子固不胜惋惜。

"叔叔,你怎能把那个朝廷当作安乐窝? 可惜了你,把自己诗才画艺,换得个金碗调酥酪,怎不令人可惜!"

赵孟𫖯在兄、嫂的讥讽和责难之下,面红耳赤,简直无言以答。半响,子固记起老妻刚刚说的"不为已甚"的话儿,勉强换了个话题,问道:"子昂,故乡苕中的山水仍如以往那么秀丽么?"

"苕水笠泽,风景依旧,足以怡情。"子昂顺着乃兄口气也换了话题,答道:"往日小弟赋闲时,酷爱哥哥所绘兰竹,潜心学习,也竟然学得一、二神似。"

"子昂,山水既佳,风景依旧,为何舍它而去? 你能学哥哥绘画,为什么不能学哥哥的隐居?"

赵孟𫖯被逼问到这一地步,实在无话好说,只是自言自语地叹息着:"唉,棋输一着,这一步走差了! 哥哥,小弟从此告辞了。山林清福,只有让哥哥享受了。"说罢,边退出门来边懊恼地怨嗟,"唉,子昂子昂,即使到了九泉之下,列祖列宗也要羞你哩!"

他的从人听了他的嘟哝,背地里做了个鬼脸,又躬着腰走到子昂跟前,说道:"老爷,这又有啥好生气的! 我有两句古话说给老爷听听。"赵子昂不禁好奇地问他:"你有什么话说?"

"古语说'笑骂由他笑骂,好官我自为之'嘛!"从人皮笑肉不笑地挤出一副谄媚的面容来。

"狗才! 可恶!"说罢,子昂不再理他,掸了掸衣袖,跨出子固家后门。这从人却毫不生气,从子昂身边快步窜到前头,高声吆喝着:"闲人闪开,学士老爷来罗! 闪开,闪开!"

等得这嘶哑的吼叫之声远去,子固不无伤感地对妻子说:"娘子,你看子昂被我几句话说得满面羞惭而去。"

"唉,才人失足千古恨事!有心人应该为子昂感到可惜——只有你令人钦羡,就像一只不受牢笼的云中之鹤。"说罢,老两口相视无语。真是:

> 金鼓声中不掉头,
> 狂歌酣叫拍扁舟。
> 兵戈扰扰无奇士,
> 云水茫茫有醉侯。
> 一样王孙分仕隐,
> 两家画笔足风流。
> 西泠阅尽兴亡事,
> 斜日篷窗感未休。

【说明】

此剧为清代剧作家张声玠所作。张声玠,湖南湘潭人,字奉兹,一字润卿,又字玉夫,别署蘅芷庄人。生于清嘉庆八年(1803年),卒于道光二十八年(1848年)。张声玠曾以道光举人,做过知县。生平著作除《蘅芷庄诗文集》以外,还写有杂剧9种,即《讯盼》《题肆》《琴别》《画隐》《碎胡琴》《安东》《看真》《游山》和《寿甫》,以九事合为一本,每种一套,各述剧情,至为不同,但题总名为《玉田春水轩杂剧》。现存道光赐锦楼原刻本,卷首有凌玉恒于道光二十年(1840年)的题诗。《清人杂剧二集》收有据原刻本的影印本。

在这9种杂剧中,张声玠都流露了强烈的愤激情绪。《画隐》一出也不例外。作者借历史上著名的书法家、画家赵子昂出仕元朝,归来之后被其兄子固所讥讽的故事,寄寓了家国沦亡之痛。作者在这短短一折戏中,刻画了两个不同的人物性格:赵子固坚持节操,国破家亡之后,闭门谢客,唯以绘画自遣;赵子昂却耐不得寂寞,出仕新朝,衣锦归来,以为足荣,未曾料到被乃兄当面讥嘲。变节者们每每百般为自己的丑行辩护,赵子昂也不例外,说什么朝廷征召、州司催迫等等。但乃兄子固,并不以此对他稍加原宥,令其从后门进见,让其满面羞惭而退。观众(读者)看到此处,也无不感到一泄胸头闷气之快,这正是作者痛快淋漓的描写所造成的艺术效果,有着极为强烈的艺术感染力。

后 记

当年将古代戏曲重新改撰为小说的缘由、出书的经过(中文、法文、英文、德文以及中英文对照本)、改写的原则,等等,在《戏曲教学、创作与研究——陈美林教授访谈录》一文(见江苏人民出版社 2021 年版《元代杂剧故事》书末)中已有叙说,有兴趣的读者可以参阅,此处不再赘述。

近年来学术界不断强调重视国学,大力倡导、弘扬优秀的传统文化,并且要从青少年起即普及这方面的知识。作家肖复兴曾说"我国是世界三大戏剧王国之一,我国的古典戏曲曾入选联合国申遗项目",他建议除古典诗、词、文之外,在语文教学中应该有戏曲方面的内容,"以加强对传统文化的认知和热爱"(《中华读书报》2019 年 4 月 3 日《课本里的文学》)。由于我国有"那么多灿烂的传统文化典籍,当代青少年读起来那么吃力",于是有人呼吁《我们的"兰姆"何时才能出现?》(《文汇读书周报》2007 年 12 月 21 日),希望有像英国查尔斯·兰姆和玛丽·兰姆姐弟二人那样,将莎士比亚的戏剧改写成"故事"(小说)的作者出现。其实,60 年前,笔者已如此做了,只是中文版用了笔名,外文版虽用真名,但在海外发行,笔者很少提及,因此鲜为人知。当然,改撰之初,钱仲联先生曾偶然读到一篇手稿,蛮有兴趣。20 世纪 80 年代出书后,也先后引起徐朔方、蒋星煜、冯其庸等先生的询问,此后渐为少数同道知晓,但也仅交谈交谈而已。近年有出版社重印我往年出版的有关吴敬梓研究的书稿,闲谈之中涉及这三书,颇有兴趣出版,原书当年是由江苏人民出版社所出,此次又是该社最早与我签约,乃不忘"初心",仍交由该社处置。

一个时代有一个时代的学术,一个时代有一个时代的创作,社会在进步,学术在发展,文艺在繁荣。60年前的作品能否适应今日读者?不敢自信。在书稿照排后,乃聘请获得中国古代戏曲博士学位已10年的武翠娟副教授和正在攻读同一专业的徐明翔博士二人仔细审读。她们虽然相差10年,但正好代表了不同时段的眼识。她们在认真校读后表示,《元代杂剧故事》《明代杂剧故事》《清代杂剧故事》三集共改撰了50余部元、明、清杂剧,文笔很好,一般读者能够自行阅读,并会有兴趣阅读;而对于专事研究古代戏曲的博士生来说,如将原剧对照改写本加以阅读,也会对自己的研究有所启发和助益。而责编周晓阳同志又是文艺学博士,正可从理论上把关。有了这三位博士的精心处理,笔者始放心让其再度面世。自然,毕竟是60年前开始执笔的旧作,其中难免有不足之处,这是要由笔者负责的,盼读者不吝指正,而对于三位博士为拙作所做的工作,自当感谢。

陈美林

2020年10月

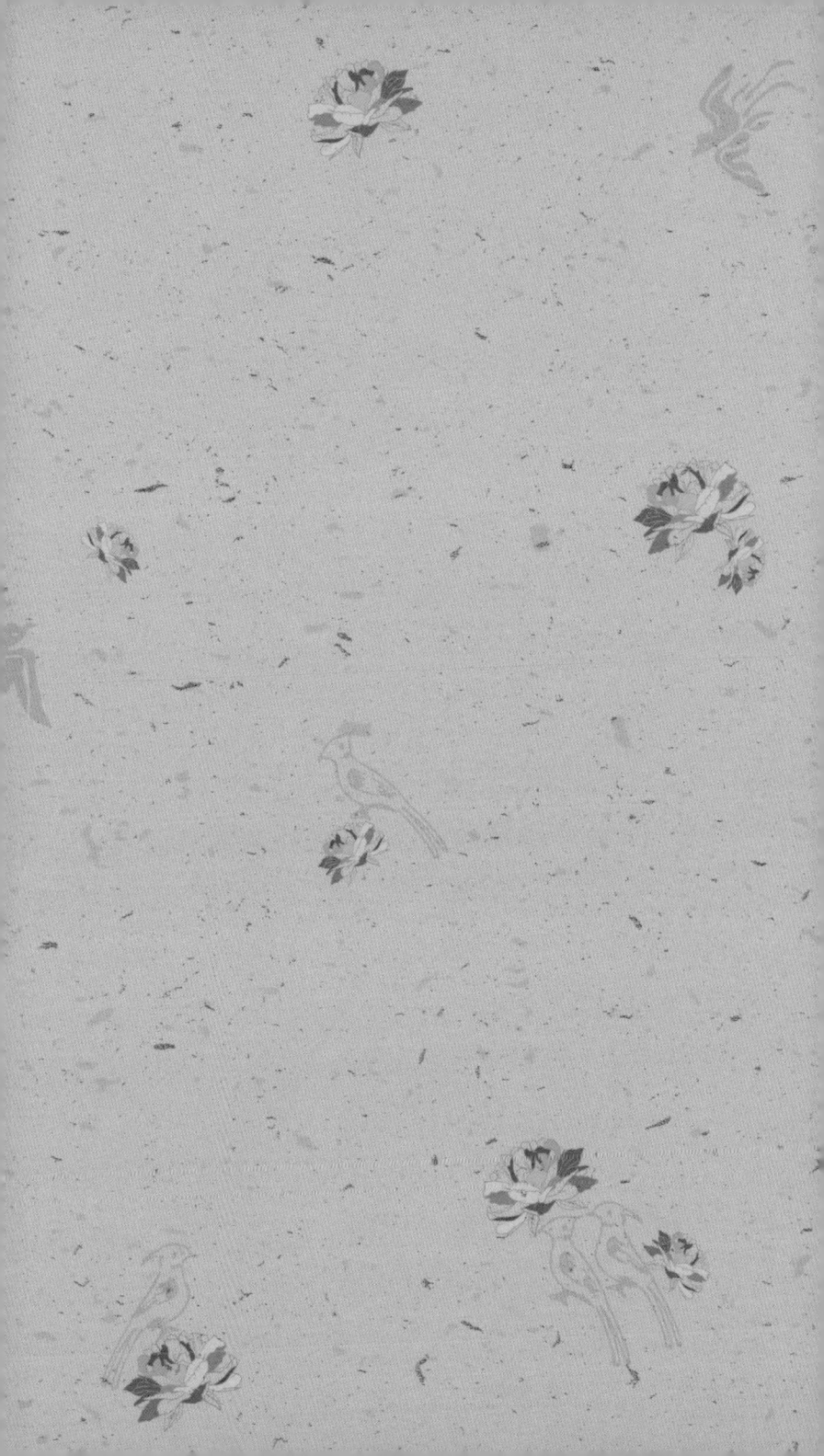